SEKRET RIBBY'EGO

Cathy McGough

Stratford Living Publishing

CO MÓWIĄ CZYTELNICY

USA:

"Cała historia jest momentami słodka, ale przez większość czasu jest przerażająca. Autor ma ciekawy sposób opowiadania historii i sprawił, że ta książka jest bardzo zabawna".

"Podobnie jak Bernheimer, styl opowiadania McGough może nie być dla każdego. Trzeba sporo zawiesić niewiarę, aby zaakceptować obecność Angeli oraz kilka wydarzeń i sytuacji w fabule. Wierzę, że wysiłek jest wart poświęconego czasu. Z niecierpliwością czekam na więcej prac tego autora".

"Przyjemna i niepokojąca lektura, która spełniła obietnicę bycia psychologicznym thrillerem domowym".

"Mroczny, psychologiczny thriller, który sprawi, że będziesz siedzieć na krawędzi fotela i odmówisz odłożenia go, dopóki nie dotrzesz do końca!"

"Wow, co to była za jazda! Sposób, w jaki opowiedziana jest ta historia, sprawi, że będziesz się zastanawiać, co ci się właśnie przydarzyło".

"To w pełni psycho-bidny kobiecy horror, opowiedziany z suchym humorem".

UK:

"Ribby skrywa tak wiele tajemnic. Piękna, ale smutna historia".

"Tajemnica Ribby'ego jest zarówno interesująca, jak i przyjemna, ale niepokojąca na wielu poziomach i jest warta przeczytania".

"Dobrze napisana, z fascynującymi postaciami i intrygującą podróżą".

Tabela Zawartosci

Moje sekrety krzyczą głośno.

Nie potrzebuję języka.

Moje serce ma otwarty dom,

Moje drzwi są szeroko otwarte".

Theodore Roethke

Dla wyimaginowanych przyjaciół i tych, którzy ich
potrzebują

POEMAT: NA POWIERZCHNI

Lustro,
odbijasz
ja ze zwolnieniami
wypisanym wszędzie
nade mną
jest cielesna
zabarwiona niepewność.
Lustro,
kpisz z
doskonałość
Z tym powstrzymywanym
odbiciem
A rezultat
Rezultat jest zawsze taki sam
W twoim
ramie: Pozostaję niezmieniony.

Napisane
między wierszami
W przebraniu
poetycko
Nieuniknione
cechy
Płynąć
nieharmonijnie.
Lustro: I
trzymam się tego, co widzę
Bo jestem
Tobą, na wskroś
Ale czasami
refleksja
Chciałbym wyglądać tak jak ty.

Prolog

KIEDY RZUCIŁ SIĘ NA nią, klucz, który trzymała, trafił prosto w jego oczodół. Krzyknął, a potem zawył, gdy jego krocze zetknęło się z jej kolanem. Wzdrygnęła się na dźwięk, gdy wyciągnęła klucz z jego oka. Gdy krew spływała mu po twarzy, szlochał i tarzał się, trzymając się za pachwinę. Wbiła klucz w bok jego szyi, łącząc się z tętnicą. Krew trysnęła jak woda z węża strażackiego.

Odeszła kilka kroków od ciała i zanurzyła palce w wodzie. Co jakiś czas zerkała w jego stronę. Aż przestał się ruszać. Cofnęła się i nasłuchiwała, czy jest martwy: był. W końcu. Wtoczyła go, jak worek ziemniaków, coraz głębiej do wody. Z każdym pchnięciem zwłoki wydawały się coraz lżejsze.

Archimedes miał rację.

Kiedy był już tak daleko, jak tylko mogła, popłynęła z powrotem do brzegu, zebrała swoje ubrania i przebrała się.

Zostawiła jego rzeczy tam, gdzie je upuścił.

Gdy słońce nowego dnia zmieniło kolor nieba na ognistoczerwony, wróciła do wody.

Przeskanowała linię brzegową i nie zobaczyła żadnego śladu. Zanurzyła klucz w wodzie, by spłukać z niego krew, po czym pomknęła do domu. Po długim prysznicu spała jak dziecko.

ROZDZIAŁ I

To historia kobiety, która była zbyt miła dla własnego dobra: dopóki nie przestała być.

Dzień Ribby Balustrade zawsze zaczynał się w ten sam sposób, gdy jej matka groziła, że nakarmi śniadaniem ich wilczarza Scampa, jeśli się nie pospieszy.

Ribby, której garderoba ograniczała się do podarowanych przez matkę ubrań, wciągnęła na głowę kwieciste muumuu, włożyła sandały Jesus i wyszczotkowała włosy, co nie zajęło jej dużo czasu. Mimo to rzadko udawało jej się zdążyć na czas.

Martha Balustrade nie była matką, która trzymała się określonego harmonogramu. Śniadanie zostanie przygotowane. O tym, co i kiedy, decydował dzień.

Zwycięzcą tej niekończącej się kuchennej porażki był Scamp.

"W porządku, i tak nie jestem głodna - skłamała Ribby, klepiąc psa po czole i wychodząc z domu.

Ribby nie rozwodziła się nad tymi wydarzeniami, jej własnym Dniem Świstaka. Zamiast tego pospieszyła przez park na główną ulicę.

Wiata autobusowa cuchnęła moczem i kawą. W taki dzień jak dziś cieszyła się, że nie zjadła śniadania, bo nawet teraz smród przyprawiał ją o wymioty. Nie mogła się doczekać pracy w bibliotece.

Kiedy przyjechał autobus, błysnęła kartą Presto, a następnie udała się na swoje zwykłe miejsce z tyłu. Jej żołądek burczał, gdy autobus jechał, zatrzymując się od czasu do czasu, by zabrać nowych pasażerów. Dojeżdżając do centrum Toronto, wysiadła z autobusu i pospieszyła do sklepu na rogu po szybki batonik czekoladowy, a następnie do biblioteki.

Ribby szczyciła się tym, że nigdy się nie spóźniała. Pracując w bibliotece po prostu nie można było się spóźniać. Gdyby tak było, miałbyś hordy niecierpliwych klientów zatykających wejście. Tak też było, gdy weszła do środka i zobaczyła wyjątkowo długą kolejkę z panem Filchardem na czele.

"Dzień dobry, panie Filchard. W czym mogę pomóc?"

"Dzień dobry, drogi Ribby. Co ja bym bez ciebie zrobiła? Wszyscy inni są zawsze zajęci, zajęci, zajęci—, ale ty, moja droga, zawsze znajdujesz czas, by pomóc staruszkowi".

"Po prostu wykonuję swoją pracę - powiedział Ribby. "Czego dziś szukasz?

"Czy mógłbyś podejść bliżej? To raczej niegrzeczna książka: Zwrotnik Raka. Znasz ją?"

"Tak, panie Filchard. To klasyka."

"Czyżby? Słyszałem, że ma, nieważne; jeśli to klasyka, to nie muszę już szeptać, prawda?"

"Nie, są o wiele bardziej kontrowersyjne książki - uśmiechnęła się, przypominając sobie szum wokół pięćdziesięciu odcieni nonsensu.

"Problem w tym, moja droga, że nie mam pojęcia, kto ją napisał. Znasz mnie, jestem z ciemnych wieków i nie potrafię korzystać z tych cholernych komputerów. Roześmiał się. "Czy mogłabyś być kochana i sprawdzić to dla mnie?".

"Napisał ją Henry Miller - powiedziała, klikając w bazę danych. "Tak, jest dostępna na górze w dziale beletrystyki".

"Najpierw rzucę okiem. Henry Miller, mówisz. Nigdy o nim nie słyszałam!

"Prawdę mówiąc, nie byłem pod wrażeniem, kiedy ją przeczytałem. Krytycy i recenzenci uważali, że był genialny w swoim czasie. Jest kilka niegrzecznych fragmentów.

"Dzięki, Ribby. Miłego dnia.

"Nie ma za co - powiedziała, gdy odchodził.

W pojedynkę poradziła sobie z innymi oczekującymi klientami. Gdy skończyła pomagać ostatniemu, posprzątała ladę.

Teraz, gdy wszystko ucichło, Ribby zrobiła sobie filiżankę kawy i wróciła do biurka. W drodze powrotnej zatrzymała się na chwilę, by posłuchać szumu wody. Architekt biblioteki, wykorzystując fontannę do zamaskowania zewnętrznych hałasów, działał podżegająco. Niektóre miasta zamykały swoje biblioteki, ale Toronto było inne. Sam budynek ocalał.

Nawet grabieże po wojnie 1812 roku nie złamały jego ducha.

Wzięła łyk kawy i stanęła na chwilę, spoglądając na schody. Wyglądały fajnie, z ludźmi wchodzącymi i schodzącymi, ale winda na pewno się przydała, gdy była potrzebna.

Na klatce schodowej powyżej zauważyła pana Filcharda schodzącego w dół. Prawie na samym dole, jedną rękę trzymał na książce, a drugą na karcie bibliotecznej. Zatrzymała się i poczekała na niego. Był trochę zdyszany.

"Następnym razem na pewno pojadę windą" - powiedział Filchard.

Udali się do punktu informacyjnego, gdzie Ribby podstemplował swoją kartę.

"Brudny staruch!" szepnęła Amanda, współpracownica, gdy opuszczał budynek. "Na pewno przyprawia mnie o dreszcze".

Ribby zignorował jej komentarz. Podniosła naręcze książek, włożyła je na wózek, wepchnęła go do windy i pojechała na trzecie piętro. Przechodziła od półki do półki, segregując książki. Kiedy układała książkę przy oknie, jej wzrok przykuł błysk po drugiej stronie ulicy. Młody mężczyzna po dwudziestce, ubrany od stóp do głów w dżinsy, szedł w jej kierunku. Światło słoneczne połyskiwało na jego kolczykach w nosie i łańcuszkach mocujących je do uszu.

Ribby obserwowała, jak wchodzi po schodach. Zaciekawiona, pospieszyła na główne piętro.

Sama myśl o służeniu mu sprawiła, że jej serce przyspieszyło. Nigdy wcześniej nie była tak blisko faceta, który miał tyle dziur w głowie. Ribby był pewien, że inni mają ukryte dziury - emocjonalne rany ukryte głęboko w środku. Jak Vincent Van Gogh, który wykorzystywał swój ból do wyrażania emocji. Koncepcja wykorzystania ciała jako sztuki zarówno ją przerażała, jak i intrygowała.

Wróciła do biurka, obserwując go. Stał w wejściu jak mały zagubiony chłopiec. Jak brzmi jego głos, zastanawiała się?

Ustawiła się za Sekcją Przejęć, gdzie robiła porządki. Nie poruszył się ani o centymetr. Zakaszlała, po czym stanęła pod tabliczką Pomoc/Informacja. Ich oczy się spotkały.

"Mogę pomóc? zapytał Ribby z zarumienionymi policzkami i spoconymi dłońmi.

"Mam nadzieję, że tak - powiedział donośnym głosem.

"Mów ciszej - powiedziała.

"Dobrze, przepraszam. Szukam książki, ale nie wiem jak się nazywa.

"Czy wiesz, kto ją napisał?"

"Nie."

"Możesz mi powiedzieć, o czym jest ta książka?".

"Tak, tak, to wiem, to wiem na pewno. Jest o przyszłości. Cóż, kiedy facet ją napisał, to była jego przyszłość. Dla nas to nasza przeszłość. Jest w niej Wielki Brat. Nie chodzi o serial, ale o inny rodzaj Wielkiego Brata". Roześmiał się ze sprytnego sposobu, w jaki powiązał ze sobą przeszłość i teraźniejszość. Ribby też się roześmiał.

Masz na myśli "Rok 1984" George'a Orwella?

"Tak, to brzmi dobrze. Orwell. Świetnie. Już jest?

"Chwileczkę - powiedziała Ribby, wpisując ją do komputera. Książka była na miejscu i Ribby poszła ją znaleźć. Młody mężczyzna podążył za nią.

Kiedy miała książkę w ręku, wrócili do recepcji. Ribby potwierdził, że ma niezbędny dowód tożsamości i wydał kartę biblioteczną.

Po zakończeniu transakcji włożył kartę do swojego sfatygowanego portfela. Podziękował Ribby'emu i ruszył w stronę wyjścia. Jego podarte niebieskie dżinsy obwisły, podobnie jak stan umysłu Ribby'ego.

Z MIANA W KOŃCU DOBIEGŁA końca i Ribby pośpiesznie opuścił budynek. W każdy poniedziałek Ribby była wolontariuszką w szpitalu dziecięcym. Tańczyła i śpiewała. Robiła wszystko, by podnieść je na duchu. Uwielbiała dzieci, a one zdawały się odwzajemniać to uczucie. Co tydzień wybierała jedno dziecko, które było w centrum uwagi. Dziś przyszła kolej na Mikeya Landersa i nie mogła się spóźnić.

W lewej ręce Ribby trzymała swoją magiczną torbę. Dzieci zawsze były podekscytowane, gdy pozwalała im zanurzyć rękę. W środku znajdowały się kostiumy, instrumenty muzyczne, farby do malowania twarzy, balony, bibeloty i kosmetyki do makijażu.

Kiedy w końcu dotarła na oddział dziecięcy, pomknęła do pokoju Mikeya. Jego rodzice siedzieli, po jednym z każdej strony łóżka, ściskając dłonie syna w stosie palców i dłoni. Wolnymi rękami ocierali łzy. Mikey spał, więc po cichu wyszła.

Ribby starał się nie myśleć o smutku, który wisiał w powietrzu w pokoju Mikeya. Mikey i jego rodzina przeszli tak wiele.

Odepchnęła to od siebie, w tył swojego umysłu. Rolą Ribby było rozweselenie dzieci i ich rodzin. Będą na nią czekać. Przybrała swoją najszczęśliwszą minę.

Billy i Janie Freeman krzyknęli, gdy zauważyli Ribby idącą korytarzem. "Jest tutaj! Jest tutaj!" zawołali. Fala radości wypełniła korytarz. Dzieci i ich rodziny utworzyły krąg wokół niej w pokoju wspólnym.

Ribby zaśpiewała skomponowany przez siebie numer zatytułowany SKOK SKOK SKOK Jak Caribou i zagrała na kazoo w odpowiednich momentach:

SKOK SKOK SKOK

JAK KARIBU!

Ribby uruchomiła pociąg, a dzieci, które potrafiły chodzić, ruszyły za nią.

SKOK SKOK SKOK

JAK KARIBU

Stary pociąg zatrzymał się, a Ribby uformowała kolejkę dzieci na wózkach inwalidzkich lub o kulach. Dzieci śpiewały, machały lub tupały nogami. Każda czynność pomagała im włączyć się do piosenki i narobić trochę hałasu.

SKOK SKOK SKOK

JAK KARIBU!

Kiedy piosenka się skończyła, zawołały: "Jeszcze raz! Jeszcze raz!"

Piosenka była znana dzieciom, ponieważ Ribby często śpiewała ją z różnymi zwierzętami, takimi jak kangur, kakadu, kakadu, a nawet miała wersję, która zawierała wizytę w zoo.

Ribby ukłoniła się i przeszła od razu do innej melodii. Lubiła mieszać rzeczy. Trzymać ich w niepewności. Kiedy energia w pokoju osłabła, zmieniła kurs, prosząc o prośby o kształt balonów. Śpiewała, ciągnąc i skręcając balony w kształty zwierząt. Najpopularniejszą prośbą była prośba o matkę karibu i jej cielę, co sprawiło, że była zajęta, ponieważ było to trudne zadanie.

Dzieci, które chciały balony, dostały je i nadszedł czas, aby Ribby poszła. Zaczęła pakować swoją torbę, gdy Mikey Landers wszedł do środka, uderzając w kółka swojego krzesła. Jego mama podążała za nim, z trudem nadążając. Mikey był zdenerwowany, od razu to zauważyła. Podeszła do niego i wyciągniętą ręką podała mu balonik ze zwierzątkiem.

"Prawie się za tobą stęskniłam, Ribby! Powinieneś był mnie obudzić. Obiecałeś, że w tym tygodniu będziesz występował z mojego pokoju! To była moja kolej!" Łzy spłynęły mu po policzkach, gdy skrzyżował ramiona i odrzucił jej ofertę pokoju.

Opuściła rękę, uklękła na jego wysokości i powiedziała: "Przepraszam, sportowcu. Jestem taka szczęśliwa, że widzę cię teraz na nogach" — spojrzała na jego rodziców — "ale drzemałeś, kiedy przechodziłam obok, dzieciaku. Wiem, jak bardzo potrzebujesz snu! Jesteś na szczycie listy na przyszły tydzień, dobrze?".

"Obiecujesz? Rozłożył ręce.

"Skrzyżuj moje serce i miej nadzieję, że umrę. Ribby żałowała, że nie może cofnąć tych słów i ich przełknąć.

Gdyby można było zamienić jej życie na jego, zrobiłaby to tam i wtedy bez wahania.

Mikey nie zauważył tego faux-pas i w końcu wyciągnął rękę i przyjął jej prezent.

Po tym jak mu go wręczyła, Ribby pożegnał się. Wychodząc z pokoju powiedziała: "Do zobaczenia za tydzień, Rugrats!".

Ribby powstrzymywała łzy, dopóki nie wyszła z budynku. Nie mając chusteczek, użyła swojego rękawa. Zanim dotarła na przystanek autobusowy, zdołała się uspokoić.

Co tydzień obiecywała sobie, że nie będzie płakać. Dzieci powinny się bawić, dobrze się bawić. Nie powinny martwić się, że zachorują lub umrą. Jeśli mogła usunąć ten ból... Nawet na krótki czas, to warto było przejechać się emocjonalną kolejką górską.

✳ ✳ ✳

AUTOBUS MIAŁ PRZYJECHAĆ DOPIERO za piętnaście minut. Pobiegła do sklepu na rogu w odpowiedzi na burczący żołądek. Słone czy słodkie? pomyślała. Za ladą zauważyła szereg papierosów. Zaciekawiona, poprosiła o paczkę.

"Który rodzaj, proszę pani?"

Zerknęła na ich nazwy. "Cools", powiedziała.

"Masz już zapalniczkę? - zapytał sprzedawca. Nie czekając na odpowiedź, położył paczkę zapałek na papierosach Cools. "Zapałki są na koszt firmy - powiedział, gdy Ribby wręczył mu gotówkę. Zwrócił resztę.

Nagły uśmiech urzędnika, który przypominał grymas, zaniepokoił ją. Wybiegła stamtąd. Na przystanku rozerwała paczkę papierosów i zapaliła jednego. Wzięła głęboki wdech, jak aktorka grająca rolę. Na filmach wyglądało to tak łatwo. W rzeczywistości trudno było nie zwymiotować. Po pierwszym zaciągnięciu się, wydmuchała dym i ogarnęło ją odprężenie.

Kiedy przyjechał autobus, włożyła paczkę do torebki i zajęła swoje zwykłe miejsce z tyłu. Pomyślała o tym, jak niegrzecznie byłoby zapalić papierosa w autobusie Stana.

Stan the Man był trochę nazistą i znanym tyranem. Sama to widziała. Krzyczał na dzieci za stawianie stóp na siedzeniach. Wyrzucał je z autobusu na mrozie, jakby popełniły morderstwo.

Pewnego razu mała staruszka miała torby zajmujące siedzenie obok niej. Zażądał, aby je usunęła, mimo że nikt nie potrzebował tego miejsca. Kiedy się nie zgodziła, wyrzucił ją z autobusu.

Ribby wciąż pamiętał jej śliwkowatą twarz patrzącą w górę, gdy autobus zaczął się oddalać. Kobieta podniosła środkowy palec tak wysoko, jak tylko mogło to zrobić jej małe ciało i krzyknęła: "Pierdol się!".

Ribby była tak zszokowana tym incydentem, że od tego dnia zawsze siadała z tyłu autobusu. Tam mogła być niewidzialna. Mogła obserwować jak mucha na ścianie, nie zwracając na siebie uwagi. Nie chciała zrobić niczego, co mogłoby wkurzyć Stana.

Z drugiej strony, Stan nie mógł widzieć wszystkiego. Jak mężczyzna dłubiący w nosie i wycierający go o siedzenie. Ona to widziała, ale Stan nie. Ribby się roześmiał. Mężczyzna Stan spojrzał na nią w lusterku wstecznym. Przestała się śmiać. Jak bezpieczna była jazda Stana? Miał obsesję na punkcie swoich pasażerów, to cud, że nie miał wypadku.

Ribby sięgnęła do torebki. Rozważała wyciągnięcie papierosa. Czy Stan by to zauważył? Czy wyrzuciłby ją z autobusu? Było ciemno, a do domu było zbyt daleko, by iść pieszo. Zamknęła torebkę. Skupiła się na gwiazdach za oknem.

W domu otworzyła drzwi i natychmiast z kuchni dobiegł śmiech. Jej matka często odwiedzała dżentelmenów. Ten wieczór nie był inny.

Tom Mitchell siedział po drugiej stronie stołu. Ribby skinęła głową w kierunku Toma. Czuła na sobie rozbierające ją spojrzenie Toma. Zawsze tak na nią patrzył. Jej matce to nie przeszkadzało.

"Witaj, Ribby - powiedział Tom. "Dobrze cię znowu widzieć.

Ribby zakręciła kran, wzięła głęboki oddech i stanęła przed stołem.

Jej matka czekała na odpowiedź.

Podobnie jak Tom.

"W takim razie - powiedział Tom, wstając. "Lepiej już pójdę, Martho. Miło było cię widzieć, jak zawsze. Odsunął krzesło i rzucił w jej kierunku czapkę z daszkiem.

Tom zrobił krok w stronę Ribby'ego. "I ty też Ribby— nawet jeśli myślisz, że jesteś zbyt wysoki i potężny, by przywitać się z kawalerem swojej mamy, to i tak bardzo cię lubię.

Matka Ribby'ego roześmiała się, głośnym i niskim śmiechem. "Och Tom, nasza Ribby boi się własnego cienia. Nieważne. Jestem pewna, że ona też cię lubi". Odwróciła się do córki. "Prawda, Ribby? Zawsze lubiłaś moich chłopców.

Ribby przełknęła szklankę wody. Sięgnęła do torebki i dotknęła paczki papierosów. Znajomość sekretu dawała jej poczucie władzy. Poszła do salonu.

Tom i Martha szeptali w przedpokoju, podczas gdy ona przeglądała czasopismo. Wkrótce zmęczona skandalicznymi nagłówkami, wzięła do ręki pilota do telewizora i przełączała kanały. Trzasnęły drzwi wejściowe.

"Chciałabym, żebyś był milszy dla moich przyjaciół - powiedziała Martha, siadając na kanapie. "W końcu w tym życiu potrzebujemy przyjaciół, a Tom zawsze był dla nas dobry.

"Co masz na obiad, mamo?

"Mam towarzystwo przez całe popołudnie. Nie ma czasu na robienie obiadu, córko, a ja umieram z głodu - Marta oblizała wargi. "Absolutnie, całkowicie i cholernie umieram z głodu.

"W takim razie zamówmy - powiedział Ribby. "Możemy zamówić specjalny smażony ryż, sajgonki i kurczaka cytrynowego.

"Tak, nie mam nic przeciwko - powiedziała Martha, wyrywając telewizor z ręki Ribby'ego. Wskazywała i klikała, szybko i wściekle.

"Pójdę do pani Engle i zadzwonię.

"Zrób to, córko, zrób to - powiedziała Martha, nalewając sobie szklankę whisky. Dodała do niej trochę sody. Sięgnęła do mini lodówki i wyjęła tackę na kostki lodu. Wrzuciła dwie kostki, wzięła łyk i westchnęła.

Kiedy Ribby wrócił, Martha powiedziała. "Przez większość czasu jesteś dobrą córką". Martha wypiła jeszcze jeden łyk. "Bylibyśmy bezdomni bez twoich zarobków, które pozwoliłyby nam spłacić hipotekę i postawić jedzenie na stole. Martha zamieszała drinka palcem. Kostki lodu brzęknęły o szklankę.

Ribby trochę się wierciła. Ta rozmowa zawsze wprawiała ją w zakłopotanie.

Kiedy zaczęły się reklamy, Martha zapytała: - Są już jakieś oznaki jedzenia? Whisky gryzie mnie w brzuch".

"Powiedział, że za trzydzieści minut, mamo.

"Trzydzieści minut, na Boga, trzydzieści minut to za długo, żeby czekać na trochę ryżu! Martha uderzyła lewą pięścią w ramię krzesła. Jej prawa ręka pozostała w górze, aby zachować świętość szklanki whisky.

"Nie mogę teraz odwołać. Siedź cicho i oglądaj swój program, a zanim się obejrzysz, już tu będzie".

Martha zajęła się barem, dodając więcej whisky i lodu. Po powrocie na kanapę pogodziła się z czekaniem na kolację.

Przynajmniej nie musiała śpiewać, pomyślał Ribby z krzywym uśmiechem.

✳✳✳

Martha przeglądała kanały. Ribby czekał na dostawcę w przedpokoju.

Sięgnęła do torebki i wyciągnęła papierosa. Umieściła go niezapalonego między wargami i spojrzała na swoje odbicie w lustrze. Gdyby jej włosy nie były tak neutralne, a cera tak wyblakła, mogłaby wyglądać wytwornie. Może.

Zaskoczona dzwonkiem do drzwi, prawie upuściła papierosa.

Martha krzyknęła: "Bierz to, Ribby!".

Wepchnęła papierosa do torebki.

Znowu bing-bong.

"Córka? Córeczko! Jesteś tam?"

"Tak, mamo, idę po pieniądze". Otworzyła drzwi.

"Dobry wieczór" - powiedział dostawca.

Nie poznał jej, ale ona go znała. Facet z biblioteki z kolczykami i tatuażami.

"To będzie 32,50$ - powiedział.

Ribby wręczyła mu 35,00 dolarów. Wyglądał inaczej stojąc na jej ganku. "Zatrzymaj resztę - powiedziała, zamykając drzwi, wciąż o nim myśląc.

"Musi się robić zimno, Rib!" powiedziała Martha, wyrywając jej torebkę z ręki i kierując się do kuchni.

Ribby odłożyła torebkę z powrotem na haczyk, zapisując w pamięci, że zabierze ją na górę, kiedy pójdzie spać. Nie chciałaby, żeby Martha znalazła papierosy.

Po powrocie do salonu zjedli kolację na tacach telewizyjnych. Rozpoczął się ulubiony teleturniej Jeopardy!

Ribby i Martha rywalizowali ze sobą za każdym razem, gdy go oglądali. Ktokolwiek pierwszy znał odpowiedź, wykrzykiwał ją.

"Co to jest Nowy Jork", krzyczał Ribby.

"Co to jest Los Angeles!" krzyknęła Martha. Myliła się.

"A nie mówiłem?" - powiedział Ribby. "Wszyscy to wiedzą, mamo.

Martha sięgnęła przez stół i uderzyła córkę w twarz. Cios był tak silny, że taca telewizora wraz z zawartością poleciała w powietrze. Krzesło Ribby przewróciło się do tyłu, a jej głowa uderzyła z hukiem o stolik do kawy. Następnie uderzyła z hukiem o podłogę.

"To cię nauczy - powiedziała Martha - okazywania braku szacunku. To mój dom. Kim jesteś, żeby mi mówić, czy mam rację, czy nie!

"Ale mamo - szepnął Ribby. "On powiedział..."

"Nie obchodzi mnie, co powiedział. Teraz idę do łóżka. Zrób mi filiżankę herbaty—moją zwykłą—i przynieś ją na górę."

"Dobrze, mamo - powiedział Ribby.

Ribby poszła do baru. Podniosła butelkę, poszła do kuchni i nastawiła czajnik na wrzątek. Wsypała torebkę herbaty do filiżanki i wlała gorącą wodę do jednej czwartej wysokości. Po zaparzeniu herbaty dodała pół filiżanki burbona, a następnie dwie łyżeczki cukru.

Wchodząc po schodach, postanowiła zrobić coś raczej nie w stylu Ribby.

Poruszyła językiem wewnątrz ust, zbierając ślinę i pozwalając jej rozpryskiwać się po policzkach. Kiedy miała dość, splunęła do kubka matki.

Popatrzyła na jego powierzchnię, po czym zamieszała, odstawiając go na nocny stolik. Uśmiechnęła się, ściągając górne prześcieradło, a następnie koce, tak jak robiła to każdej nocy.

Marta wyszła z łazienki. "Czasami jesteś dobrą córką.

Ribby nic nie powiedziała. Pomogła matce zdjąć ubranie i ubrać się w koszulę nocną. Stopy matki były zimne. Ribby pomasowała je olejkiem, zanim wsunęła kapcie na jej postarzałe ciało.

Wychodząc, Ribby obejrzała się przez ramię. Martha wzięła łyk spreparowanej herbaty, po czym westchnęła.

Ribby powstrzymywała śmiech, dopóki nie znalazła się w swoim pokoju.

Potem śmiała się tak mocno, że musiała stłumić dźwięk poduszką.

ROZDZIAŁ 2

Kiedy się obudziła, Ribby usiadła i pomyślała o poprzedniej nocy. Roześmiała się, słuchając, jak jej matka tupie, jak zwykle.

"Śniadanie będzie gotowe za dziesięć minut - zawołała Martha.

Ribby zdołała zablokować większość z nich. To samo. To samo.

"Nie jestem głodna, mamo - krzyknęła Ribby, rozczesując włosy. "Poza tym muszę dziś wcześnie iść do pracy.

Ribby słuchała, jak matka ją przeklina. Przeczesała włosy szczotką, zatrzymując się nagle, gdy na dole rozległ się chichot. Ten śmiech był niepokojący. Martha rzadko śmiała się rano, chyba że któryś z jej mężów był w domu.

"Do zobaczenia, mamo! Ribby wyszła z kuchni i skierowała się prosto do drzwi. Gdy wyszła na zewnątrz, zauważyła furgonetkę z mężczyzną siedzącym i czekającym. Z boku ciężarówki widniała nazwa firmy: Attics-R-Us.

Słowo "strych" przywołało wspomnienie ostatniego razu, kiedy tam była. Na samą myśl o tym przeszedł ją dreszcz. Zneutralizowała to wspomnienie, zamykając je kluczem w bibliotece swojej wyobraźni.

Skierowała się w stronę przystanku autobusowego. Zdążyła na czas. Weszła na pokład i patrzyła przez okno, jak świat mija ją w mgnieniu oka. Jej żołądek burczał. Była coraz bardziej głodna. Zignorowała ból, chcąc zaoszczędzić każdy grosz na wycieczkę do centrum handlowego. Dziś był dzień, w którym zamierzała sprawić sobie przyjemność.

Otworzyła torebkę. Sam zapach tytoniu zagłuszył jej burczenie w brzuchu.

W pracy odwiesiła płaszcz i zabezpieczyła torebkę.

Chociaż jej współpracownicy byli na swoich stanowiskach, nikt nie pomagał kolejce oczekujących klientów.

Ribby była najstarszą asystentką bibliotekarza, a mimo to nie miała żadnej władzy.

Ponownie, Ribby zajmowała się oczekującymi klientami w pojedynkę. Główna bibliotekarka, pani P. Wilkinson, zdawała się tego nie zauważać.

Podczas przerwy na lunch Ribby zapytała współpracowników, gdzie kupują ubrania. Większość polecała dom towarowy w centrum handlowym, gdzie można było znaleźć markowe ubrania wysokiej jakości w przystępnych cenach.

Ribby była coraz bardziej podekscytowana, gdy wiedziała, gdzie będzie robić zakupy. Nie mogła się doczekać czegoś, czego nigdy wcześniej nie robiła.

Ribby Balustrade zamierzała kupić sobie nową sukienkę.

$$* * *$$

Przed domem towarowym Ribby stał przez chwilę i spoglądał w okna. Samochody, autobusy i tramwaje odbijały się echem od budynków. Busker w pobliżu wejścia zaczął grać i śpiewać. Tłum zaczął się gromadzić, przepychając się, niektórzy niosąc gorące napoje i paląc papierosy. Było tak głośno i tłoczno, że jedyne, czego pragnęła, to wejść do środka. Do środka, w ciszę.

Weszła przez obrotowe drzwi i przez sekundę było cicho. Potem przedział się otworzył, a ona wkroczyła w inny rodzaj chaosu. Klienci z torbami, przychodzący i odchodzący. To było duże, wielopiętrowe centrum. Wiele osób wypełniało ruchome schody w górę i w dół. Zapachy smażonego jedzenia, popcornu i pączków słodziły powietrze, powodując przeciążenie sensoryczne.

"W czym mogę pomóc?" - zapytała kobieta w punkcie informacyjnym.

"Tak, proszę o odzież damską".

"Trzecie piętro" - powiedziała.

Na ruchomych schodach było cicho. Podróżni patrzyli na swoje telefony. Trzymała się poręczy.

Kiedy dotarła na trzecie piętro, zauważyła sukienkę swoich marzeń. Mała czarna, jak nazywały ją magazyny w bibliotece, idealna na wieczorne przyjęcia koktajlowe i specjalne wydarzenia. Spojrzała na nią, myśląc o słowach z filmu o baseballu. Uśmiechnęła się, zmieniając słowa na: "Jeśli ją kupisz, nadarzy się okazja, by ją założyć".

"W czym mogę pomóc?" zapytała kobieta w eleganckim garniturze.

"Tak, możesz. Chcę sprawić sobie przyjemność. Pomyślałam, że czarna sukienka, coś łatwego w noszeniu i pielęgnacji, będzie pasować. Podoba mi się ta na manekinie. Jeśli masz ją w moim rozmiarze, chciałabym ją przymierzyć".

"Doskonały wybór - powiedziała kobieta. "Niech pomyślę, jaki masz rozmiar? Dwanaście? Czternaście?"

"Nie wiem."

"Masz dwanaście. Zwykle jestem dość dobry w zgadywaniu, ale na wszelki wypadek weź dziesięć, dwanaście i czternaście" - zasugerował sprzedawca. "Aha, i będziesz potrzebować pary czarnych butów, aby dopełnić wygląd. Masz rozmiar siedem?"

Zaskoczony Ribby odpowiedział: "Te buty mają rozmiar siedem".

"W takim razie idealnie. Nie bój się przyjść, gdy będziesz gotowy. Wiem, jak trudne może być robienie zakupów na własną rękę".

"Tak zrobię, dziękuję - powiedziała Ribby, zamykając drzwi garderoby.

Otoczona lustrami, Ribby mogła zobaczyć siebie pod każdym kątem po raz pierwszy, gdy szara sukienka Marthy spadła na podłogę.

Ribby przymierzyła sukienkę w rozmiarze dwanaście. Dzięki dekoltowi i zakładkom w biodrach i talii naprawdę podkreślała jej figurę. Wiedziała już, że chce ją kupić, ale mimo to chciała zasięgnąć drugiej opinii. Wyszła z przebieralni.

"Wow!" wykrzyknął sprzedawca. "Wyglądasz niesamowicie! Ale pozwól mi zrobić jedną rzecz".

Sprzedawca zniknął za rogiem, ale wrócił po kilku sekundach. "Pozwól, że włożę ci to we włosy, a te sztuczne perły na szyję. Przysięgam, będziesz wyglądać jak milion dolarów!".

"Wyglądam tak glam!" Ribby z trudem rozpoznała samą siebie.

"Wyglądasz rewelacyjnie!"

"Chciałabym przymierzyć jeszcze kilka strojów. Podeszła do wieszaka, wybrała dwuczęściowy czerwony garnitur, bluzkę i parę spodni. Wróciła do przebieralni. Garnitur wyglądał cudownie, z czysto skrojoną marynarką i dopasowaną spódnicą, a buty, które przymierzyła do sukienki, pasowały do niej idealnie. Bluzka wyglądała lepiej zdjęta niż założona, a spodnie zbytnio zwracały uwagę na jej tyłek.

"Wezmę garnitur, sukienkę, buty i perły - powiedział Ribby. "Ile to kosztuje? Zapomniałem sprawdzić".

Sprzedawca podliczył wszystko. "Całkowity koszt przed opodatkowaniem wynosi $760.00. To będzie gotówka czy kredyt?"

"To więcej niż się spodziewałem - przyznał Ribby.

"Nie martw się, dlaczego nie weźmiesz sukienki dzisiaj, a później wrócisz po buty i akcesoria. Możesz też ubiegać się o kredyt w sklepie. Sprawdzę, czy się kwalifikujesz i otrzymasz natychmiastowy kredyt".

"Mogę?" zapytał Ribby. "To byłoby pomocne!"

Sprzedawca zadał Ribby kilka pytań, a ona zakwalifikowała się do otrzymania karty kredytowej. Kupiła cały towar. Sprzedawca zapakował wszystko do torby.

"Dziękuję bardzo. Byłaś wspaniała!"

"Nie ma za co".

Ribby świętowała z filiżanką kawy, a ponieważ robiło się ciemno, udała się na przystanek autobusowy. Po drodze zapaliła papierosa.

Furgonetka Attics-R-Us wciąż stała zaparkowana przed jej domem, gdy wyszła za róg.

Po wejściu do środka, Ribby udała się do kuchni. Za zamkniętymi drzwiami do jej uszu dotarły znajome odgłosy kochania się. To nie był pierwszy raz, kiedy wróciła do domu i zastała matkę z jednym ze swoich mężów. Facet z Attics-R-Us był tu cały dzień? Ewwww. Ribby wycofała się na górę.

W swoim pokoju Ribby oddzieliła incydent na dole. Nie pozwoliła, by zepsuł jej dzień.

Założyła nową sukienkę, buty i naszyjnik z pereł. Sięgnęła do torebki i wyciągnęła papierosa. Z nim w dłoni wyglądała jeszcze bardziej wyrafinowanie. Pobawiła się włosami. Sprawdziła, jak wyglądają upięte, a następnie rozpuszczone.

Na zewnątrz drzwi pojazdu otworzyły się, a następnie zamknęły. Ribby wyjrzała przez okno i patrzyła, jak furgonetka Attics-R-Us odjeżdża.

Chwilę później rozległy się kroki jej matki, a w drugim pokoju uruchomił się prysznic.

Ribby przebrała się z powrotem w stare ubrania. Rozbierając się, wyparła z głowy myśli o matce i jej mężu. Kiedy była gotowa, po cichu zeszła na dół, wyszła przez drzwi i wróciła z powrotem. To działanie wzmocniło jej separację od tego incydentu i pomoże jej w przyszłości, gdy dojdzie do podobnego incydentu. Przy całej gamie dżentelmenów dzwoniących do Marty, to działanie było taktyką samozachowawczą.

Nalała sobie filiżankę gorącej herbaty i zamieszała gulasz w garnku, po czym poszła do salonu pooglądać telewizję.

Marta zeszła na dół wkrótce potem i zjadły kolację. Kiedy jej matka zasnęła na kanapie, Ribby poszła na górę do swojego pokoju.

Po chwili czytania, Ribby zamknęła oczy i puściła wodze fantazji. Wyobraziła sobie własny dom na nabrzeżu. Wyobraziła sobie salon z wygodnym fotelem i pasującymi do niego chrupiącymi krzesłami. Na ścianie za nimi grafiki Van Gogha i Moneta. Kwiaty w wazonach. Wyobrażała sobie, jak wraca do domu z pracy, kładzie nogi. Mając kontrolę nad telewizorem.

Bańka pękła i rzeczywistość wniknęła do środka.

Martha nigdy by na to nie pozwoliła.

Jednak to, czego nie wiedziała, nie mogło jej skrzywdzić.

Oprócz nowo nabytej karty kredytowej, Ribby uczestniczyła w Programie Oszczędzania Pracowników Biblioteki Prowincjonalnej, więc miała pewne tajne oszczędności, ale nie dotykała ich aż do dzisiaj.

Ribby pomyślała o artykule, który przeczytała w gazecie. Była to prawdziwa historia mężczyzny, który prowadził dwa różne życia z dwiema różnymi żonami. Zastanawiała się, czy mogłaby wykorzystać ten pomysł i uczynić go swoim. Czy mogłaby stworzyć dla siebie nowe życie?

Nadszedł sen, ale Ribby nie śniła. Zamiast tego podjęła decyzję.

Jutro urodzi nową wersję siebie. Wyimaginowanego przyjaciela. Alter-ego.

Część siebie, która będzie robić rzeczy, których ona sama za bardzo się bała.

Przyjaciółkę o pięknym imieniu: Angela.

ROZDZIAŁ 3

Sobota rano. Ribby wyskoczyła z łóżka podekscytowana nadchodzącym dniem. Złożyła czarną sukienkę, rajstopy i włożyła je do torebki. Jej szpilki nie pasowały. Para sandałów będzie musiała wystarczyć.

Martha siedziała przy kuchennym stole z głową w dłoniach. Tryb kaca. Perkolator do kawy szumiał i syczał za nią. Kiedy zobaczyła Ribby'ego, jęknęła. Ribby wiele razy widziała u matki oznaki zbyt dużej ilości whisky. Nalała sobie kawy i napełniła filiżankę matki. Ręce Marthy trzęsły się, gdy wzięła łyk.

Ribby poszła dalej korytarzem i wyszła na werandę, gdzie wzięła gazetę. Wróciła do kuchni i popijała chłodną kawę, czytając. Gazeta okazała się nie być barierą dla siorbnięć Marthy przeplatanych jękami.

Ribby przeszła do kolumny "Mieszkania do wynajęcia". Przejechała palcem w dół listy i okazało się, że jest w czym wybierać w okolicy, w której miała nadzieję zamieszkać. Zamknęła gazetę i opłukała kubek.

"Muszę lecieć, mamo. Do zobaczenia później.

Martha uderzyła pięściami w stół. "Nie wracaj, jeśli nie potrafisz zdobyć się nawet na uncję współczucia dla swojej biednej mamy.

"Weź kilka Tylenoli i wszystko będzie dobrze - powiedziała Ribby, otwierając frontowe drzwi i zatrzaskując je za sobą. Odchodząc, zauważyła, że jej matka zasunęła żaluzje. Żadnych dżentelmenów dzisiaj.

Ribby złapała autobus i po dotarciu do najlepszej dzielnicy wynajmu, kupiła kolejną gazetę. Okrążyła kilka możliwości i zdecydowała się wziąć udział w kilku otwartych domach. Jedna z nich znajdowała się we wspaniałej okolicy niedaleko plaży i była numerem jeden na jej liście priorytetów.

Zanim mogła obejrzeć nieruchomości, musiała przebrać się w odpowiedni strój. Wystarczyła publiczna toaleta. Ubrana w swój nowy strój, zwiedzała okolicę, poświęcając czas na oglądanie jeziora Ontario. Wsłuchiwała się w delikatne fale uderzające o brzeg. Nad nią mewy wołały o uwagę. Za nią trąbiły samochody, czekając na zmianę świateł. Rozległ się dźwięk AC-DC z mocnym basem i odwróciła się, by zobaczyć, że winowajcą był czarny samochód z opuszczonym dachem. Kontynuowała jazdę wzdłuż promenady. Jej usta zwilgotniały, gdy natknęła się na stoisko z hotdogami z cebulą smażącą się z boku. Sprawdziła godzinę w witrynie sklepowej i zdała sobie sprawę, że musi się pospieszyć, aby zobaczyć pierwszy dom.

Z zewnątrz budynek wyglądał zachęcająco. Nie był to wieżowiec, jak niektóre inne. Był średniej wielkości z prywatnymi balkonami. Balkonami ozdobionymi rzeczami osobistymi, takimi jak rowery i rośliny. Balkonami, na których najemcy stworzyli swój własny kawałek nieba. Gdzie byli dumni ze swoich nieruchomości.

Zauważyła nad sobą tabliczkę "Do wynajęcia". Zgodnie z obietnicą w ogłoszeniu miał widok na wodę. Nie mogła się doczekać, aby tam wejść i przyjrzeć się temu z bliska.

Gdy weszła do środka, przeszła się po holu, aby poczuć atmosferę tego miejsca. W dziale pocztowym przeczytała nazwiska zdobiące skrzynki, prawie jakby miała nadzieję, że kogoś rozpozna. Nie rozpoznała. Nacisnęła przycisk windy i ruszyła w górę.

Łatwo było znaleźć mieszkanie dzięki oznakowaniu wskazującemu drogę. Drzwi były otwarte. Zapukała i weszła do środka. Wokół kręcili się inni. Na pierwszy rzut oka wiedziała, że musi dostać to mieszkanie. Było przeznaczone dla niej.

Agent w kuchni rozmawiał z młodą parą. Do niej powiedział: "Zaraz do was przyjdę. Zapraszam do rozejrzenia się".

Wnętrze miało mdły odcień magnolii. Kuchnia była dobrze wyposażona w urządzenia ze stali nierdzewnej, w tym zmywarkę. Główny salon był otwarty. Idealnie. Wyobraziła sobie, jak tam siedzi, patrząc na niesamowity widok fal. Słuchając fal. Otworzyła drzwi balkonowe i wyszła na zewnątrz.

Niedaleko bawiły się dzieci. Wróciła do środka i obejrzała sypialnię. Była większa niż jej pokój w domu, miała łazienkę i więcej niż dużą garderobę. Musiałaby kupić wiele nowych butów i ubrań, aby zapełnić tę przestrzeń. Było cudownie. Wszystko. Chciała tego tak bardzo, że mogła to poczuć.

"Widok zapiera dech w piersiach - powiedział Ribby, gdy agent był wolny. "To jest dokładnie to, czego szukam".

"Jest na to popyt. Jeśli chcesz", powiedział agent. "Musisz dziś wypełnić wniosek. Czy kiedykolwiek wcześniej wynajmowałeś mieszkanie?

"Nie, mieszkałem w domu.

Przerzucał jakieś papiery. "Czy będziesz mieszkać sama? Pracujesz na pełny etat?"

"Tak, i tak. Pracuję w bibliotece. Jestem asystentką bibliotekarza i pracuję tam od siedmiu lat.

"Właściciel woli wynająć mieszkanie osobie samotnej lub młodej parze... jeśli wszystko jest w porządku z dokumentami.

Oczy Ribby rozbłysły, gdy przyjęła podanie. Agent podał jej długopis. Podczas gdy ona wypełniała wniosek, on rozmawiał z nią.

"Gdy twój wniosek zostanie zaakceptowany, będziemy potrzebować czeku na pokrycie czynszu za pierwszy i ostatni miesiąc".

"Nie ma problemu. Wypełniła formularz i złożyła podpis. "Kiedy dowiem się, czy mój wniosek został rozpatrzony pozytywnie?".

"Zadzwonię do ciebie. Powinniśmy wiedzieć do wtorku".

"Nie mamy telefonu. Jeśli dasz mi swoją wizytówkę, zadzwonię do ciebie. Może być wtorek rano?"

"Idealnie," zerknął na aplikację. "Pani Balustrade, do usłyszenia i powodzenia - powiedział agent, usuwając tabliczkę z napisem Open House. Odprowadził ją do windy i wyprowadził z budynku. Kiedy dotarli na ulicę, zapytał: "Czy mogę panią gdzieś podwieźć?".

"Nie, dziękuję, pójdę na spacer wzdłuż nabrzeża, a potem złapię autobus do domu".

Ribby pobiegła na plażę. Zsunęła sandały i pozwoliła, by piasek przesypał się między jej palcami. Następnie zanurzyła je w wodzie. Zebrała kilka muszelek, usiadła i wsłuchała się w odgłosy miasta i jeziora Ontario.

W pobliżu wylądowała mewa. Potem kolejna.

"Jak myślicie?", zapytała ptaki. "Czy to miejsce dla Angeli i dla mnie?".

Mewy spojrzały na nią, ale ich jedyną odpowiedzią było skrzeczenie.

$$* * *$$

B YŁO JESZCZE ZBYT WCZEŚNIE, by wracać do domu. Ribby postanowił obejrzeć meble. W salonie był spory wybór przedmiotów. Wszystko było jednak bardzo drogie, ponieważ potrzebowała wszystkiego.

Głos w jej głowie powiedział: Z drugiej ręki. Elegancja. Wyrafinowanie. Shabby chic.

Ribby rozejrzała się. Czy ktoś do niej mówił? Była sama. Przejechała palcami po oparciu sofy, myśląc: Shabby chic, co? Idealnie.

Głos powiedział: Nie zapomnij - nowe mieszkanie wymaga nowej garderoby.

Ribby zatrzymała się. Czy ona oszalała? Rozmawiała sama ze sobą, ale głos był inny. Głosem była Angela. Angela się urodziła.

Nie można oczekiwać, że urodzę się w tym życiu w starych łachmanach Marthy.

Ribby uśmiechnął się. Zgoda. Ale najpierw najważniejsze. Mieszkanie. Meble. Potrzebujesz pięknych rzeczy. Potrzebujemy pięknych rzeczy. Musimy się upewnić, że mama nigdy się nie dowie. Miałaby krowę.

Ona jest krową.

Ribby śmiała się do rozpuku.

Jak ja sobie radziłam bez ciebie?

Nigdy się nie dowiemy. Hej, masz zamiar kiedyś zapalić? Moje płuca wołają o papierosa!

Ribby sięgnęła do torebki i wyciągnęła papierosa. Wsunęła go między wargi, zapaliła i zaciągnęła się.

Ahhhhh - westchnęła Angela - potrzebowałam tego. Ribby, teraz potrzebujemy planu.

Wiem. Jeśli dostaniemy to mieszkanie, jak je ukryjemy przed matką? Jak zamierzam nadal jej płacić i płacić za nowe miejsce, plus zdobyć wszystko inne? Wiem, poproszę o podwyżkę.

Nie proś o podwyżkę, żądaj jej. I niech stara torba obniży ci czynsz!

Zalegam z podwyżką. Masz rację. Ale jeśli chodzi o mamę, nigdy się nie zgodzi, mimo że beze mnie straciłaby dom.

To jej problem, nie twój Rib. Jest dorosłą kobietą i jeśli nie będzie cię w pobliżu, będzie mogła wynająć twój pokój, prawda?

Ribby poczuła się dziwnie, choć raz mieć kogoś po swojej stronie.

Nie zamierzam zostać w mieszkaniu na cały etat. To by się nigdy nie udało. Znalazłaby sposób, żeby wszystko zepsuć. Nie, będę mieszkał w domu w tygodniu, a w mieszkaniu w weekendy.

Ona przejrzy twoją książeczkę bankową, jeszcze raz, Rib i zobaczy, że saldo spada, spada i uderzy w dach. Wiesz, jaka ona jest.

Ribby spojrzał na nią z zaskoczeniem. Skąd Angela o tym wiedziała?

Masz rację, będę musiała uważać, gdzie zostawiam torebkę. Z papierosami w środku zabierałam ją prosto do pokoju. Będę to robić nadal, a ona nie będzie mądrzejsza.

A jeśli poprosi cię o pieniądze, co zrobisz?

Zamierzam jej odmówić.

Pamiętasz, jak zaproponowałeś, że oddasz jej każdego zarobionego centa? Wszystko, co musiała zrobić, to przestać przyjmować dżentelmenów?

A skąd ona o tym wie? To tak, jakby była ze mną przez cały czas.

Tak, jak mogłabym kiedykolwiek zapomnieć? Matka śmiała się tak mocno, że myślałam, że się dusi. Próbowałem pomóc jej nabrać powietrza, uderzając ją w plecy, a ona w zamian uderzyła mnie tak mocno, że wypadł mi ząb.

Stara krowa będzie za tobą tęsknić, Ribby, ale zasługujesz na życie, a ja jestem tu, by ci pomóc. Dopilnować, żebyś je dostał. A teraz lepiej wracajmy, zanim stara klacz wyśle kawalerię!

Szczęście było w zasięgu wzroku, ale czasem trzeba było po nie sięgnąć.

ROZDZIAŁ 4

W PONIEDZIAŁEK RANO RIBBY wstała i wyszła bardzo wcześnie. Nie chciała widzieć Marthy. Do pracy ubierała się w specjalność Marthy-muumuu, w którym jej piersi walczyły z przednimi falbankami. Ten strój był zgodny z polityką garderoby biblioteki. Pospiesznie złapała autobus i przyjechała wcześniej niż zwykle.

"Dzień dobry, Ribby - powiedziała pani Pigeon, stała bywalczyni biblioteki. "Jeśli szukasz czegoś dobrego do czytania, polecam tę książkę". Wyciągnęła książkę i Ribby ją wziął.

"Moje życie na talerzu" - przeczytał Ribby. "Czy jest o jedzeniu?"

"Nie, w żadnym wypadku! powiedziała ze śmiechem pani Pigeon. "Jest o życiu, śmiechu i łzach". Zrobiła pauzę. "Przestań, Billy! Jason, wracaj tutaj. Dzieci wróciły do lady. "Przykro mi, że książka wraca z opóźnieniem."

"Sprzedałeś mi ją. Dziękuję, pani Pigeon. Uśmiechnęła się, stemplując zwróconą książkę.

"Nie ma za co, kochanie. Następnym razem, gdy przyjdę, możesz mi powiedzieć, co myślisz o

Clare Hutt. Pożegnajcie się z Ribbym, chłopcy. Jason przestań pluć na brata. Będziesz miał dużo kłopotów, kiedy wrócisz do domu!". Pani Pigeon uśmiechnęła się, prowadząc Jasona za ucho, a Billy'ego za rękę. Trójka wyszła przez obrotowe drzwi.

Ribby była zbyt podekscytowana, by czytać. Poza tym znów był poniedziałek i musiała jechać do szpitala.

O 17:00 Ribby zabrała swoje rzeczy z szafki i złapała autobus. Po drodze miała ochotę zapalić, ale nie chciała, żeby dzieci czuły od niej zapach papierosów.

Poszła do sklepu z pamiątkami, gdzie poprosiła o balony wypełnione helem dla każdego dziecka na oddziale. Myśl o tym była wspaniała, ale noszenie ich to już inna sprawa.

Zgodnie z obietnicą, Ribby zaczęła od pokoju Mikeya Landersa. Nie było go tam. Ruszyła wzdłuż korytarza, zaglądając po drodze do pokoi. Za nią podążali inni, tworząc śpiewającą paradę. Wózki inwalidzkie, kule, każdy był mile widziany. Nawet pielęgniarka Alice dołączyła.

Ribby spojrzał w jej stronę i ich oczy się spotkały. Coś było nie tak, ale to mogło poczekać. Kontynuowała występ.

Ribby weszła na środek. Nawiązała kontakt wzrokowy z dziećmi. Lucy May Monroe potrzebowała wstążki do włosów, którą Ribby wyciągnęła ze swojej magicznej torby. Była to fioletowa wstążka, ulubiony kolor Lucy May. Dziecko pisnęło z zachwytu. Mama Lucy owinęła ją wokół jej małego kucyka.

Podczas ostatniej wizyty Benjamin Fish zażyczył sobie pluszowego smoka, którego Ribby schowała w swojej magicznej torbie. Pozwoliła Benjaminowi sięgnąć do środka, a on go wyciągnął. Położył go na kolanach, szukając rodziców, ale nie było ich w pobliżu. Nie chcąc otwierać go bez nich, trzymał prezent na kolanach.

Czekało jeszcze kilkoro innych dzieci. Jedno po drugim Ribby spełniał ich życzenia. Znów zaśpiewała. Tym razem zatańczyła i wykonała Crocodile Rock Eltona Johna. Rozdała resztę balonów. Pozostał tylko balon Mikeya Landersa.

Ribby pożegnała się z dziećmi. Wzięła czerwony balonik Mikeya i poszła korytarzem. Pielęgniarka Alice już czekała.

"Ribby, poczekaj, muszę ci coś powiedzieć".

Ribby nie chciała słuchać wiadomości. Szła dalej. Gdyby nie wiedziała, nie byłaby to prawda.

Pielęgniarka Alice złapała Ribby za ramię. "Ribby, Mikey bardzo cierpiał, a teraz jest już spokojny.

Ribby chciała krzyczeć. Kontynuowała spacer i opuściła budynek. Gdy znalazła się na zewnątrz, wypuściła balon, po czym patrzyła, aż przestała go widzieć.

Nie płakała.

ROZDZIAŁ 5

RIBBY BYŁA BARDZO PODEKSCYTOWANA, kiedy zadzwoniła do agenta nieruchomości z budki telefonicznej i dowiedziała się, że mieszkanie należy do niej. Za nieco ponad tydzień miała się wprowadzić. Miała mnóstwo czasu, by kupić niezbędne rzeczy i wymyślić, jak trzymać się z dala od Marthy.

Dlaczego nie wykorzystać mnie? W końcu jesteśmy przyjaciółmi, prawda?

Jak to?

Czasami jesteś gruby jak cegła. Powiedz staremu toporzysku, że odwiedzasz przyjaciółkę, która mieszka w mieście i ma na imię Angela.

A jeśli będzie chciała cię poznać? Poza tym nie mogę kłamać, moja cera by mnie zdradziła.

Nie kłamiesz. Spędzisz ten czas ze mną. Masz idealne alibi - MNIE!

Tej nocy przy kolacji Ribby poruszył ten temat. "Chciałbym wyjść w piątek wieczorem z moją przyjaciółką, Angelą".

"Powiedzieć?!" Martha powiedziała ze zdziwieniem w głosie. "Masz przyjaciółkę?"

"Czytamy te same książki i dobrze się dogadujemy.

"Córko, uważaj na tę nową przyjaciółkę. Uważaj, żeby cię nie wykorzystała, bo jesteś bardzo naiwna, jeśli chodzi o światowe sprawy".

"Nic mi nie będzie, mamo. Oglądamy film i idziemy na kawę".

Dni mijały szybciej teraz, gdy jej życie wyszło z rutyny i wkrótce nadszedł piątek.

"Lepiej już pójdę. Spotykamy się przed kinem.

"Zanim pójdziesz, czy mógłbyś dać swojej biednej starej mamie kilka dolarów na wymianę butelki Jacka Danielsa?

Ribby zawahała się. Jeśli nie da matce pieniędzy, może nie wyjść z domu. Musiała przekazać gotówkę i tak też zrobiła.

"Spóźnię się, mamo; nie ma sensu na mnie czekać.

"Baw się dobrze - powiedziała Martha, wkładając gotówkę do stanika.

Idąc ścieżką, Ribby wzięła kilka głębokich oddechów. Nie mogła w to uwierzyć. Piątkowy wieczór, a ona wychodzi na miasto do kina.

Nie zapomnij o mnie.

Jak mogłabym? Bez ciebie nadal stałabym w tym pokoju!

Dobrze zrobiłeś Ribby, dając jej dzisiaj pieniądze. Ale nie więcej. Przyda nam się każdy Loonie!

Podczas filmu Angela chichotała z miłosnych uniesień.

To takie nudne! Nierealne. Chodźmy stąd.

To romantyczne. Daj mu szansę.

Ribby wepchnęła do ust kawałek czekolady.

Szkoda, że nie możemy tu palić.

Cicho.

Po filmie Ribby poczuł się zbyt zirytowany, by napić się kawy i udał się do domu.

Co powiesz, kiedy wrócimy, jeśli Sam-Wiesz-Kto nie śpi?

Nie wstanie. Po wypiciu Jacka Danielsa będzie już po niej.

Rano możesz jej powiedzieć, że zatrzymujesz się u swojej nowej przyjaciółki Angeli w sobotę wieczorem. Wrócisz w niedzielę wieczorem. Zrozumiano?

Wiedziałaby, że kłamię. Ona zawsze wie.

Może się dowie, ale to było zanim dostałeś własne mieszkanie. Podwójne życie. Zanim miałeś mnie. Poza tym, to kwestia techniczna. Zatrzymałeś się w moim domu, a ja jestem twoim przyjacielem. Więc... naprawdę mówisz prawdę.

Kiedy mówisz to w ten sposób, brzmi to całkiem nieźle.

Tak, teraz zapal papierosa i wracajmy.

ROZDZIAŁ 6

NADSZEDŁ DZIEŃ PRZEPROWADZKI I Ribby była gotowa do drogi. Zeszła na palcach po schodach, mając nadzieję, że uda jej się wślizgnąć niezauważoną. Niedługo potem Martha czekała na nią w kuchni.

"Filiżankę kawy?"

"Dzięki, mamo - powiedziała Ribby, siadając i spoglądając na zegarek.

Jedyne dźwięki, jakie słyszała, to przełykanie Marthy i szum lodówki.

"Angela i ja spędziłyśmy niesamowity czas w zeszły piątek wieczorem, mamo, i poprosiła mnie, żebym została z nią przez weekend. Chętnie bym pojechała.

Marta wetknęła nos w filiżankę. Jedną ręką dotykała obrusu, a drugą głaskała Scampa pod stołem.

Milczenie matki było denerwujące. Rzadko bywała tak cicha. Ribby czuła się winna i drżały jej ręce, gdy sączyła drinka. Zastanawiała się, czy jej matka wie.

Ribby myślała o powiedzeniu czegoś, cisza była okropna, ale bała się. Skończyła kawę, wstała i opłukała kubek. Odłożyła go na stojak do wyschnięcia.

"Cieszę się, że masz przyjaciółkę i mam nadzieję, że ją polubisz.

"Dzięki, mamo - powiedziała Ribby, biegnąc na górę po torebkę i wychodząc przez drzwi. Złapała autobus i przejechała przez miasto przed posłańcami.

"Chodź na górę!" powiedziała do interkomu. Mężczyźni przywieźli na wózku skromne meble i inne rzeczy, które zebrała podczas lunchu. Kiedy wyszli, poczuła się jak w domu, słuchając szumu fal z balkonu.

W południe Ribby wybrała się na spacer wzdłuż nabrzeża. Po drodze zauważyła kilka barów i klubów nocnych. Nigdy wcześniej nie była w żadnym, bo chodzenie tam samemu nie wydawało się interesujące, ale teraz było inaczej. Wróci tam później.

Z Angelą na świecie nie czuła się już taka samotna.

P óźniej tego wieczoru Ribby czekał na chodniku przed klubem nocnym.

Przestań chodzić, Ribby. Policzę do dziesięciu i wejdziemy do środka. Dobra, idziemy! Gotowi czy nie, zaczynamy!

Boję się.

Bułka z masłem, Ribby, bułka z masłem! Chodź za mną.

Jakbym miał wybór.

Schody były wąskie i słabo oświetlone. Podczas schodzenia Ribby drżały kostki w jej nowych butach na wysokim obcasie. Kiedy skręciła za róg do baru, światła stroboskopowe migały i pulsowały w rytm muzyki.

Przestań martwić się o buty. Raj czeka! Jest tutaj. Usiądę na tym stołku, żeby móc obserwować akcję. Nie wspominając o tym, że mogą nas zobaczyć!

Nie wiem. Czy nie będziemy wyglądać na zdesperowanych?

Nie zdesperowani, ale dostępni. Spójrz na to miejsce. Jest pełne śmiechu, muzyki, będziemy się świetnie bawić. Może postawisz nam drinka?

O co mam poprosić? Nigdy wcześniej nie zamawiałam drinka.

Zobaczmy, Angela spojrzała na menu drinków. Jeden z tych byłby dobry. Tak, zamów wódkę z tonikiem, niech będzie duża!

Ribby odchrząknęła, mając nadzieję, że zwróci na siebie uwagę barmana. Obecnie rozmawiał z mężczyzną na drugim końcu baru. Oczyściła gardło, ale przy głośnej muzyce i migających światłach nie sądziła, by ktokolwiek to zauważył.

Czy ja muszę robić wszystko? Angela jęknęła. "Przepraszam, panie barmanie, czy mogłabym prosić o duże V&T, kiedy będzie pan miał chwilę? "Tak - powiedziała.

Barman spojrzał na Ribby'ego i uśmiechnął się. "Jasne."

Przeszedł wzdłuż baru i spojrzał w kierunku Ribby, gdy mieszał drinka. "Nie wyglądasz znajomo. Jesteś stąd?"

"Przeprowadziłem się tutaj w ten weekend. Pomyślałam, że zobaczę jak tu jest - powiedziała Angela.

"Witamy w okolicy. A to jest na domu. Jestem komitetem powitalnym - powiedział barman, mrugając do niej.

Angela mrugnęła do niego powiekami. Pochyliła się w jego stronę, jakby chciała szepnąć mu coś do ucha. Jej piersi opadły do przodu w sukience, dając barmanowi pełny widok na dekolt Ribby'ego. "Dziękuję bardzo - powiedziała Angela. "Zawsze chciałam poznać komitet powitalny.

"Teraz zrobiłaś to z pierwszej ręki. Mam na imię Jake, a ty jak się nazywasz?

"Jestem Angela, miło mi cię poznać".

"Jeśli potrzebujesz czegoś więcej, po prostu zagwiżdż. Potrafisz gwizdać, prawda?".

"Jak powiedziała kiedyś wielka aktorka Lauren Bacall, po prostu złóż usta razem i dmuchnij". Jake roześmiał się, a Angela zagwizdała słabo.

Ta uwaga zaskoczyła Ribby'ego, ponieważ nigdy nie opanowała sztuki gwizdania. Nie wspominając o tym, że nigdy nie widziała filmu z Lauren Bacall.

Jake przesunął się wzdłuż baru i obsłużył innego klienta, który przyglądał się tej wymianie zdań.

"Jake, staruszku - powiedział mężczyzna, podchodząc bliżej. "Co powiesz na piwo?"

"Nigel. Stary. Nie widziałem cię od tygodni. Jak się masz, do cholery? Myślałem, że się wyprowadziłeś".

"Ja? Wyprowadzić się? Gdzie indziej mógłbyś się przeprowadzić, skoro przez większość życia mieszkałeś przy plaży? Nigdzie indziej! Musieliby mnie wywieźć w drewnianej skrzyni - powiedział Nigel, śmiejąc się, gdy Jake nalewał piwo.

"Co robiłeś?

"Praca, praca, praca, dość gadania - powiedział Nigel. Przyciągnął Jake'a bliżej i szepnął: "Kim jest ta kotka? Chodzisz z nią, czy ja też mogę ją mieć?".

"Jest nowa. Przeprowadziła się tu dzisiaj. Ma na imię Angela. Ma świetne cycki i niezłe poczucie humoru".

Widzisz, on nas lubi!

Nawet nas nie zna.

Ale chce nas poznać.

"Przepraszam, Jake - powiedziała Angela. "Chciałabym zamówić duże martini, wstrząśnięte, nie mieszane. Niech będzie podwójne".

"Jedno podwójne Martini, już podaję" - powiedział Jake.

"Więc jesteś fanką Jamesa Bonda?" zapytał Jake, stawiając przed nią Martini.

Angela bawiła się oliwką, obracając ją w kieliszku, zanim wylała całą zawartość z powrotem.

Ribby zachwiał się. Tak jak ona nie widziała wcześniej ani jednego filmu o Jamesie Bondzie, ani nie czytała żadnej z powieści Iana Fleminga. Zastanawiała się, skąd Angela może wiedzieć rzeczy, których ona nie wie.

Angela mówiła. "Sean Connery był moim ulubionym Bondem. Powinni byli przestać kręcić filmy, kiedy odszedł". "Jeszcze jedno podwójne martini dla mnie, proszę, Jake. Przesunęła szklankę po barze.

"To dość mocny trunek - przerwał Jake. "Jesteś pewna, że masz ochotę na kolejne podwójne tak szybko?"

"Jestem klientem, a ty komitetem powitalnym, więc spraw, bym czuła się mile widziana. Obiecuję, że będę grzeczna - powiedziała Angela.

Jake spojrzał w dół baru na Nigela, który siedział sam. Dziesięciu facetów schodziło po schodach i przyglądało się Ribby'emu. "Chciałbym, żebyś poznał mojego przyjaciela. Nigel, to jest Angela. Przyda jej się towarzystwo. Nigel dobrze zna to miejsce i jest dobrym facetem. Mogę za niego ręczyć.

"Miło cię poznać - powiedział Nigel, wyciągając do niej rękę.

"Mnie również miło cię poznać - powiedziała Angela, przesuwając się, by uniknąć zdrętwiałego tyłka. Zamoczyła oliwkę w swoim świeżym martini i wbiła ją do środka. Włożyła ją do ust i wlała sobie drugiego drinka do gardła.

"Słyszałem, że jesteś nowa w okolicy? zapytał Nigel, obserwując, jak z kącika ust Angeli wycieka odrobina martini.

Ribby podniósł serwetkę i starł płyn. Wciąż smakował okropnie. Tak jak wyobrażała sobie smak zmywacza do paznokci. Jak Angela mogła cieszyć się czymś, czego sama nie lubiła?

"Tak, wynajęliśmy mieszkanie. Jest piękne - powiedziała Angela.

"My?"

Ribby był przerażony.

Angela roześmiała się. "My w sensie królewskim. Mieszkam sama.

"Chcesz zatańczyć?" zapytał Nigel.

Ribby nigdy w życiu nie tańczyła.

Angela próbowała zejść ze stołka. Straciła równowagę i potknęła się.

Nigel złapał ją za ramię. "Hej, wszystko w porządku?"

"Nic mi nie jest - powiedziała Angela. "Albo będzie, gdy pójdę do pokoju dziewcząt. Wiesz, gdzie to jest?

"Tam, na końcu baru.

"Okie dokie - powiedziała Angela. Złapała Nigela za kołnierz i spojrzała w jego głębokie, niebieskie oczy. "Nie ruszaj się. Wrócę za kilka sekund, by przyjąć twoją ofertę tańca.

Ribby wziął głęboki oddech, a Nigel skinął głową i odsunął się.

Angela poklepała swoją sukienkę.

Po wejściu do kabiny, Ribby oparła się o metalowe drzwi, które były chłodne na jej plecach. Zanim usiadła, oderwała kawałek papieru toaletowego i przykryła nim siedzenie.

Pokój wirował.

Chyba będzie mi niedobrze.

Nie, nie zachorujemy, Ribby. Posiedzimy tu przez minutę lub dwie. Potem pójdziemy do zlewu i ochlapiemy sobie twarze wodą. Nic nam nie będzie. Obiecuję.

Kilka chwil później Angela podeszła do Nigela. Wyglądał na zmartwionego. Nie wyglądał dobrze, ale nie był też brzydki. Wyglądał normalnie. Miał na sobie czarne dżinsy, jasnoniebieską koszulkę i czarne buty. Podobał jej się jego mały zarost.

"Chodź - powiedziała Angela, biorąc Nigela za rękę i prowadząc go na parkiet.

To była wolna piosenka.

Ribby nawet nie wiedział, jak się trzymać. Pot kapał z jej dłoni.

Nigel trzymał ją na wyciągnięcie ręki.

"Bliżej - szepnęła Angela, przyciągając go do siebie, ściskając jego pośladki.

Podczas gdy Chris de Burgh intonował Lady in Red, Angela oparła głowę na ramieniu Nigela i odprężyła się. Ribby również się odprężył. Czuła bicie jego serca przy swoim. Czuła jego oddech na swojej szyi.

Angela chciała zabrać go do domu.

Ribby nie chciał.

P**o tańcu A**ngela **chwyciła** Nigela za rękę i pociągnęła go z powrotem do baru. Usiedli na stołkach, dotykając się kolanami. Nigel pstryknął dwoma palcami w stronę barmana i powiedział: "Tequila".

"Próbujesz mnie upić? Angela zaczesała włosy za ucho i pochyliła się bliżej.

"Nie. To nie w moim stylu.

Angela dotknęła jego kolana, gdy przyniesiono drinki.

Nigel wrzucił w siebie kieliszek. "Czym się zajmujesz? Mam na myśli to, z czego żyjesz. To znaczy, myślę, że tutaj postępujemy trochę szybciej".

Zgadzam się!

Cicho, Ribby. Wracaj spać. Potem do Nigela: "Trochę tego i trochę tamtego". Dorzuciła kieliszek tequili i włożyła limonkę między zęby.

"Och, tajemnicza kobieta, co?" Zaśmiał się. "Cóż, pracuję w public relations."

"Jakie to ekscytujące! Zawsze pracowałaś dla tej samej firmy?"

"Tak. Jedna z dziesięciu najlepszych firm zatrudniła mnie zaraz po studiach. Kiedy zaczynasz pracować dla najlepszych, jedyną drogą jest dół".

"Rozumiem. Więc co lubisz robić? To znaczy, poza PR-em i przesiadywaniem w barach".

"Zazwyczaj nie przesiaduję w barach".

"Racja, racja - powiedziała Angela.

"Szczerze - powiedział Nigel, dotykając dłonią jej kolana.

Ribby poczuł niepokój. Stawał się zbyt znajomy. Chciała odejść.

Angeli się to podobało.

Nigel kontynuował: - Znam Jake'a. Znamy się od lat, więc czasem przychodzę do Cat's Eye, żeby się zrelaksować. Nie można cały czas siedzieć w mieszkaniu i oglądać Netflixa albo grać na Xboxie. Lepiej jest wyjść na zewnątrz. Poznawać ludzi, a ta okolica to takie tętniące życiem miejsce!".

"Jest, ale teraz wolałbym zamordować filiżankę kawy. Chcesz pójść gdzieś indziej, mniej hałaśliwie, i kupić dziewczynie kawę? Zaprosiłbym cię do siebie, ale panuje tu totalny bałagan, bo dopiero się dziś wprowadziłem - powiedział Ribby.

Mówiłem, żebyś zostawił to mnie. Wynoś się.

Jest mała kawiarnia tuż przy drodze, a potem odprowadzę cię do domu. Jeśli nie masz nic przeciwko, Angela?".

Jedna filiżanka kawy, nie mam nic przeciwko.

Weź pigułkę na uspokojenie.

Ribby i Nigel szli ramię w ramię do Night Owl Cafe, gdzie zamówili cappuccino. Rozmawiali swobodnie do pierwszej w nocy, kiedy Ribby powiedziała, że chce iść do domu.

"Jesteś takim dżentelmenem, że poprosiłeś mnie o odprowadzenie do domu. Cieszę się, że Jake nas sobie przedstawił".

Kiedy dotarli do domu Ribby, Nigel zapytał: "Mogę dostać twój numer telefonu? Chciałbym cię jeszcze zobaczyć".

"Nie mam jeszcze telefonu - powiedziała Angela, grzebiąc w torebce w poszukiwaniu kluczy. Kiedy spojrzała za siebie, Nigel rzucił się, by ją pocałować. Kiedy jego usta spotkały się z ustami Angeli, odwzajemniła pocałunek. Przejechała dłońmi po jego ramionach i klatce piersiowej. Jego dłonie znów ją badały.

Kiedy kolana Ribby'ego zaczęły się uginać, przejęła inicjatywę. Zbyt zdyszana, by mówić, odsunęła się. "Lepiej wejdę do środka." Dotknęła swoich ust. Wciąż ją mrowiły.

"Mam nadzieję, że nie byłam zbyt śmiała. Wygląda na to, że ci się podobało.

"Podobało mi się - powiedziała Angela.

"Muszę już iść - powiedział Ribby. "To był długi dzień, przeprowadzka i w ogóle. Otworzyła drzwi i weszła do środka.

Nigel poszedł za nią do otwartej windy. "Kiedy znów się zobaczymy?

Gdy winda zaczęła się zamykać, Angela przejęła stery. "W następną sobotę, o tej samej porze i na tym samym kanale.

Gdy drzwi się zamknęły, Ribby ponownie dotknął jej ust. To był jej pierwszy pocałunek i bardzo jej się podobał.

Angela chciała więcej. Jego pocałunek sprawił, że zrobiło jej się gorąco.

Otworzyła drzwi na balkon. Nigel stał na dole i patrzył w górę. Pomachał do niej.

"Dobranoc, Nigel - powiedział Ribby.

"Dobranoc, Angela - powiedział Nigel.

Mogliśmy go zaprosić.

Dopiero go poznałem i nic o nim nie wiem. Poza tym mam dziwne uczucie w głowie i żołądku.

Jest zupełnie nieszkodliwy.

Jeśli to prawda, to wróci.

Ribby wrócił do środka. Zamknęła i zaryglowała drzwi balkonowe. Poszła do łazienki i długo przyglądała się sobie w lustrze, spodziewając się zobaczyć tam Angelę. Nie znalazła po niej śladu.

Po gorącym prysznicu Ribby położyła się do łóżka. Zamknęła drzwi sypialni, jakby była w domu. Potem zdała sobie sprawę, że nie musi już tego robić. Wstała, otworzyła je szeroko, po czym wróciła do łóżka. Miała na sobie flanelową koszulę nocną, ponieważ nocne powietrze ją wychłodziło. Gdy tylko opadła z powrotem na poduszkę, pokój zaczął wirować. Sufit był podłogą, a podłoga sufitem. Kiedy zamknęła oczy, żołądek podszedł jej do gardła. Przylgnęła do krawędzi łóżka, jakby dryfowała na łodzi ratunkowej, aż nie mogła już dłużej znieść wirowania. Pobiegła do łazienki i zwymiotowała. Ribby zaprzyjaźnił się z kawałkiem porcelany, klęcząc obok niego, jakby był bogiem.

Z pustym żołądkiem wróciła do łóżka i próbowała zasnąć. Pokój już nie wirował. Głos w jej głowie nie był przyjemny. Angela zdawała się wiedzieć wszystko. Że już kiedyś przez coś przechodziła. Innego niż ona sama doświadczyła. Jak to było możliwe? Dlaczego zamówiła te wszystkie martini?

Myśl o piciu martini i tequili sprawiła, że Ribby'emu zakręciło się w żołądku. Tym razem były to suche fale; nie miała nic więcej do zaoferowania porcelanowemu bogu.

Spała u stóp boga, przyciskając czoło do chłodnej porcelany.

ROZDZIAŁ 7

RIBBY OTWORZYŁA OCZY. LEŻAŁA na podłodze w łazience. Podniosła się i użyła muszli klozetowej jako kotwicy. Niepewnie opuściła pokrywę i usiadła na niej. Odkręciła kran w umywalce obok niej, pozwoliła wodzie płynąć przez kilka sekund, a następnie napełniła szklankę i wzięła łyk. Ręce jej się trzęsły, gdy woda spływała do żołądka.

Kiedy Ribby mogła wstać, przytrzymała się zlewu, spojrzała na swoje odbicie w lustrze i przyrzekła sobie, że nigdy więcej nie wypije alkoholu.

Co za lekkoduch.

Ribby wzięła prysznic, ubrała się i poszła na spacer, aby oczyścić głowę. Zatrzymała się w kawiarni i zamówiła mocną kawę. Siedząc i popijając, zdecydowała, że jest gotowa wrócić do domu, więc poszła i złapała autobus.

To znaczy do domu Marty.

Czy to naprawdę wydarzyło się wczoraj? To było jak sen.

Rzyganie było bardziej jak koszmar!

Pocałunek Nigela był senny.

Mój pierwszy pocałunek był lepszy niż naleśniki z masłem i syropem.

Ciii, jestem na ciebie głodny.

Ribby wysiadła z autobusu i poszła do domu. Kiedy skręciła za róg, Martha siedziała tam w koszuli nocnej, popijając piwo o czwartej po południu.

"Jak się miewa moja córka?" zapytała Martha.

"Świetnie się bawiliśmy, mamo. Angela jest świetną zabawą. Zaprosiła mnie do siebie w następny weekend.

"Dobrze. Wszyscy mówią, że jesteś zbyt poważna. Potrzebujesz przyjaciółki w swoim wieku, z którą mogłabyś się dobrze bawić".

"Kim są wszyscy, mamo?"

Marta wstała. Potknęła się lekko, gdy Ribby się odsunął. Zapach piwa w połączeniu z jej niemytym ciałem sprawił, że wzięła płytki oddech.

"To nie ma znaczenia. Myślę, że ty też potrzebujesz męskiego towarzystwa.

"Spotkałam jednego zeszłej nocy, miał na imię Nigel. Odprowadził mnie do Angeli i..."

"Byłaś poza domem pewnej nocy i dostałaś mężczyznę, który odprowadził cię do domu! Wygląda na to, że jesteś bardziej moją dziewczyną niż myślałem!"

"Nic się nie stało".

"Nie tym razem, córko, ale w twoich żyłach płynie moja krew i czas pokaże, że to, co mówię, jest prawdą. Kiedy mężczyzna weźmie cię w swoje ręce, kiedy zacznie cię dotykać w tych miejscach, o tych miejscach, wtedy ożyjesz. Zabierze cię tam, gdzie nigdy nie wyobrażałaś sobie, że twoje ciało może się udać. Każdy mężczyzna może to dla ciebie zrobić, córko, bez względu na to, czy go kochasz, czy nie. Każdy mężczyzna może to zrobić. Każdy mężczyzna, który wie, może cię tego nauczyć".

"Nie chcę tego słuchać - powiedziała Ribby, pospiesznie wchodząc po schodach do swojego pokoju. Zatrzasnęła drzwi i zamknęła je na klucz. Napełniła wannę, dodała kilka bąbelków i wzięła książkę z bocznego stolika. Moczyła się godzinami, starając się nie myśleć o tym, czego Nigel mógłby ją nauczyć.

ROZDZIAŁ 8

Wróciłem do pracy w poniedziałek rano. Zwykła kolejka klientów. Ribby ich obsługuje, główny bibliotekarz tego nie zauważa. Później, na drugim piętrze, Ribby odkładała książki na półki. Wyjrzała przez okno, żeby sprawdzić, czy dzieje się coś ciekawego, ale nic się nie działo. Dopóki coś się nie wydarzyło. Ulicą przejechała limuzyna. Szofer w czapce wysiadł i otworzył drzwi. Ribby obserwował, jak para długich nóg na niezwykle wysokich obcasach, przymocowanych do blondynki, wyszła z limuzyny. Szofer zamknął drzwi, a kobieta odeszła w kierunku przeciwnym do biblioteki.

Chciałabym wyglądać inaczej.

Ja też. Co miałaś na myśli?

Nasze włosy, moglibyśmy je zmienić. Przefarbować. Blondynkom bardziej się podobają.

Może zamiast tego peruka? Mniej trwała.

Brzmi jak plan. Nie mogę się doczekać!

Po odłożeniu książek na miejsce, Ribby wróciła do biurka. Poszukała pobliskiego sklepu z perukami. Wigs-R-Us znajdował się kilka przecznic dalej.

Spojrzała na zegarek i zdała sobie sprawę, że zbliża się pora lunchu. Z łatwością dotrze tam i z powrotem. Przed sklepem spojrzała na peruki wystawione w oknie.

Ta mi się podoba. I ta.

Tak? Chciałabyś taką krótszą?

Tak, zdecydowanie krótszą.

Kiedy weszła do sklepu, zadzwonił dzwonek do drzwi. Było wyjątkowo cicho, ciszej niż w bibliotece.

"Halo?" odpowiedział Ribby.

Zza lady wyłoniła się kobieta z wyciągniętą ręką: "Witam w moim sklepie. W czym mogę dziś pomóc? Choć stała, była znacznie niższa od Ribby'ego.

Ribby otworzyła usta, by się odezwać, ale zanim zdążyła cokolwiek powiedzieć, kobieta odezwała się ponownie.

"Jeśli chcesz usiąść tutaj, mogę ci przynieść kilka peruk. Po prostu pokaż mi, które chcesz przymierzyć. Założę ci perukę, a potem voila, możesz spojrzeć na swoją nową formę w lustrze".

Kobieta położyła rękę na plecach Ribby i poprowadziła ją do krzesła. Ribby usiadła, a kobieta za pomocą uchwytu przesuwała krzesło coraz niżej. Ribby pochyliła się jeszcze bardziej, aby się pomieścić.

"Co ty robisz? zapytała kobieta, gładząc Ribby po włosach. "Jak zarabiasz na życie? Czy naprawdę chcesz perukę pasującą do twojego stylu życia? Przy okazji, twoje włosy są piękne.

"Dziękuję. Pracuję w bibliotece. Chciałabym blond perukę. Krótką, jak ta w oknie. Tutaj."

"Och, to interesujący wybór. To nasza ulubiona blond peruka. Znasz to powiedzenie, blondynki są fajniejsze".

Kobieta za ladą miała pudełko pełne peruk, takich jak ta w oknie. Przyniosła je i zaczęła wiązać prawe włosy Ribby'ego.

"Zmieniłam zdanie - powiedziała Angela. Wskazała w górę: "Chciałabym wypróbować tę". "Och - odpowiedziała.

Co? Co ty wyprawiasz?

Ten drugi jest zwykły. Chcę czegoś specjalnego.

W porządku.

Peruka miała grzywkę nad czołem i tył odwrócony pod spodem. Miała długość do ramion i wyglądała dość sztywno.

Zdecydowanie nie.

Zgadzam się.

A co z tą?

Była uderzająco krótka z przedziałkiem po lewej stronie, ale z przedziałkiem. Grzywka była spięta, włosy cieniowane dookoła, a włosy kończyły się tuż poniżej płatków uszu. Gdy kobieta ją założyła, Ribby'emu i Angeli bardzo się spodobała. Był to całkowity kontrast do codziennego wyglądu Ribby'ego.

Nie mogę w to uwierzyć, wyglądam pięknie.

Oczywiście, że tak, Angela.

"Doskonale! Zapakuj to!" powiedział Ribby. "Muszę wracać do pracy."

Teraz potrzebujemy tylko nowych ubrań!

Ribby spędziła popołudnie pracując na komputerze. Najpierw wysyłała e-maile do przestępców, którzy spóźniali się ze zwrotem książek. Powtarzające się wykroczenia wymagały rozmowy telefonicznej.

Po pracy poszli do centrum handlowego i kupili kilka rzeczy. Robiło się późno, więc Ribby musiała złapać Ubera, aby dotrzeć do szpitala na czas.

Rzuciła się w wir zabawiania dzieci. Nieobecność Mikeya wciąż wisiała w powietrzu, ale dzieciom udało się uśmiechnąć, a nawet trochę pośmiać.

Podczas jazdy autobusem do domu wiatr złapał kurtkę Ribby i popchnął ją.

Dlaczego nie jedziemy do naszego prawdziwego domu?

Jest dopiero poniedziałek, nie chcemy, żeby mama nabrała podejrzeń.

Dobrze, zgodzę się na tę farsę.

Cicho.

Ribby przekręcił gałkę i otworzył frontowe drzwi do domu Martina.

Rozległ się męski śmiech.

Ribby nasłuchiwała przez chwilę, słysząc brzęk sztućców o talerze. Jej żołądek burczał. Przez cały dzień nic nie jadła.

W kuchni John MacGraw zanurzał chleb w na wpół opróżnionej misce. Martha nabierała łyżkę gulaszu do miski Scampa, a on pochłaniał ją łapczywie.

Kiedy Ribby weszła do kuchni, spojrzała na Marthę, która się uśmiechała. Czasami Marta wyglądała jak inna osoba, gdy John był w pobliżu. Ze wszystkich facetów, których jej mama przyprowadzała do domu, John był najbardziej uprzejmy. Wydobywał to, co najlepsze z jej matki, która zdawała się chcieć, aby myślał, że są sobie bliscy.

"Cześć, mamo. Ciebie też witam, John.

"Dołącz do nas - gruchnęła Martha, klepiąc siedzenie najbliższego krzesła. Zanim Ribby zdążył usiąść, Martha podskoczyła. "Czekaj, najpierw muszę ci coś pokazać. To prezent od Johna.

"To może poczekać do kolacji - powiedział John, stanowczym głosem nakłaniając ich oboje, by usiedli.

"Z pewnością ładnie pachnie - powiedziała Ribby, gdy Martha wzięła ją za rękę i wyciągnęła z kuchni.

"Ta-dah! powiedziała Martha. Był to nowy przenośny telefon z bardzo długim przedłużaczem.

"Wow, to niesamowite."

"Na pewno, a teraz wracajmy do kuchni. Nie chcemy kazać Johnowi czekać".

"Twoja mama jest świetną kucharką - powiedział John, gdy już usiedli.

"Dziękuję za telefon.

"Nie martw się, najwyższy czas, żebyś to zrobił tutaj. Ułatwi mi to kontakt" - powiedział John.

Martha nalała więcej gulaszu do miski Johna. "Nie jestem pewna, czy ci o tym wspominałam, John. Ribby spędza poniedziałkowe wieczory zabawiając chore dzieci w szpitalu. Nalała trochę do miski Ribby'ego. "Jak tam Mikey? "Mikey jest ulubieńcem Ribby'ego, on... Nie czekała na odpowiedź.

Ribby rozpłakała się. Nigdy wcześniej nie płakała z powodu Mikeya. Teraz nie mogła przestać. Łzy nadal płynęły, spływając po jej policzkach do miski z gulaszem.

"Weź się w garść, dziewczyno - powiedziała Martha podniesionym głosem. Spojrzała na Johna, by sprawdzić, czy to zauważył. Zadowolona, że nie zauważył, poklepała rękę Ribby'ego i mruknęła. "Co się stało? Mamy towarzystwo, a ty płaczesz jak dziecko. Weź się w garść. Wcisnęła paznokieć w grzbiet dłoni Ribby'ego i szepnęła: "Zawstydzasz Johna".

"Ow - powiedział Ribby, odciągając jej rękę i dalej szlochając.

"Nie martw się o mnie - powiedział John. "Dobry płacz nigdy nikomu nie zaszkodził. To jest twój dom, Ribby, i możesz płakać, jeśli chcesz.

Ribby zaczął się śmiać. Nie chichotać, ale śmiać się. W jej głowie zabrzmiała melodia: to jest mój dom i mogę płakać, jeśli chcę, płakać, jeśli chcę, płakać, jeśli chcę. "Mikey nie żyje.

ROZDZIAŁ 9

"Angela zaprosiła mnie na cały weekend - powiedział Ribby przy śniadaniu następnego ranka.

"To dobry moment, Ribby, dobry moment. John i ja spędzamy weekend razem. Mamy pewne plany.

Ribby westchnął z ulgą.

"Ciesz się tym i..." Chwyciła Ribby'ego za nadgarstek. "Chcę ci powiedzieć, jak bardzo było nam z Johnem przykro, gdy wczoraj dowiedzieliśmy się o małym Mikeyu. Nie chcę, żebyś znowu płakał, ale jestem z ciebie dumna. Mam nadzieję, że ten weekend ci się spodoba. Zasługujesz na to."

Ribby, zaskoczona miłymi słowami matki, zarzuciła jej ramiona na szyję.

"W porządku - powiedziała, klepiąc córkę po plecach.

Rozstały się i Ribby udała się na przystanek autobusowy. Jej dzień coraz mniej przypominał Dzień Świstaka.

Co za bzdura. Jak mogłaś ją przytulić po tym wszystkim, co ci powiedziała i zrobiła? Jak mogłeś? Dostałem gęsiej skórki.

Była szczera.

Jesteś taki naiwny!

Nosząc NOWĄ PERUKĘ I ciemne okulary przeciwsłoneczne, Angela była zdeterminowana, by wybrać się na zakupy.

Ale nie możemy sobie na to pozwolić.

Po to jest kredyt.

I tak muszę go spłacić.

Spokojnie, będzie dobrze.

Angela przymierzała stroje w stylu Ribby, maksymalnie obciążając kartę kredytową.

Szczerze, koniec z wydawaniem pieniędzy.

Dobra, dobra, ale czy nie wyglądamy bajecznie?!

Ribby przyznała, że nie może już rozpoznać samej siebie.

Jesteś tam. Ty jesteś oknem, a ja ramą.

Głowy odwracały się, gdy szła promenadą. Były okrzyki i gwizdy.

Wpadła do innego klubu nocnego bliżej nabrzeża. Bramkarz sprawdził dowód osobisty Ribby'ego i obejrzał zdjęcie dwa razy.

"Jesteś pewna, że to ty?" zapytał.

"Oczywiście, że tak - odpowiedział Ribby. "To peruka".

"Przepraszam, nie chciałem urazić. Oto kupon na darmowego drinka."

"Dzięki.

Nie podobał mi się sposób, w jaki ten facet na nas patrzył.

Tak, to było tak, jakby miał wizję rentgenowską i widział prosto przez sukienkę.

Co za kretyn.

Po prostu weźmy darmowego drinka, a potem udajmy się do Cat's Eye.

J AKIŚ CZAS PÓŹNIEJ DOTARŁA do Cat's Eye i zauważyła Nigela siedzącego samotnie.

Nie sądzę, żeby nas rozpoznał.

Dlaczego miałby to zrobić? Mamy na sobie ciemne okulary i blond perukę.

Angela zamówiła Martini.

Sama myśl o alkoholu sprawiła, że Ribby poczuł mdłości w żołądku.

Nigel spojrzał na Angelę. Odpowiedziała mu mrugnięciem, po czym odstawiła Martini. Zamówiła kolejne.

"Chciałabyś zatańczyć? - zapytał.

Nigel objął Angelę w pasie i przytulił ją do siebie. Spojrzał w ciemne okulary przeciwsłoneczne Angeli.

Angela położyła dłoń na prawym pośladku Nigela. Kołysała nim w przód i w tył. Oboje wirowali w ciemności w rytm pulsujących dźwięków disco. Zanim piosenka się skończyła, zaczęli się całować. Zapomnieli, że są w miejscu publicznym. Nigel wziął ją za rękę i wyprowadził z klubu.

Nie było żadnych słów, ponieważ namiętność między nimi była zbyt wielka. Przeszli kilka kroków, po czym Angela popchnęła go na kamienną ścianę i pocałowała raz jeszcze.

Szli dalej, mijając 7-11. Obejmowali się i całowali, a szminka Angeli była na jego kołnierzyku i na twarzy. Oboje wyglądali jak po bitwie.

Kiedy dotarli do domu Ribby'ego, Nigel zdał sobie sprawę, kim jest Angela. Wzięła go za rękę i zaprowadziła na górę.

"Chwileczkę - powiedział Nigel. "Czy to jakaś gra?".

"Oczywiście, że nie - powiedziała Angela, rozpinając guziki jego koszuli i całując go po klatce piersiowej. "Chodź.

"Nie wiem, co się z tobą dzieje - powiedział Nigel. "I..."

"Och, zamknij się! A mówią, że kobiety za dużo gadają!" powiedziała, gdy zdarli z siebie nawzajem ubrania i upadli na łóżko.

Potem Nigel pozbierał swoje ubrania i wymknął się, zanim Angela się obudziła.

Ribby nie pamiętał opuszczenia klubu nocnego.

Angela pamiętała każdy szczegół.

ROZDZIAŁ 10

D ZIECIŃSTWO RIBBY BALUSTRADE NIE było szczęśliwe. Była samotną jedynaczką, której przydałaby się dwójka rodziców. Ponieważ nigdy nie znała swojego ojca, musiała go sobie wyobrazić. Postrzegała go jako skrzyżowanie postaci Atticusa Fincha z "Zabić drozda" i prawdziwej postaci Gregory'ego Pecka.

Kiedy Ribby zapytał o jej ojca, Martha zmieniła temat.

Ribby wróciła do czytania "Zabić drozda". "Nigdy tak naprawdę nie zrozumiesz osoby, dopóki nie rozważysz rzeczy z jej punktu widzenia... dopóki nie wejdziesz w jego skórę i nie będziesz w niej chodzić".

Po licznych pytaniach dotyczących jej ojca i braku odpowiedzi, Ribby opracowała plan. Wspięła się na to, co jej matka nazywała "strefą zakazaną" strych i zbadała sprawę jak Nancy Drew. Niestety, wszystko, co tam odkryła, to pełzające po ścianach pełzacze, głównie pająki. Do tego dochodził chorobliwy smród starych, zakurzonych i zatęchłych, zapomnianych pudełek z przedmiotami niezwiązanymi z jej ojcem.

Skradając się z powrotem na dół, usłyszała stukot butów matki na ganku. Zdając sobie sprawę, że zapomniała zamknąć drzwi na strych, Ribby spanikowała. Przesunęła drabinę z powrotem do pierwotnej pozycji, planując naprawić ją później. Miała nadzieję, że matka tego nie zauważy.

Kiedy usiedli do kolacji, Ribby modliła się w kółko, aby jej matka tego nie zauważyła. Powiedziała Bogu, że do końca życia nie powie ani nie zrobi nic złego. Przyrzekła oddać swoją ulubioną zabawkę, blond lalkę o imieniu Anna.

Marta odwiesiła płaszcz i poszła prosto do kuchni. Usiadła. Ribby zagotował czajnik i podał matce filiżankę kawy. Martha upiła łyk, uważając, by nie rozmazać sobie ust.

Ribby zauważyła ten niuans. Zachowanie szminki oznaczało, że Martha znów wychodzi. Podziękowała Bogu za to, że ją wysłuchał i jej puls zwolnił.

"Więc, co dzisiaj porabiałaś? zapytała Martha. "Skończyłaś pracę domową?

"Prawie, mamo, prawie - odpowiedziała Ribby, pochylając się do przodu, by uzupełnić filiżankę kawy matki.

"A tak przy okazji, co robiłaś w Strefie Zakazanej, moja dziewczynko? zapytała Martha, podtrzymując trzęsącą się rękę Ribby podczas nalewania.

Ribby nie nawiązała kontaktu wzrokowego z matką. Kilka sekund później mocz rozlał się po jej nogach, butach i podłodze, a ona zaczęła płakać.

"Niech to szlag, Ribby. Zobacz, co zrobiłaś! Obsikałaś całą moją podłogę. Weź mopa i posprzątaj. Nie martw się o porządek, posprzątaj to! Co ma zrobić matka z córką, która kłamie? Co ma zrobić matka z córką, która sika na jej czystą podłogę?".

Ribby gorączkowo mopował. Chlupotanie do przodu i do tyłu dało jej czas do namysłu. Zimne uczucie moczu na skórze przyprawiało ją o dreszcze. Kiedy podłoga znów była nieskazitelnie czysta, Ribby odłożyła mopa na miejsce i poszła się przebrać.

"Nie tak szybko, moja dziewczynko - powiedziała Martha, chwytając córkę za włosy i ciągnąc ją do drabiny. "Nie możemy zostawić tego otwartego przez całą noc, prawda? Pełzające robale, wiesz. A teraz wejdź na górę - powiedziała Martha, popychając córkę w górę.

Ribby zamachała rękami. Bała się wejść na górę. Bała się spaść.

Kiedy dotarła na szczyt, Martha roześmiała się. "Skoro tak ci się tam podoba, powinnaś spędzić tam noc. Wejdź, moja dziewczynko". Martha wspięła się za nią po drabinie. "Zastanów się, co oznacza strefa zakazu wstępu - krzyknęła Martha, zamykając drzwi pułapki. Drabina zakołysała się pod ciężarem Marty. Kiedy jej wysokie obcasy dotknęły podłogi, kliknęły i zatrzymały się. Ribby już płakał. "Założę zamek i zgaszę światło. Słuchasz mnie?

Ribby szlochał jeszcze głośniej.

"Na wypadek, gdybyś się zastanawiał, na górze są nie tylko pająki. Są tam też małe futrzaste szczury!"

Ribby krzyczała i waliła w drzwi, błagając matkę, by ją wypuściła. Błagała. Przysięgając, że już nigdy nie będzie jej nieposłuszna. Nie było odpowiedzi.

Na zewnątrz trzasnęły drzwi samochodu. Martha i jeden z jej chłopców odjechali.

Coś futrzanego minęło jej nogę, a ona pobiegła, potknęła się i uderzyła w głowę. Ponownie zawołała matkę. Wciąż bez odpowiedzi.

Kiedy Marta wróciła, powiedziała: "Nie idź tam więcej. To znaczy, nigdy".

"Tak, mamo" - powiedziała Ribby i nigdy więcej tego nie zrobiła.

Wspomnienie uwięzienia na strychu. Upokorzenie, gdy zmoczyła spodnie. Cała wina i wstyd powróciły z zemstą. To samo traumatyczne wspomnienie. Zmuszając Ribby'ego do przeżywania tego w kółko.

Twoja matka jest totalną i kompletną KROWĄ.

Chciała dobrze. To była nauczka.

Moja stopa ma dobre intencje i przyłożę jej prosto w tyłek, jeśli jeszcze raz spróbuje czegoś takiego.

Cieszę się, że jesteś teraz w moim narożniku.

To, co wiedziała Angela, już nie dziwiło ani nie szokowało Ribby'ego.

I nigdy o tym nie zapomnij!

ROZDZIAŁ 11

Angela była całkowicie zaskoczona lojalnością Ribby'ego wobec Marthy. Życie w umyśle Ribby'ego z relacją z pierwszej ręki o okrucieństwie Marthy było potworne.

Angela wykorzystała swoją siłę wewnętrznego dialogu, by pomóc Ribby'emu zmierzyć się z przeszłością. Zachęciła Ribby do zaciśnięcia pięści. To skupiło jej energię na chwili obecnej. Początkowo akcja zadziałała, nawet gdy Ribby miała zły sen lub retrospekcję.

Później Angela próbowała zebrać złe wspomnienia i odepchnąć je. Z dala. Tak daleko w umyśle Ribby'ego, że nie były już dostępne. Teoretycznie był to dobry pomysł, ale w rzeczywistości Angela nie mogła ich zablokować.

Jedyne wyjście wydawało się oczywiste. Zabrać Ribby'ego z dala od tej sytuacji raz na zawsze. Gdzieś daleko, gdzie Martha nie mogłaby jej wykorzystać, ani już jej skrzywdzić. Angela pomyślała, że to musi być czysta przerwa. Czekała na moment, w którym będzie to możliwe.

Dobre rzeczy przychodzą do tych, którzy czekają.

Po kolejnym tygodniu spędzonym w domu Marthy, Angela z radością wyruszyła na imprezę. Miała na sobie blond perukę, ciemne okulary przeciwsłoneczne i czerwoną sukienkę bez rękawów. W swoim nowym stroju czuła się potężna, niezwyciężona. Była też zdeterminowana, by nic nie przeszkodziło jej w dobrej zabawie.

Podczas spaceru w kierunku klubu nocnego grupa nastoletnich chłopców gwizdała i wyzywała ją. Byli to zwykli nastolatkowie, ale chłopcy, którzy powinni wiedzieć lepiej.

Angela przyciągnęła najbliższego do siebie za przód jego koszuli. "Zbliż się do mnie jeszcze raz, a urwę ci jaja i nakarmię nimi na śniadanie. Zrozumiano?"

Chłopcy uciekli.

Angela roześmiała się, wygładzając przód sukienki i sprawdzając, czy nie złamała paznokcia. Zapaliła papierosa i kontynuowała spacer wzdłuż plaży do pubu.

Zaciekły.

Co jest? To było trochę więcej niż przesada!

Chłopcy stają się mężczyznami. Powinni nauczyć się szacunku.

Biegli, jakbyś była Bellatrix Lestrange!

Nie w tej peruce!

Po przybyciu do klubu nocnego, Ribby podeszła do baru i zamówiła drinka. Popiła niechętnie. Angela przejęła i odstawiła Martini.

Zamówiła kolejnego, przyciągając wzrok bardzo wysportowanego bramkarza w wejściu.

Poczekajmy jeszcze minutę lub dwie na Nigela.

I tak nie będzie nas pamiętał.

Mnie będzie pamiętał.

Dwa Martini później.

Chodźmy, tu się nic nie dzieje.

Cierpliwości, mój drogi przyjacielu, cierpliwości.

Bramkarz rozdzielił młodzieńców schodzących po schodach w drodze do miejsca, gdzie siedział Ribby.

"Jak się masz? - powiedział starając się być zbyt seksowny.

"Bardzo dobrze, dziękuję - odpowiedział Ribby.

Zamknij się Rib   pozwól mi się tym zająć. "Właściwie to miejsce jest dziś Boresville."

"Tak, jest tu trochę jak na Ulicy Sezamkowej, prawda? - powiedział bramkarz, zanim przedstawił się jako Ed, Ed Bramkarz.

"Jestem Angela."

"Miło cię poznać, Angela - powiedział Ed, próbując spojrzeć na przód jej sukienki. "Jeśli szukasz dobrej zabawy, zostań tu do 2. Wtedy kończę pracę. Możemy gdzieś wyjść?"

"Dzięki za propozycję - powiedział Ribby - ale musimy....

"Mogę wrócić około 14:30 - powiedziała Angela. "Gdzie powinniśmy się spotkać?

Ed był bardzo konkretny, jeśli chodzi o ustronne miejsce na plaży.

Angela miała nadzieję, że jest tak dobry, na jakiego wyglądał.

N IE MOGĘ UWIERZYĆ, ŻE umówiłaś się z tym gnojkiem. Absolutnie i całkowicie NIE idziemy.

Rib, nie przejmuj się tym. Wyluzuj. Zdrzemnij się. Opowiem ci później. A teraz spadaj, mała, nocna koszulka.

O 2:30 Angela czekała na plaży. Przebrała się w czarną sukienkę.

Bramkarz Ed pojawił się na horyzoncie, a ona zawołała do niego. Potknął się i podszedł do niej.

"Jesteś wkurzona."

"Trochę, ale nie wystarczająco. Popchnął ją na ziemię, rozdarł jej sukienkę i upadł na nią.

"Spokojnie chłopcze, spokojnie - powiedziała Angela, próbując odzyskać kontrolę.

"Chodź, kochanie. Obiecałem, że pokażę ci dobrą zabawę. Przycisnął usta do jej ust.

"Auć - powiedziała Angela - nie tak ostro, kochanie. Nie lubię ostrego."

Ale Ed nie wydawał się tym przejmować. Jego ręce rwały się i rozrywały.

"Mama nie nauczyła cię manier?" powiedziała Angela, odpychając go z rozłożonymi palcami. "Kobiety takie jak ja chcą, żeby facet był miły i delikatny. Uderzyła go w klatkę piersiową.

Chwycił jej nadgarstki w swoje masywne dłonie i położył się na niej. "Niektóre kobiety chcą, a niektóre nie. Roześmiał się. "Miałem cię na oku od chwili, gdy cię zobaczyłem. Siedziałaś przy barze z wysoko rozpiętą sukienką. Spoglądając na każdego faceta, który wszedł do środka. Zdesperowana. Pragnąca tego."

"Chwileczkę - powiedziała Angela, próbując się uwolnić. "Pragnę cię, ale nie tutaj. Chciałabym, żeby to było bardziej romantyczne, jak na mój pierwszy raz.

Ed zamarł.

Kontynuowała. Widziałeś kiedyś film "Stąd do wieczności" z Burtem Lancasterem i Deborah Kerr? Kojarzysz ten, w którym robią to podczas przypływu?".

Pochylił się bliżej. "Jasne, to klasyk. Pochylił się i pocałował ją w szyję. "Mniej gadania, co, kochanie?

"Podejdź bliżej wody, jak w filmie, rozumiesz?" szepnęła Angela. "Zabierz mnie tam, chcę cię tam.

Ed zatrzymał się. Odsunęła się i wstała.

Sięgnęła do torebki, po czym upuściła ją i pobiegła do wody. Zerknęła przez ramię. Obserwował ją.

Nad brzegiem wody uniosła rąbek sukienki.

Ed zdarł z siebie koszulę i pobiegł w jej kierunku, zrzucając po drodze dżinsy.

Kiedy rzucił się na nią, klucz, który trzymała, trafił prosto w jego oczodół. Krzyknął, a potem zawył, gdy jego krocze zetknęło się z jej kolanem. Wzdrygnęła się na dźwięk, gdy wyciągnęła klucz z jego oka. Gdy krew spłynęła mu po twarzy, szlochał i tarzał się, trzymając się za pachwinę. Wbiła klucz w bok jego szyi, łącząc się z tętnicą. Krew trysnęła jak woda z węża strażackiego.

Odeszła kilka kroków od ciała i zanurzyła palce w wodzie. Co jakiś czas zerkała w jego stronę. Aż przestał się ruszać. Cofnęła się i nasłuchiwała, by sprawdzić, czy jest martwy: był. W końcu. Wtoczyła go, jak worek ziemniaków, coraz głębiej do wody. Z każdym pchnięciem zwłoki wydawały się coraz lżejsze.

Archimedes miał rację.

Kiedy był już tak daleko, jak tylko mogła, popłynęła z powrotem do brzegu, zebrała swoje ubrania i przebrała się.

Zostawiła jego rzeczy tam, gdzie je upuścił.

Gdy słońce nowego dnia zmieniło kolor nieba na ognistoczerwony, Angela wróciła do wody.

Przeskanowała linię brzegową i nie zobaczyła żadnego śladu. Zanurzyła klucz w wodzie, by spłukać z niego krew, po czym pomknęła do domu. Po długim prysznicu spała jak dziecko.

ROZDZIAŁ 12

R IBBY OTWORZYŁA OCZY. Słońce wpadające do środka sprawiło, że się skrzywiła. Znajome uczucie deja vu sprawiło, że wstała. Przeciągnęła się i ziewnęła, zastanawiając się, dlaczego czuje się tak okropnie. Nie pamiętała nic po tym, jak siedziała w barze.

Zwlekła się z łóżka i zaparzyła kawę, a sama wzięła prysznic i ubrała się. Zauważyła swoją sukienkę na podłodze, pogniecioną. Podniosła ją i piasek spadł na podłogę. Wzruszyła ramionami i wrzuciła ją do kosza na pranie.

Mieszając cukier do kawy, myślała o sukience i piasku. Próbowała przypomnieć sobie poprzednią noc, ale nic nie przychodziło jej do głowy.

Sprawdziła, czy za drzwiami nie ma gazety. Zerknęła na nagłówek, gdy podnosiła kawę. Wsunęła gazetę pod pachę, odsunęła szklane drzwi i została zaatakowana przez odgłosy chaosu. Samochody policyjne. Karetki pogotowia. Wozy strażackie. Prasa. Tłum gapiów. Bedlam niedaleko jej domu. Policja zablokowała większość obszaru barierami z piasku. W pobliżu brzegu wody inny obszar został odgrodzony flagami.

Angela miała dość dobre pojęcie, o co chodzi w tym całym zamieszaniu.

Muszę zobaczyć, co się dzieje.

Być może to zamknięty plan zdjęciowy programu reality. Albo film.

To byłoby ekscytujące. Idę się rozejrzeć.

Ribby ubrała się i poszła na plażę. Wmieszała się w tłum i zapytała starszą panią, co się stało.

"Nie żyje" - powiedziała kobieta. "Znaleziono martwego. Musiały go dopaść żółwie. Co za widok!" Otarła czoło chusteczką.

Duuun dun duuun dun dun dun dun dun BOM BOM...

Motyw szczęki? Musisz? Powiedziała, że to był żółw.

"O mój Boże, biedaczek."

Zrobiłem to po swojemu.

Ty, ciii. Proszę.

Policjant miał megafon. Poprosił wszystkich o rozejście się, chyba że mieli dowody do przedstawienia.

Duuun dun duuun dun dun dun dun, BOM BOM...

Żółw.

R IBBY, PRZESTRASZONA CHAOSEM OTACZAJĄCYM jej nowy dom, wróciła do swojego starego domu.

Dlaczego tam wracasz? Zostań tu i zobacz, co się dzieje.

Nie, chcę uciec od hałasu.

A co, jeśli Martha i jeden z jej beausów są bardziej hałaśliwi z bouncy-bouncy?

Ewww. Przejdę przez ten most, kiedy do niego dotrę.

Otworzyła rolety w salonie. Nic na zewnątrz się nie poruszyło, nawet powiew wiatru. Zegar tykał za nią zsynchronizowany z biciem jej serca. Było cicho, prawie zbyt cicho. Zasunęła rolety.

Sięgnęła po pilota i włączyła telewizor. Klikała, ale nie znalazła nic, co by ją zainteresowało. Przejrzała magazyn, a następnie wybrała książkę z półki. Żadna z nich nie przyciągnęła jej uwagi. Poszła do kuchni i zrobiła sobie filiżankę herbaty.

Gdy wracała, zadzwonił dzwonek do drzwi wejściowych. Otworzyła drzwi i stanęła twarzą w twarz z sąsiadką. Pani Engle była uzbrojona w dwa naczynia do zapiekanek.

"Witaj, Ribby - powiedziała pani Engle, wpychając się do środka. "Twoja mama powiedziała mi, że masz na to miejsce w lodówce. Pani Engle położyła zapiekankę na stole, otworzyła lodówkę i pochyliła się, by wypatrzyć miejsce.

"Nie było mnie cały weekend. Nawet nie miałam okazji zajrzeć do lodówki.

"Jest tam mnóstwo miejsca. Muszę..." Pani Engle nie dokończyła. Przesunęła wszystko dookoła, a następnie włożyła swoje rzeczy. "Wrócę po nie za kilka dni, Rib. Mój pra-pra-wujek Phil zmarł. Wszyscy przyjeżdżają do mnie. Dużo jedzą. Twoja mama powiedziała, że wszystko, co mogę zmieścić, będzie dla niej w porządku.

"Przykro mi z powodu twojego wujka. Oczywiście, zawsze jesteś mile widziany. Ribby zaczęła iść w kierunku drzwi wejściowych, mając nadzieję, że jej sąsiadka pójdzie za nią.

"Jesteś kochana, Rib - pani Engle zawahała się, stojąc nieruchomo. "Czy nadal zabawiasz te kochane maluchy w szpitalu?

"Oczywiście, że tak. Bezbłędnie w każdy poniedziałek.

Ruszyli do drzwi wejściowych.

"Przy okazji, twoja mama powiedziała, że nie będzie jej do wtorku lub środy. Ona i Tom, albo Jerry, nie wiem który, pojechali na kilka dni na wybrzeże. On ma astmę, nie wiesz? Jego lekarz zasugerował wyjazd z miasta. Twoja mama pojechała dla towarzystwa i zabrała Scampa.

Ribby skrzyżowała ręce. "Mama wyjechała na przedłużone wakacje. Szkoda tylko, że nie wiedziałam, bo mogłabym zostać w domu mojej przyjaciółki Angeli trochę dłużej.

Pani Engle uniosła brwi. "Nie miała numeru telefonu do twojej przyjaciółki.

"Dzięki za poinformowanie mnie. Ribby otworzył drzwi i wyszedł za panią Engle na ganek.

W ciemności brzęczały komary i cykały świerszcze. Jej skrzyżowane ramiona okazały się niewielką ochroną przed chłodem nocnego powietrza.

"Dobranoc, Ribby, i jeszcze raz dziękuję.

"Dobranoc, pani Engle. Ribby zamknął frontowe drzwi i zaryglował je.

To stara wariatka.

Była naszą sąsiadką odkąd byłam małą dziewczynką.

Ileż ona mogła opowiedzieć.

Nie jest plotkarą, jak niektórzy inni sąsiedzi.

Życie na przedmieściach.

Tak, przez większość czasu jest bardzo nudne.

Jest tu o wiele za cicho i chce mi się pić. Mam na myśli drinka. Prawdziwego drinka.

Mama pewnie ma trochę Jacka Danielsa, ale będzie tęsknić, jeśli wypijemy choć kropelkę.

No dalej, żyj niebezpiecznie.

Ribby zgodził się, nalał jiggera i odrzucił go do tyłu. Spalił się po drodze na dół. Dobrze się paliło.

Proszę o więcej.

Lepiej to wymieńmy, zanim mama zauważy.

Pomyśl o tym... kto za to zapłacił? My.

Tak, ale za całą butelkę. Boli mnie brzuch i kręci mi się w głowie.

Czas do łóżka. Odespać to.

W drodze na górę, Ribby zawisła na poręczy, aby się uspokoić. W pokoju zrzuciła z siebie ubrania i położyła się do łóżka. Usiadła, przypominając sobie, że nie zamknęła drzwi. Podeszła do nich, zamknęła je, po czym z powrotem wskoczyła do łóżka.

Lepiej się zabezpieczyć niż żałować.

Wkrótce Ribby zasnął. Śniło jej się, że jest Deborah Kerr kochającą się z Burtem Lancasterem w "Stąd do wieczności".

Fale rozbijały się o ich ciała, unosząc ich do morza. Byli złączeni w głębokim uścisku. Potem Lancaster spojrzał na nią, ale nie był już Burtem Lancasterem. Był nieznajomym. Z jego oka wystawał klucz. Na jej rękach była krew.

Ribby obudziła się z krzykiem. Wyskoczyła z łóżka i pobiegła do łazienki, by zmyć krew z rąk. Kiedy odkręciła kran, spojrzała na swoje palce. Krwi już tam nie było. Angela śniła dalej.

ROZDZIAŁ 13

WEŹ DZIEŃ WOLNEGO.

Prosisz mnie, żebym zadzwonił na chorobowe? Nie wezwę.

Przynajmniej zrezygnuj z pracy w szpitalu. Nie mogę tam dzisiaj iść.

Zastanowię się.

W miarę upływu dnia, Ribby poczuła niepokój.

Po raz pierwszy zadzwoniła do szpitala i odwołała swój występ. "Nadrobię to i zrobię dwa występy w innym tygodniu" - powiedziała, by poczuć się lepiej.

Dzięki, Rib.

Nie zrobię tego, bo mnie o to prosiłeś, odwołałam występ, bo muszę wrócić do domu.

Dlaczego? Masz na myśli Marthę? Nawet jej tam nie ma.

Nie wiem dlaczego. Po prostu wiem, że muszę iść.

Nieważne!

Po pracy złapała autobus i wkrótce dotarła do swojego domu. Na ganku siedziała kobieta. Nieznajoma. Gdy się zbliżyła, usłyszała szloch i kobieta podniosła wzrok. Była to siostra jej matki, ciocia Tizzy, której nie widziała od lat. Ribby nie wiedziała, co się między nimi wydarzyło, ale wiedziała, że ciotka Tizzy przysięgła, że nigdy więcej nie postawi stopy na progu swojej siostry. A jednak tu była.

Co ona tu robi?

Nie mam pojęcia. Jestem pewna, że powie nam w swoim czasie.

To będzie interesujące. Nie.

Ribby wspominał ich ostatnie spotkanie. To było w jej siódme urodziny. Ciocia Tizzy zrobiła jej specjalny tort w kształcie lalki Barbie. Miała różową sukienkę z lukru, a wokół niej kokardki z wiśni maraschino i kokosa. Ciało Barbie znajdowało się na środku tortu. Po tym, jak wszyscy mieli swoje kawałki, Ribby jako solenizantka musiała wyciągnąć Barbie. Należała do niej. Ciocia Tizzy kupiła kilka strojów dla Barbie. Jedyną rzeczą było to, że ciocia Tizzy zapomniała owinąć Barbie, zanim włożyła ją do tortu. Przez tygodnie lukier, kokos i ciasto wypadały z wyrostków lalki.

"Wejdź, ciociu Tizzy" - powiedziała Ribby po wyrwaniu się z imadłowego uścisku ciotki. "Co się stało? Czy z mamą wszystko w porządku?

"To nie ma nic wspólnego z Marthą - powiedziała, po czym znowu wybuchła płaczem.

Nie potrzebujemy tego. Powiedz jej, żeby poszła do hotelu.

Nie mogę tego zrobić, ona jest rodziną.

To królowa dramatu.

Po wejściu do środka Ribby zaproponował Tizzy filiżankę herbaty. Odmówiła.

"Zajmijmy się czymś innym i pooglądajmy telewizję. Jesteś głodna? Mógłbym coś zamówić lub przygotować?

"Jeśli nie masz nic przeciwko, chciałabym ugotować dla ciebie obiad - zasugerowała ciotka Tizzy. "Odwróci to moją uwagę od wszystkiego, bardziej niż oglądanie telewizji. Weszła do kuchni. "Fartuch?

Ribby otworzył szufladę i wyciągnął jeden z fartuchów Marthy.

Ciocia Tizzy zapięła go wokół siebie. "Co lubisz jeść?"

"Zaskocz mnie - powiedział Ribby. "Jeśli nie możesz czegoś znaleźć, po prostu krzycz".

"Zrobię to.

Nawet przy włączonym telewizorze Ribby słyszała ciotkę krzątającą się po kuchni i nucącą.

Jakiś czas później usłyszała, jak talerze i sztućce są ustawiane na stole i weszła, by zapytać, czy może pomóc.

"Nie, po prostu usiądź" - powiedziała ciotka Tizzy. "Spaghetti Bolognaise i pieczywo czosnkowe z serem zaraz będą. Czego się napijesz? Masz jakieś wino?"

"Tylko wodę. Sprawdzę, czy jest wino".

"Nie, w porządku. Niczego nie potrzebuję. Po prostu pomyślałem, że może ci się spodobać".

Rozmawiali i cieszyli się wspaniałą kolacją, a potem posprzątali.

"Jestem wykończona - powiedziała ciocia Tizzy. "Kanapa jest w porządku. Nie chcę sprawiać kłopotów".

"Żaden kłopot, możesz spać w pokoju mojej mamy.
"

"Jesteś pewna, że nie będzie miała nic przeciwko?".

"Nie, myślę, że będzie zadowolona, że wpadłeś".

Byłaby zaskoczona, gdyby ją zobaczyła.

Kilka godzin później Ribby przewracała się w łóżku. Po drugiej stronie korytarza rozbrzmiewały sporadyczne szlochy jej ciotki.

Na liście zakupów znalazła się para słuchawek blokujących hałas.

Dobry pomysł!

Właśnie po to tu jestem.

ROZDZIAŁ 14

WE ŚNIE RIBBY UNOSIŁA się wysoko na chmurze. Wszystko było czarno-białe z wyjątkiem jej czerwonej sukni. Przypominała ona suknię ślubną z długim trenem, który spływał po krawędziach chmury.

Weszła do swojego mieszkania i patrzyła, jak kocha się z kimś nie raz, ale dwa razy. Gdy zasnęła, mężczyzna ubrał się i wyszedł z budynku.

Na ulicy była teraz Angelą. Szła przez wiele przecznic, a potem do oceanu. Wchodziła coraz głębiej i głębiej, gdy woda wznosiła się nad jej głową.

Ribby chciała sięgnąć w dół i złapać ją, by ją uratować, ale nie mogła. Wołała do Angeli ze swojej chmury, zrzucając tren swojej sukienki, błagając Angelę, by ją chwyciła. Ale Angela zdawała się jej nie słyszeć.

Angela była całkowicie pod powierzchnią. Na powierzchni unosiły się tylko bąbelki.

Ribby zanurkowała ze swojej chmury do wody.

Kiedy odnalazła Angelę, uniosła się twarzą w dół.

Ribby stał się Angelą, Angela stała się Ribbym i razem przebili się przez powierzchnię.

ROZDZIAŁ 15

KIEDY RIBBY SIĘ OBUDZIŁA, głosy z radia szeptały po schodach. Zastanawiała się, czy jej matka wróciła.

Ubrała się i zeszła na dół, gdzie ciotka Tizzy siedziała przy kuchennym stole jak śmierć w ogniu.

Kawa bulgotała w perkolatorze. Ciotka Tizzy nakryła już do stołu miseczkami z płatkami, tostami i dżemem.

"Dzień dobry - powiedział Ribby. "Dobrze spałeś?

Ciotka Tizzy skinęła głową bez słowa.

Ribby zapytałaby ją o powód jej wizyty, ale postanowiła tego nie robić. Nie chciała, by ciotka znów zaczęła biadolić. Podzieli się powodem swojej wizyty, kiedy będzie gotowa.

Chciałabym, żeby się tym zajęła. Nie przyjechała tu na darmo.

Cicho. Nie bądź niegrzeczna.

Po kilku chwilach ciszy, Ribby wyszedł na werandę po gazetę. Nagłówki brzmiały: "Autopsja zakończona Zamordowany!". Przejrzała artykuł o Jasonie Edwardzie Thompsonie, tożsamości mężczyzny znalezionego martwego w pobliżu jej mieszkania. Skupiła się na zdjęciu i rozpoznała go: to był bramkarz

Ed. Był dużym facetem i zastanawiała się, jak coś takiego mogło się wydarzyć w okolicy, w której mieszkała. To smutne, że zginął tak młodo i chociaż go nie znała, współczuła jego rodzinie.

Ribby położyła gazetę na kuchennym stole i nalała sobie filiżankę kawy. Zwróciła się do ciotki. "Kiedy będziesz gotowa porozmawiać, jestem tu dla ciebie."

"Nie miałam dokąd pójść - powiedziała ciotka Tizzy. "Mój mąż zostawił mnie dla innej kobiety. Moja córka mnie nienawidzi. Mówi, że jej ojciec nie szukałby kogoś innego, gdybym była dla niego lepszą żoną. Jenny ma dwadzieścia pięć lat, nigdy nie była z dala od domu i jest tam sama, może nawet żyje na ulicy. Musiałam przyjechać i sprawdzić, czy uda mi się ją odnaleźć i sprowadzić do domu. Jej przyjaciółka powiedziała, że jest pewna, że Jenny zmierza w tym kierunku. Miałem nadzieję, że się z tobą skontaktuje. Słyszałeś coś od niej?"

O bracie.

"Przykro mi, ale nie było mnie cały weekend i mojej mamy też nie było. Czy ona ma nasz adres?"

"Mogła go zabrać z mojego telefonu. Nie ma dużo pieniędzy, nawet karty kredytowej. Mój mąż mnie obwinia. Martwi się tak samo, jak ja, ale ma na boku coś, co go pociesza". Jej głos zadrżał.

Brzmi jak odcinek "The Young and the Restless".

Zachowuj się.

"Musisz się bardzo martwić. Przepraszam, ale muszę się ubrać i iść do pracy. Jeśli chcesz, możemy spotkać się na lunchu i porozmawiać? Ribby

pospiesznie wszedł po schodach, a ona kontynuowała.
"Pracuję w bibliotece. Mogłaby wpaść skorzystać z darmowego wi-fi. Wiele osób tak robi. Możesz też wybrać się do miasta i jej poszukać.

"Wolałabym zostać tutaj, ale ona ma mój numer telefonu komórkowego.

"Skontaktowałeś się z policją?

"Dzwoniłem do nich. Mają numer mój i Gordona. Co jeszcze mogę zrobić?

"Czy masz aktualne zdjęcie Jenny? Naciągnęła sukienkę na głowę, po czym dodała: "Zrobię kilka ulotek i możemy je rozwiesić w całym mieście".

"Dobry pomysł. Cieszę się, że tu przyjechałam - powiedziała ciocia Tizzy.

Ribby przeczesała włosy szczotką. Pospieszyła z powrotem do kuchni. Ciotka Tizzy poszperała w torebce, wyciągnęła zdjęcie córki i podała je Ribby. Powiedziała ciotce, żeby czuła się jak u siebie w domu i wyszła, zatrzymując się na chwilę, by spojrzeć w stronę domu.

Ciotka pomachała do niej jak do zagubionego dziecka zza otwartych żaluzji.

ROZDZIAŁ 16

R IBBY NIE POSZEDŁ DO pracy, ponieważ Angela zachorowała.

Angela poszła do mieszkania i przebrała się w strój kąpielowy. Gdy na balkon padało bezpośrednie światło słoneczne, złapała kilka promieni. Kiedy się oddaliło, założyła na strój kąpielowy sukienkę, spakowała torbę i ruszyła w stronę plaży. Angela lubiła zgiełk, szum i dźwięki miasta. Ciągłe marudzenie ciotki Tizzy doprowadzało ją do szału.

Przechodząc obok terenu szkoły, zauważyła płaczącą dziewczynkę. Dziecko spojrzało w górę, a potem znów w dół, jakby nie chciało zwracać na siebie uwagi.

"Co się stało?" zapytała Angela.

"Nic" - odpowiedziało dziecko.

Zabrzmiał szkolny dzwonek, a dziewczynka otarła łzy i wyprostowała sukienkę.

Angela przyglądała się temu, mając nadzieję, że w jakiś sposób pomogła, zatrzymując się.

Dziecko odwróciło się do niej i wystawiło język.

Bezczelna mała pani.

Angela kupiła egzemplarz Przeminęło z wiatrem do czytania na plaży.

"Doprowadza mnie do płaczu" - powiedziała kobieta za kasą.

"Rhett Butler mógłby jeść krakersy w moim łóżku o każdej porze" - odpowiedziała Angela.

Piasek był bardzo gorący, gdy wgniatał się w boki jej sandałów. Uwielbiała plażę, ale nie lubiła, gdy piasek był wszędzie.

Rozłożyła koc, położyła się na brzuchu i otworzyła książkę. Patrzyła, jak pary idą ramię w ramię, zakochując się w sobie nawzajem. Mewy krążyły wokół jej głowy, celując tak, jakby jej blond peruka była celem.

Angela zasnęła, słuchając odgłosów mew i fal rozbijających się o brzeg. Kiedy się obudziła, była prawie 17:00, zebrała siebie i swoje rzeczy i włożyła je do torby. Słońce nie dawało ciepła. Spódnica okręciła się wokół jej nóg na wietrze.

To nie była jej zwykła noc występów w szpitalu. To był koncert makijażu.

Ribby przygotowała ulotkę i wydrukowała kilka kopii z zamiarem rozwieszenia ich po drodze i na szpitalnej tablicy ogłoszeń.

Dlaczego musimy występować dla tych bachorów? #1. To nie są bachory. To małe aniołki, które dostały zły los. #2. Zrobię wszystko, by się uśmiechnęli, by zobaczyli, że się śmieją. Aby zmniejszyć obciążenie ich rodzin. #3. Jeśli ci się to nie podoba, możesz to wyrzucić.

Tak mi powiedziano.
Dokładnie.
Na razie.

P O WYSTĘPIE W SZPITALU Ribby wróciła do domu. Przed jej domem stała biała furgonetka Attics-R-Us. Zerknęła na okno, zauważyła, że rolety są otwarte i wbiegła po schodach. Rozległ się mrożący krew w żyłach krzyk.

Serce Ribby biło tak mocno, że myślała, że zaraz wyrwie się jej z piersi. Pobiegła korytarzem do kuchni, gdzie znalazła ciotkę Tizzy na podłodze, walącą pięściami w masywną postać mężczyzny z Attics-R-Us.

Ribby nie zawahał się, gdy sięgnęła do szuflady ze sztućcami, wyciągając z niej duży nóż. Rzuciła się i wbiła mu nóż w plecy.

Upadł do przodu, wydając z siebie upiorny bulgot. Ribby wyciągnęła nóż, z którego popłynęła krew.

Ciotka Tizzy, uwięziona pod zwłokami potężnego mężczyzny, popchnęła jego ciało.

Ribby pomógł jej wstać i oboje odsunęli się, gdy kałuża krwi powiększyła się.

Ciocia Tizzy krzyknęła.

Ribby krzyknął.

Jak dwa bezgłowe kurczaki biegali po kuchni, płacząc i skrzecząc.

STOP.

Ribby był posłuszny i stał nieruchomo.

Ciocia Tizzy kontynuowała wyścig.

STOP. Kręci mi się w głowie, ciociu Tizzy.

Zatrzymała się. Spojrzała na ciało, na kałużę krwi. Podniosła sukienkę. Jeszcze więcej krwi. Próbowała ją zetrzeć.

"Muszę..." Ciotka Tizzy podeszła do zlewu i zwymiotowała do niego.

Ribby słuchała odgłosów wymiotowania i tykania zegara. Postukała palcami w stół kuchenny.

Spokój. Teraz jestem spokojna.

Jezu, Ribby.

Musiałam uratować ciocię Tizzy. Musiałam. Może nie jest martwy. Może powinienem zadzwonić po karetkę?

Nie ma karetki. Sprawdź puls.

Ribby podniósł nadgarstek.

Nie potrzebujesz do tego zegarka?

Angela przejęła stery.

Martwy jak gwóźdź do drzwi.

Zabiłem kogoś, zabiłem kogoś!

Tak, zabiłeś. Zaskoczyłeś mnie. Teraz potrzebujemy planu.

Najpierw muszę porozmawiać z ciotką.

Nie, potrzebujemy planu. Ciocia Tizzy może poczekać.

Ciocia Tizzy próbowała usiąść, ale zamiast tego krzyknęła i pobiegła na górę.

Musimy go przewrócić.

A co z nożem?

Pod zlew, weź gumowe rękawiczki. Potem znajdź coś, w co można go włożyć, na przykład gazetę, koc lub ręcznik. Coś, co nie zostanie przeoczone.

Ribby znalazła rękawiczki i założyła je. Wzięła gazetę z kosza na śmieci, w którą owinęła nóż, a także koc i ręcznik z szafki na pościel.

Teraz, wracając do ciała, pochyliła się i popchnęła je. Znowu się odbiło. Podjęła kolejną próbę, tym razem popychając ciało ruchem i przytrzymując je nogą. Zwymiotowała, ale udało jej się powstrzymać zawartość żołądka. Obróciła go do końca. Jego penis opadł, a głowa uderzyła o nogę stołu z tępym stukotem. Przykryła go kocem, przekonana, że już nie żyje.

Ciotka Tizzy zawołała z góry: "Kim do cholery był ten S.O.B.?"

Ciocia Tizzy wróciła do kuchni. "Powinniśmy zadzwonić na policję" - powiedziała.

Absolutnie nie.

Ona ma rację, musimy wezwać policję.

Chcesz iść do więzienia za zabicie tego sukinsyna-gwałciciela?

Już wyjaśniam. Ratowałem ciocię Tizzy.

Ale jak wytłumaczysz, dlaczego w ogóle tu był?

"Ciocia Tizzy. Jak on się tu dostał? Dlaczego go wpuściłaś?" zapytał Ribby.

"Zapukał do drzwi i od razu wszedł, jakby go oczekiwano. Pomyślałam, że jest przyjacielem Marthy, więc zaproponowałam mu filiżankę kawy. Gdy tylko odwróciłam się do niego plecami, pchnął mnie na podłogę i... i..." położyła dłonie na twarzy i zaszlochała.

Ribby pocieszył ją: "Wszystko będzie dobrze. Obiecuję. Poradzimy sobie."

Musimy pozbyć się ciała.

Pozbyć się go! Jak? Dlaczego?

Bo go zabiłeś i dlatego, że jego furgonetka wciąż stoi przed domem.

Furgonetka. Zapomniałem o vanie.

Musimy go stąd zabrać.

Jest za ciężki, żeby go podnieść. Mamy taczkę.

Dobry pomysł. Wsadzimy go do taczki.

"Ciociu Tizzy - Ribby poklepał ją po dłoni. "Może zrobisz nam filiżankę herbaty? Wychodzę na chwilę na zewnątrz... możesz zrobić nam filiżankę herbaty, tak?".

"Zostawisz mnie z tym samą?"

"Będę tylko kilka minut. Zrób herbatę, oderwiesz się od tego. Nie może cię teraz skrzywdzić.

Na zewnątrz Ribby otworzyła szopę i wyciągnęła taczkę. Pchnęła ją, koła zatrzeszczały na trawniku. Próbowała podnieść ją po schodach, ale nawet pusta była zbyt trudna. Odwróciła taczkę i siebie. Idąc tyłem, ciągnęła taczkę tak długo, aż wskoczyła po schodach na ganek. Wyczerpana, otworzyła frontowe drzwi i kontynuowała pchanie taczki wzdłuż korytarza i do kuchni.

Poproś ją o pomoc. Mam na myśli wsadzenie go do niej.

Tak zrobię. Musimy pozbyć się jego ciała, zanim wzejdzie słońce. "A co z jego vanem?

"Jaką furgonetką? zapytała ciocia Tizzy.

Ups. Powiedziałam to, prawda?

Yepper.

"Zostawił swoją furgonetkę na zewnątrz - powiedział Ribby. Zamknęła za sobą frontowe drzwi.

"Pozbądźmy się ciała i furgonetki w tym samym czasie - zasugerowała ciocia Tizzy.

Teraz wczuła się w ducha rzeczy.

Och, bracie.

Właśnie kiedy szykowali się do przeniesienia ciała na taczkę, przerwało im pukanie do frontowych drzwi.

"Kto to może być?" szepnęła ciotka Tizzy.

Ribby podszedł na palcach do drzwi i zajrzał do dziurki od klucza. Była to pani Engle uzbrojona w duże tace z jedzeniem w każdej ręce. Musiała zapukać łokciem. Ribby spojrzała na siebie; miała plamy krwi na całym ubraniu.

"Yoo-hoo, Ribby. To ja, pani Engle. Mam jeszcze kilka rzeczy do lodówki. Mam nadzieję, że nie masz nic przeciwko.

Ribby zdjęła płaszcz z wieszaka i założyła go, po czym otworzyła drzwi. Zaproponowała, że włoży tace do lodówki. Próbowała zamknąć drzwi stopą.

"Dziękuję, kochanie - powiedziała pani Engel. "A tak przy okazji, wyjeżdżam na kilka dni, a potem wracam na pogrzeb. Wpuszczę się do domu z zapasowym kluczem, jeśli cię tu nie będzie". Nachyliła się, zanim wyszeptała. "Wszyscy przyjdą tu po pogrzebie, żeby coś zjeść. Nigdy nie rozumiem, dlaczego krewni są tak głodni po pogrzebie. Myślę, że to naturalna reakcja w obliczu śmierci ukochanej osoby. Na mnie zawsze działa to odwrotnie.

"Mam nadzieję, że wszystko pójdzie dobrze dla ciebie i twojej rodziny - powiedział Ribby, próbując ponownie zamknąć drzwi.

"Dziękuję, kochanie. Pani Engel zeszła po schodach i wyszła na trawnik.

Ribby odetchnął z ulgą, ale kontynuował obserwację,

Pani Engel odwróciła się i zapytała: "Przy okazji, czy Martha się odezwała?".

"Nie, nie, nie mieliśmy - przyznał Ribby.

"Och, myślałam..." powiedziała pani Engel, patrząc na białą furgonetkę.

"Lepiej włożę je do lodówki, pani Engel - powiedział Ribby. "Pachną tak dobrze i jestem tak głodny, że sam mógłbym je teraz zjeść!".

"Zapraszam na resztki do mnie po spotkaniu. To byłby grzech, gdyby zabrakło jedzenia". Odwróciła się i ruszyła w stronę domu.

"Whew!" powiedział Ribby. Zamknęła drzwi wejściowe i weszła do kuchni. Ciotka Tizzy siedziała skulona w kącie, załamując ręce jak Lady Makbet.

Ribby odłożyła zapiekanki, zdarła płaszcz i wyrzuciła go do przedpokoju, po czym zajęła się ciotką.

"Co będziemy robić, Ribby? powiedziała ciotka Tizzy. "Musimy go stąd zabrać. Co mamy zrobić? Co? Co? Co?"

Ribby spoliczkował Tizzy. Po początkowym szoku przytulili się do siebie.

"Mam plan, ciociu Tizzy. Nie martw się. Ale najpierw muszę zabrać kilka rzeczy z szopy na zewnątrz. Zaraz wrócę, obiecuję".

Kiedy pani Engle i jej siostra zniknęły z pola widzenia, Ribby wyszedł na zewnątrz, zostawiając ciocię Tizzy opadającą na sofę.

Ciotka Tizzy sprawdziła aktualizacje na swoim telefonie. Zadzwonił SMS od jej męża. Jenny była z nim. Była cała i zdrowa.

Tizzy zamknęła oczy, pozwalając, by ogarnęła ją ulga, że jej córka jest bezpieczna. To był ciężki dzień.

Przytłaczające emocje z ostatnich kilku dni nabrzmiały w niej jak gigantyczna fala. Każda emocja wypłynęła na powierzchnię. Ból, ulga, zranienie, żal.

Tizzy próbowała wstać, ale kolana się pod nią ugięły. Drżała i trzęsła się, próbując zarówno ukryć się przed prawdą, jak i pogodzić się z nią.

ROZDZIAŁ 17

Ribby WRÓCIŁA DO KUCHNI. Miała ze sobą kilka narzędzi, w tym: łopatę, siekierę, plandekę, kombinezon, rękawice ogrodnicze i nożyce. Oceniła sytuację.

Po jaką cholerę te wszystkie rzeczy?

Wzięłam tylko przypadkowe rzeczy, które wydawały mi się pomocne.

Z pewnością.

Ribby położyła ręce na biodrach. "A teraz wsadźmy go na taczkę.

"Jesteś pewna, że się zmieści? zapytała ciotka Tizzy.

Tak, zmieści się.

Musi, nie mamy planu B.

"Użyjemy koca i przeciągniemy go na niego - zaproponował Ribby. "Nie musimy go podnosić. Przetoczymy go na koc i będziemy mogli dostosowywać się do potrzeb. Wszystko, co musimy zrobić, to wsadzić go na taczkę, a stamtąd będzie już łatwo.

"Ribby, przerażasz mnie! To tak, jakbyś już to kiedyś robił - powiedziała ciocia Tizzy. "Uh, nie robiłeś, prawda?"

"Boże, nie, ciociu Tizzy, ale czytałem książki i oglądałem filmy. A teraz ruszajmy. Chwyć drugi koniec koca, a kiedy policzę do trzech, oboje go przesuniemy. Dobrze?"

Gdy nabrały rozpędu, łatwo było go przetoczyć na koc. Teraz nadeszła trudna część.

"I jeszcze raz. Po trzech."

"Okay Rib, cokolwiek powiesz."

"1, 2, 3 - heave ho!" powiedział Ribby. Głowa martwego mężczyzny wydała pusty, brzęczący dźwięk, gdy połączyła się z metalowym pojemnikiem.

"Jeszcze raz!" rozkazał Ribby, "1, 2, 3   tak!" powiedział Ribby, gdy umieścili ciało w trzech czwartych na taczce.

"Teraz ustawię je pionowo - powiedział Ribby - a ty wsuń nogi i ... jego kawałki.

"Nie ma mowy, żebym to gdziekolwiek włożyła! powiedziała ciocia Tizzy. "Może zwisać aż do Królestwa!

Ribby roześmiała się wbrew sobie, a wkrótce ciotka Tizzy również wpadła w napady śmiechu.

Obie kobiety wpadły w histerię.

Amatorki.

Angela podniosła zawinięty nóż i zaniosła go na górę. Wytarła krew i odciski palców przed ponownym zawinięciem. Schowała nóż na samym końcu szuflady ze skarpetami Marthy.

Angela wróciła na dół, gdzie posprzątała krwawy bałagan w kuchni.

Zanim skończyła, zarówno Ribby, jak i Tiz byli wystarczająco spokojni.

Do roboty, Rib.

"Chodź, ciociu Tiz. Zróbmy to."

"Jestem z tobą."

Alleluja! Wystartowaliśmy.

Teraz musimy znaleźć jego kluczyki do samochodu. Sięgnij do jego kieszeni, Tizzy".

"Nie zrobię tego!

"Zejdź z drogi - powiedziała Angela. Znalazła kluczyki w kieszeni jego płaszcza.

"Teraz zabierzemy go z powrotem do furgonetki, a potem...

"Masz na myśli zabranie go na zewnątrz, w tym?" zapytała ciocia Tizzy.

"Tak. Nie mamy wyboru, Tiz. Musimy to zrobić, gdy jest ciemno. Musimy zabrać go do jego furgonetki.

"Jak go do niego wniesiemy, Rib? To niemożliwe.

"Musimy. Nie mamy wyboru - powiedział Ribby.

Ribby zarzucił plandekę na ciało.

Mówiłem, że się przyda.

Sprytne gacie.

Ribby i ciotka Tizzy musieli się przepychać, żeby przenieść zwłoki do furgonetki. Ribby odblokowała drzwi kierowcy i otworzyła tył furgonetki. Nacisnęła niebieski przycisk tuż przy przestrzeni ładunkowej i hydrauliczny podnośnik z jękiem ruszył w dół.

Wspólnymi siłami obu kobietom udało się wprowadzić taczkę na podnośnik i wkrótce ciało znalazło się z tyłu furgonetki.

Ribby wróciła do środka i przebrała się w zakrwawione ubrania, chowając je w plastikowej torbie na tyłach szafy.

A co z nożem?

W porządku, poradziłam sobie.

Na zewnątrz Ribby powiedziała: "Musisz prowadzić, ciociu Tizzy, bo ja nie wiem jak".

"Ale ja za bardzo się boję prowadzić w tak dużym mieście! Nie mogę! Nie pojadę!"

"Nie mamy czasu na te bzdury - wtrąciła Angela. "Boisz się jeździć, kiedy mamy tu wielkiego, grubego trupa, którego musimy się pozbyć! Nie wspominając o wścibskich sąsiadach! Musimy pozbyć się jego furgonetki i ciała, póki jest ciemno.

"Chyba że mam zadzwonić na policję i powiedzieć, że go zamordowaliśmy, ciociu Tizzy?

Cioci Tizzy opadła szczęka.

Technicznie rzecz biorąc, to ty go zamordowałaś. Tak tylko mówię.

Wiem.

Ciociu Tizzy, zamknij to, bo wleci ćma.

"Pojedziemy do The Bluffs, gdzie pozbędziemy się ciała i furgonetki, ciociu Tizzy, ale musisz się otrząsnąć. Musisz nas tam zawieźć! Co ty na to?"

Ciocia Tizzy skinęła głową.

"Dobrze więc, jedziemy! Ribby włożył kluczyki nieboszczyka w drżącą dłoń ciotki.

ROZDZIAŁ 18

Mimo wszystko ciotka Tizzy była dobrym kierowcą, choć nerwowym.

Po drodze zatrzymali się na stacji benzynowej niedaleko The Bluffs, gdzie Ribby zamówił taksówkę, która miała ich odebrać za godzinę.

Gdy wjechali w ustronne miejsce, Ribby powiedział: "Włącz światła drogowe, ciociu Tizzy". Posuwali się naprzód, gdy księżyc na horyzoncie zachęcał ich do zbliżenia się.

"Zatrzymaj się!" powiedział Ribby. Kiedy pojazd zatrzymał się, ona i ciocia Tizzy wysiadły.

"Woo-ee!" wykrzyknęła ciocia Tizzy. "To na pewno długa droga w dół!".

"Nie podchodź zbyt blisko - powiedział Ribby - skarpa się kruszy.

Cofnęli się o kilka kroków, gdy chmury rozstąpiły się i rozbłysło światło gwiazd. Stali razem, trzęsąc się, ramię w ramię, a wokół nich hulał wiatr. Ciocia Tizzy przytuliła się do siebie.

"Na pewno jest pięknie - powiedziała ciocia Tizzy.

"Będę musiała zabrać cię tu za dnia, byś mogła w pełni podziwiać jego piękno.

"Bardzo bym tego chciała, Ribby. Przy okazji, zapomniałam ci powiedzieć, że Jenny jest ze swoim ojcem. Wysłała mi SMS-a jakiś czas temu.

"To wspaniała wiadomość."

OMG! Co to ma być, The Young and the Restless? Zajmij się tym Rib!

Okay, okay. "Ciociu Tizzy, wszystko, co musisz zrobić, to wrzucić bieg, a kiedy pojazd ruszy do przodu, wyskoczyć. Zjedzie z klifu, a snapperzy zjedzą go na śniadanie. Pa pa, gruby draniu. Pa pa, furgonetko grubego drania. Pa pa kłopoty. Koniec historii! Potem możemy wrócić do naszego życia. To będzie nasz mały sekret".

"Bóg się dowie - powiedziała ciocia Tizzy.

A ja.

"Bóg zrozumie, bo to była samoobrona. On cię gwałcił, ciociu Tizzy!".

Robi jej się zimno, Ribby. Zrób to teraz.

"Bóg zawsze wie - powiedziała ciocia Tizzy, odwracając się i odchodząc. Obejrzała się przez ramię, po czym otworzyła drzwi vana i weszła do środka. Zamknęła drzwi i uruchomiła silnik. Odpaliła go raz, dwa, trzy razy. Następnie skierowała się w stronę krawędzi klifu.

"SKOK, ciociu Tizzy!".

Było już za późno. Furgonetka jechała dalej. Bez odbioru.

Ribby pobiegł w stronę krawędzi i dotarł tam w samą porę, by zobaczyć, jak furgonetka uderza w wodę.

Próbowała krzyczeć, ale nic z tego nie wyszło.

Nic. Aż zaczęły się wymioty. Upadła na kolana.

Głupia kobieta.

Nie musiała tego robić. Nie musiała umierać.

To była jej decyzja. Jej wybór.

Ciągle pamiętam tort dla lalek Barbie, który zrobiła na moje urodziny.

Nikt nie odbierze mi tego wspomnienia. A teraz wynośmy się stąd.

To nie poszło zgodnie z planem. Ale nic nigdy nie idzie zgodnie z planem, nawet w filmach. Myślisz, że Cary Grant zostanie dla dziewczyny, ale tak się nie dzieje. Myślisz, że Humphrey Bogart powstrzyma Ingrid Bergman przed wejściem do samolotu, ale tak się nie dzieje. Nawet jeśli chcesz, aby tak było, nie dzieje się tak, jak chcesz.

ROZDZIAŁ 19

RIBBY POWIESIŁA PŁASZCZ W przedpokoju i zawołała: "Jestem w domu, mamo". Udała się do kuchni, gdzie Martha siedziała pochylona nad stołem, trzymając w dłoni narzędzie zbrodni.

"Zabijałaś świnie, Rib?" zapytała trzymając nóż. Martha wstała.

"Zabiłam grubego drania - powiedziała Angela. "Zadźgałam go na śmierć.

Martha otworzyła usta, ale nie wydobyły się z nich żadne słowa ani dźwięki, więc Angela kontynuowała. "Był obrzydliwym zwierzęciem, zwykłą świnią, której kutas zwisał ze spodni.

"Musiałem mieć - wtrącił Ribby. "On gwałcił ciocię Tizzy!

Ona nigdy się nie uczy. Radziłem sobie z tym.

Martha położyła lewą rękę na biodrze. Prawa ręka trzymająca nóż pozostała na wyciągnięcie ręki. "O czym ty, u licha, mówisz? Gruby drań? Ciotka Tizzy?"

"Facet w białej furgonetce Attics-R-Us. To ten gruby drań - powiedziała Angela. "A jeśli chodzi o twoją siostrę, Tizzy, to była bezbronna jak kociak, kiedy ją napastował.

"Uratowałem ją przed nim - powiedział Ribby.

Martha odwróciła się, jakby chciała odłożyć nóż. Potem najwyraźniej zmieniła zdanie i cofnęła się. "A gdzie oni teraz są? Jeśli go zabiłeś, gdzie jest jego ciało?

Ribby wpatrywał się w nóż. "Zapakowaliśmy go do jego vana i zrzuciliśmy z klifu.

"To był doskonały plan - powiedziała Angela. "Dopóki ta twoja szalona siostra nie chciała wysiąść z vana i też nie zjechała. Angela obeszła Marthę i z wściekłością usiadła na krześle.

Ribby zaczęła mówić, ale zmieniła zdanie, gdy zagwizdał czajnik. Martha odłożyła nóż na kuchenny stół. Wyjęła mleko z lodówki i dwa kubki z szafki. Łyżeczki leżały już na stole, ustawione w szeregu jak zabawkowe żołnierzyki. Nalewając, powiedziała: "Pozwól, że sprawdzę, czy dobrze to rozumiem, Rib. Przyszła tu moja siostra. Carl Wheeler myślał, że jestem otwarty na biznes i próbował z Tiz. Dźgnąłeś go, a potem się go pozbyłeś. Mam w to uwierzyć? Był wyjątkowo dużym mężczyzną.

"Cholerna racja, że był - powiedziała Angela. "Rib To znaczy my   wrzuciliśmy go do taczki. W ten sposób go wyciągnęliśmy".

"Rozumiem - powiedziała Martha. "A potem planowaliście pozbyć się ciała, ale Tiz pokrzyżowała plany, kiedy też tam poszła? A co w ogóle robiła tu Tiz? Nie słyszałam od niej ani słowa od lat.

"Jej mąż zostawił ją dla innej, młodszej kobiety - powiedziała Angela. "Potem jej córka uciekła. Była w rozsypce.

Marta usiadła i wzięła kilka łyków herbaty. "Musimy coś zrobić z tym nożem. Nie może zostać w moim domu. Martha podniosła nóż i spojrzała na Ribby'ego, który popijał herbatę prawą ręką. Jej lewa dłoń leżała na stole. Martha podniosła nóż i uderzyła nim w dół, odcinając dłoń Ribby od jej przyjaciela, nadgarstka.

Filiżanka uderzyła o stół i odbiła się. Ribby krzyknął. Martha chwyciła ją za prawą rękę i przycisnęła ją do stołu. "Powiedz mi, co tu się dzieje i kim do cholery jesteś - zażądała. "Ponieważ wiem, że nie jesteś moją córką. Martha uniosła nóż do góry, tak że jego czubek niemal zetknął się z nosem Ribby'ego. "Wynoś się z dala od mojej córki, kimkolwiek jesteś. W przeciwnym razie rozerwę ją na strzępy.

"Mamo, nie. Nie rób tego, proszę. Nie!"

"Jestem Ribby. Po prostu Ribby - gruchała Angela, używając najbardziej skrzekliwego głosu Ribby'ego.

Przez chwilę myślała, że Marta jej uwierzyła. Kolejny CHOP, druga ręka odcięta, zamieniając Ribby'ego w fontannę z dwoma ostrzami.

"Giń. Wszyscy umrzemy", śpiewała Angela, podczas gdy Ribby płakał i krzyczał w agonii. Angela nie czuła bólu, ani prawdziwej przyjemności. Wszystko, co robiła, wszystko, co próbowała zrobić - to zawsze Ribby czerpał z tego korzyści. Ale nie tym razem. "Biedny Ribby - powiedziała Angela. "Jak ona teraz zajmie się chorymi dziećmi w szpitalu?".

Ribby obudziła się w swoim mieszkaniu z krzykiem. Sprawdziła prawą rękę. Potem lewą. Obie wciąż tam były. Zbyt przerażona, by wstać z łóżka, trzymała się za ręce i patrzyła, jak słońce rysuje wzory na suficie.

P O PRZEBUDZENIU Ribby wzięła prysznic i ubrała się. Postanowiła pójść na spacer i oczyścić głowę. Była wdzięczna, że była niedziela. Nie mogła dziś stawić czoła pracy ani dzieciom.

Po wyjściu na zewnątrz zły sen zszedł na dalszy plan. Unikała plaży i szumu fal, ponieważ przywoływało to wspomnienia o cioci Tizzy.

Przed powrotem zatrzymała się w kawiarni i zamówiła cappuccino. Smakowało tak dobrze, że natychmiast zapragnęła kolejnego. Gdy czekała na ponowne zamówienie, Nigel przechodził obok. Nie widziała go od tygodni. Nie była nawet pewna, czy on ją pamięta.

"Yo! Nigel", zawołała Angela, stukając w szybę.

Uśmiechnął się i wszedł do kawiarni. Pocałował Ribby'ego w policzek. Pomyślała, że to zbyt znajome.

"Jak się masz, do cholery?" zapytał Nigel.

"Zajęta pracą - powiedziała Angela. "I potrzebuję trochę odpoczynku. Chcesz coś zrobić dziś wieczorem?

Nigel spojrzał na swoje stopy. "Mam teraz dziewczynę, więc jeśli gdzieś wychodzę, ona idzie ze mną.

"Biedny Nigel - drażniła się Angela - Nawet się nie ożenił, a już dostał baty!

Nigel odrzucił głowę do tyłu i roześmiał się. Chwycił dłoń Angeli i poklepał ją po bratersku.

"Więc jak ona ma na imię? zapytała Angela. "A może to tajemnica?"

"Nie, Panie, nie - powiedział Nigel, odsuwając się, aby osoba, która dołączyła do kolejki, mogła wejść i złożyć zamówienie. "Nazywa się Anne-Marie.

Angela zmieniła zdanie co do zamówienia i ruszyła w stronę drzwi. "Pewnego dnia będziesz musiał nas sobie przedstawić.

Nigel przesunął się do przodu w kolejce.

Angela wściekała się przez całą drogę do domu.

ROZDZIAŁ 20

N ASTĘPNEGO WIECZORU, PO WIZYCIE w szpitalu, Ribby złapała autobus do domu. Było już prawie ciemno, gdy dotarła na miejsce. Drzwi wejściowe stały szeroko otwarte. Ze środka dobiegała muzyka na tyle głośna, by konkurować z ulicznym ruchem. Ostrożnie weszła na frontowe schody, gdy łapy Scampa pomknęły w jej stronę. Podskoczył, przewracając ją. Nadeszła Martha, śmiejąc się, gdy pies polizał Ribby'ego po twarzy.

"Złaź, Scamp - powiedziała Martha, odpychając jego tyłek stopą. Wyciągnęła rękę, by pomóc Ribby'emu. Kiedy już stanęła na nogach, Ribby otrzepała się.

"Jesteś prawie jak skóra i kości - powiedziała Martha. "Nic nie jadłaś?

Ribby chwyciła matkę i zarzuciła jej ramiona na szyję. Martha odwzajemniła uścisk, po czym puściła ją, pytając: "Napijesz się czegoś?".

"Wyglądasz świetnie, mamo!" powiedział Ribby, gdy razem szli do kuchni. "Masz niesamowitą opaleniznę.

Martha roześmiała się. "Spędziliśmy wspaniały czas. Zamieszkałabym tam w jednej chwili, gdybym miała pieniądze. Tom był wspaniałym gospodarzem. Poruszała się po kuchni, nastawiając czajnik na gotowanie i przygotowując kubki. "Co porabiałaś? I czyje są te rzeczy w moim pokoju?

"Cioci Tizzy.

Marta prawie upuściła kubek. "Moja siostra tu jest? Przypuszczam, że w slumsach. Więc gdzie ona jest? Na zakupach?

"Nie, nie bardzo - powiedział Ribby. "Przyjechała tu w poszukiwaniu Jenny. Ribby miała dziwne uczucie deja vu. Zadrżała i wcisnęła obie ręce do kieszeni.

"To zabawne, że przyjechała aż tutaj. Na pewno mamy wiele do nadrobienia.

"Nie wiem, czy wróci - zająknął się Ribby. "Myślę, że może musiała wrócić do domu. To znaczy nagle.

Martha dosypała trochę cukru. "Bez bagażu? Upiła łyk. "Widziałaś ją dzisiaj?

"Nie, byłam u mojej przyjaciółki Angeli. Nie piła herbaty, ani nawet nie próbowała. Jej ręce wciąż były mocno osadzone w kieszeniach.

Martha dopiła filiżankę herbaty. Odsunęła krzesło i ziewnęła z ustami tak szerokimi, że mógłby przez nie przejechać autobus. "Idę już do łóżka.

"Dobranoc, mamo - powiedział Ribby. Odstawiła kubek i zaczęła chodzić po kuchni, aż usłyszała wołanie Marty ze szczytu schodów.

"Przy okazji, Rib, znalazłam to - podniosła nóż. "Był zawinięty w mojej szufladzie ze skarpetkami.

"Może ciocia Tizzy kogoś nim zamordowała - powiedziała Angela, wchodząc po schodach.

Marta podała jej nóż i wybuchnęła śmiechem. "Masz niezłą wyobraźnię. Rano dobrze go umyjemy. Dobranoc.

Angela przyjęła nóż od Marty w nowym ręczniku.

Dlaczego użyłaś nowego ręcznika?

To ja muszę wiedzieć, a ty musisz się dowiedzieć.

Ribby schowała nóż z tyłu szafy razem z zakrwawionymi ubraniami.

Dobra, idź spać.

Przestań do mnie mówić, a ja to zrobię.

Dobranoc, Ribby.

Dobranoc, Angela.

ROZDZIAŁ 21

RIBBY ZAPADŁA W GŁĘBOKI sen. Śniło jej się, że jest wysoko w chmurach, gdzie siedzi i obserwuje inne chmury, które ją mijają. Czasami na chmurach znajdowali się ludzie. Od czasu do czasu kogoś rozpoznawała. Sławną osobę, która zdawała się rozglądać, by sprawdzić, czy ktoś ją rozpoznaje.

Widok Cary'ego Granta uśmiechającego się i machającego do niej, gdy jego chmura przepływała obok, był bardzo dziwny.

Ribby krzyknął: "Panie Grant, och panie Grant, jest pan moim absolutnie ulubionym aktorem!".

"Jesteś bardzo słodka - powiedział Cary, gdy jego chmura płynęła dalej.

Oczy Ribby podążały za nim, dopóki nie mogła go już zobaczyć, ponieważ większość chmur zniknęła. Zniknęła.

Z wyjątkiem jednej ogromnej czarnej chmury, która pędziła w jej stronę

Nie była pewna, co robić, jak się rozpędzić. Zamachała rękami, ale to nic nie dało. Wzięła duży wdech powietrza i wydech do chmury, ale to też nie zadziałało. Tym razem nie czuła, że jest na chmurze. Wcześniej poruszała się, kiedy chciała, ale tym razem ani drgnęła.

Wielka czarna chmura podpłynęła bliżej. Ribby usiadła, po czym przytuliła się do kolan. Zapowiadało się na deszcz, dlatego inni chmurni jeźdźcy poszli szukać schronienia. Czuła się bardzo samotna. Gdyby tylko wskoczyła na chmurę Cary'ego Granta, przynajmniej nie byłaby sama.

BOOM! Upadła bokiem w ramiona puszystej chmury. Grzmot odbił się echem po pustym niebie.

CRACK!

Błyskawica wyleciała z czarnej chmury i uderzyła w chmurę Ribby'ego. Krzyknęła. Było bardzo blisko. Włosy na jej ramionach stanęły dęba od elektryczności statycznej. Jej skóra rozgrzewała się coraz bardziej.

"Przestań!"

"Nie zrobię tego! - wrzasnął gniewny kobiecy głos.

Piorun ponownie uderzył w chmurę Ribby'ego, tym razem przecinając ją na pół. Ribby przetoczyła się na bok i przyjęła pozycję embrionalną. Podniosła wzrok i zobaczyła kobietę, która wyglądała niezwykle podobnie do cioci Tizzy. Miała na sobie luźne, czarne szaty, nie do końca sukienkę czy płaszcz, które powiewały wokół niej.

"Zrobiłaś mi coś złego i zapłacisz za to. Nie możesz ukrywać się wiecznie. Zaryzykuj teraz   i SKOK!".

"Ale ciociu Tizzy - jęknął Ribby - uratowałem ci życie!

"Odebrałaś mi życie i wysłałaś do piekła! Ty głupia, głupia dziewczyno! A teraz oddaj swoje i SKOK!"

"Ale ja, ja nie chcę umierać."

"Ja też nie! Teraz jestem wyrzucona z Nieba. Od Boga. Przeznaczony do kręcenia się tutaj przez całą wieczność".

Kolejna błyskawica rozerwała chmurę Ribby'ego na ćwiartki.

Chmura rozpłynęła się w mgłę, a potem w nicość. Ribby trzymała się za nos, jakby skakała do rzeki zamiast spadać na śmierć. Krzyknęła "Shiiiiiiiiiiiiiittt!", jak Redford i Newman w filmie Butch Cassidy i Sundance Kid, kiedy skakali z klifu.

Spadając w otwarte ramiona nicości, Ribby spadła z łóżka i wylądowała z hukiem na podłodze.

ROZDZIAŁ 22

MARTHA BYŁA NA DOLE, waląc w garnki i patelnie. Ribby podsłuchał i usłyszał dwa głosy. Jej matka miała towarzystwo.

Był piątek rano i Ribby poprosiła o późny start w pracy. Chciała usłyszeć o podróży matki, zanim pojedzie do siebie na weekend.

"Dzień dobry, mamo - powiedziała Ribby, skręcając za róg. Zauważyła Johna MacGrawa czytającego gazetę.

Martha stała za nim, czytając mu przez ramię.

"Dzień dobry, John - powiedziała Ribby, nalewając sobie herbaty i stając obok lodówki.

"Nigdzie nie mogę go znaleźć. Zabrałeś ją, Ribby? Moją butelkę Jacka Danielsa? Była tutaj i była pełna.

"Ciocia Tizzy go wypiła - powiedziała Angela. "Była w złym stanie i wypiła ją, by uspokoić nerwy. Jestem pewna, że chciała ją wymienić. Później przyniosę ci nowy".

"Potrzebowaliśmy go do zrobienia jajecznicy, Rib".

"Tak, nie ma to jak wlać trochę Jacka Danielsa do jajek. Idealne lekarstwo na kaca" - powiedział John.

"Cóż, dziś rano będziemy musieli obejść się bez niego - powiedziała Martha.

"W takim razie bez jajek dla mnie, kochanie - powiedział John. "Tylko jeszcze jedną filiżankę kawy.

Martha postawiła dzbanek na stole. "Usiądź, córko. Mamy coś ważnego do omówienia".

Jezu, o co w tym wszystkim chodzi?

Ribby przyglądała się Marcie i Johnowi, gdy wymieniali spojrzenia. Usiadła naprzeciwko matki i czekała, aż wyjaśnią.

Ojej, oni NIE biorą ślubu. Czyżby? Gros.

"Jutro wieczorem przyjedzie do ciebie specjalny gość. Nazywa się pan Edward Anglophone - powiedziała Martha.

"Mam? Ale... kim on jest?

"Pozwól mi dokończyć wyjaśnienia. Wiem, że wkrótce musisz iść do pracy. To nie powinno zająć dużo czasu.

Ribby skinął głową, a Martha kontynuowała.

"Kiedy byliśmy na nabrzeżu, zatrzymaliśmy się w uroczym małym pensjonacie i poznaliśmy Edwarda. Przyjaciele nazywają go Teddy. Ma tam własną bibliotekę. Poznaliśmy go i zaprzyjaźniliśmy się. Zaprosił nas na drinka. Wspomniał o swojej bibliotece i potrzebie zatrudnienia nowego głównego bibliotekarza.

"Wiedział o tobie Ribby - przyznał John.

"Mnie?

"Zna ludzi w bibliotekach na całym świecie - dodała Martha. "I bibliotekarzy.

"Trzyma rękę na pulsie, bo sam chce zatrudnić nowego - powiedział John.

"Tak - dodała Martha. "Jego biblioteka została zamknięta. Dlatego chce się z tobą spotkać.

"Przejąć jego bibliotekę?"

"Potencjalnie - powiedział John.

"Główny bibliotekarz? Ja? wykrzyknął Ribby. "Nie mam kwalifikacji do bycia głównym bibliotekarzem. Do tego potrzebny jest stopień naukowy!"

Moglibyśmy być głównymi bibliotekarzami.

"Cóż, wiem tylko, Rib, że jeśli ktoś jest właścicielem własnej biblioteki, może zatrudnić kogokolwiek chce na stanowisko głównego bibliotekarza. To mała biblioteka, nie taka jak biblioteka w Toronto, ale to okazja życia. Będzie tu o 8. Musisz kupić sobie coś nowego. Ubierz się tak, aby zrobić dobre wrażenie". Martha upiła łyk kawy. "Nie wspominając o tym, że jest całkowicie naładowany".

Teraz ona nas zaczepia?

Z pewnością nie.

Dla mnie tak to brzmi.

"Tak, ma mnóstwo gotówki. I nie ma rodziny. Nie ma też krewnych" - powiedział John.

"Nie chcę się z nim spotykać. Moja praca jest w porządku. Poza tym nie chcę przeprowadzać się daleko. Podoba mi się tutaj".

Nie chcemy być sutenerami! Ty, głupi stary nietoperzu!

"Przykro mi mamo, ale ta okazja nie jest dla mnie".

"Córko, spotkasz się z nim i tyle!

"Po prostu go poznaj - powiedział John. "Co masz do stracenia?

Ribby odsunął krzesło. Angela odwróciła się w stronę schodów.

"Kiedy piekło zamarznie - powiedziała Angela.

Krzesło Marthy zaszurało o podłogę.

Ribby wbiegł po schodach i zamknął drzwi.

Angela otworzyła szafę Ribby'ego i chwyciła zawinięty nóż. Czekała.

Jeśli ta suka spróbuje dostać się do tego pokoju, pożałuje tego.

Kroki. Stomp Stomp. Stomp Stomp. Dwa zestawy. Bieg. Śmiech.

Ribby wstrzymała oddech.

Kilka minut później stało się jasne, co zamierzają. Martha krzyknęła: "Tak!", gdy zagłówek uderzył o ścianę.

Absolutnie obrzydliwe.

Wynośmy się stąd!

ROZDZIAŁ 23

W BIBLIOTECE PANOWAŁ CHAOS, kiedy przybył Ribby.

Pani P. Wilkinson, główna bibliotekarka, planowała podpisywanie książek od miesięcy. To było jej dziecko, ponieważ przyjaźniła się z autorką bestsellerów dla dzieci P.K. Schmidlap.

Gdy Ribby ruszyła w stronę wejścia, dwoje dzieci krzyknęło: "Hej, gdzie ty się wybierasz, paniusiu? Jesteśmy tu od kilku godzin. Nie możesz tu wchodzić!"

"Pracuję tutaj" - powiedziała, błyskając odznaką pracownika biblioteki.

Po wejściu do środka poszła znaleźć panią Wilkinson.

"Tam jest chaos - wykrzyknął Ribby. "Gdzie jest pani Wilkinson?"

"Dzwonił jej mąż. Jest w szpitalu z pękniętym wyrostkiem robaczkowym. Nie znamy jej hasła, więc nie możemy pobrać harmonogramu z jej komputera. Spodziewaliśmy się kilkuset dzieci, a nie tysięcy!" Monica powiedziała drżącym głosem: "Nie wiem, co robić. P.K. jest tu tylko przez kolejne sześćdziesiąt minut, ponieważ ma inne zobowiązania." Zaczęła płakać.

"Powinnaś była do mnie zadzwonić. Nie martw się, porozmawiam z P.K. i zobaczymy, czy uda nam się coś załatwić.

"Nie możesz ominąć jego opiekuna, a raczej jego żony - powiedziała Monica. "Wysoka blondynka, która jest pełna siebie.

Pani Schmidlap miała na sobie drogi garnitur od projektanta i sześciocalowe szpilki. Kilka razy spojrzała na zegarek, gdy Ribby szedł w jej kierunku.

"Przepraszam, pani Schmidlap?

"Yeeeeeeeeeees."

"Czy mogę zamienić z panią słowo? Mamy problem.

"To nie my mamy problem! To WY macie problem!" krzyknęła pani Schmidlap, powodując, że jej mąż upuścił długopis, a dzieci podskoczyły.

Wokół Ribby'ego narastało napięcie.

"W porządku, moje kochane - powiedziała pani Schmidlap, chwytając Ribby za lewą rękę i odciągając ją na bok. "Wy ludzie nie jesteście zorganizowani. Mój mąż podpisuje umowę na jeszcze jedną godzinę, a potem już nas nie ma. Dzieci nie mogą być rozczarowane, ale on nie może zostać. Ma inne zobowiązania. Mamy inne zobowiązania" - wyszeptała gniewnym głosem.

Ribby musiał znaleźć rozwiązanie. Na zewnątrz było co najmniej 1000 dzieci, a w środku kolejne 50-100. Musiała przekonać P.K., żeby podpisał książki dzieciom, które czekały najdłużej. Mógłby to zrobić, gdyby przyspieszył.

"A co z kompromisem?" zapytała pani Schmidlap.

"Tak, dobry pomysł.

Musimy wyruszyć o 12, punktualnie, bez żadnych "jeśli" i "ale". My, P.K., nie możemy podpisać się za wszystkich, nie dzisiaj. A co, jeśli te dzieci kupią kopię książki dzisiaj lub zamówią ją, powiedzmy, dzisiaj? P.K. podpisze wszystkie zamówienia i zostaną one dostarczone do końca tygodnia, czy to zadziała?".

"Możemy tylko spróbować. Dzięki za sugestię. Zobaczę, co da się zrobić.

Ribby wróciła na zewnątrz. Zamknęła za sobą drzwi.

"Hej, co ty robisz, paniusiu? Nie widzieliśmy jeszcze P.K.! P.K.! P.K.! P.K.!" krzyczeli, napierając do przodu.

"Przestańcie gadać! Proszę, bądźcie cicho, a ja wam wytłumaczę!".

Dzieci ucichły.

"Dobra, już lepiej! powiedziała Ribby. Zauważyła, że policja przybyła jako środek ostrożności. "P.K. musi opuścić to miejsce dokładnie o dwunastej w południe, aby wypełnić wcześniejsze zobowiązanie.

Tłum gwizdał i szydził. Policja wkroczyła do akcji.

"P.K. podpisze wszystkie wasze książki. Mamy tutaj wasze rozkazy. Jeśli są jakieś zmiany w naszych informacjach, prosimy o poinformowanie nas na piśmie przed 17:00 dzisiaj. Możecie je odebrać tutaj w przyszłym tygodniu - zasugerował Ribby.

"Za tydzień? Wszyscy skończą już czytać swoje kopie. Zdradzą nam zakończenie. Zrujnują je dla nas".

"Możecie wziąć swoją książkę dzisiaj i przeczytać ją bez podpisu albo zostawić ją tutaj, żeby P.K. ją podpisał, to zależy od was.

Rozległy się pomruki, a Ribby wiedział, że może się to skończyć tak czy inaczej.

Pani Schmidlap wyszła na zewnątrz, by pomóc i szepnęła jej do ucha sugestię.

Ribby przekazał jej wiadomość dzieciom. "Jeśli zostawisz dziś swoją książkę do podpisania, otrzymasz darmowy ekskluzywny prezent od P.K. limitowaną edycję   zakładkę do książki!".

Dzieci wiwatowały. Ribby i pani Schmidlap objęli się. Policjanci uchylili kapeluszy. Punktualnie o dwunastej w południe P.K. odjechał limuzyną.

Kiedy było po wszystkim, Ribby rozluźniła ramiona, a napięcie opadło. Reszta dnia, dzięki Bogu, przebiegła bez zakłóceń.

W drodze do mieszkania Ribby rozmyślała o nieuchwytnym panu Anglophone.

Może powinnam się z nim spotkać?

Bycie Głównym Bibliotekarzem byłoby fajne, a po dzisiejszym dniu zasługujesz na to.

Tak, dzisiejsze przejęcie dowodzenia sprawiło, że poczułem, że mogę to zrobić. To znaczy, być głównym bibliotekarzem i kiedy kiedykolwiek dostanę kolejną szansę?

Musi być naprawdę nadziany, skoro ma własną bibliotekę.

Tak. Ale dlaczego ja? Mógłby poprosić kogokolwiek.

Nie sądziłam, że to powiem, ale Martha musi być odpowiedzialna za jego zainteresowanie.

Nie wspominając o tym, że rozważa moją rolę.

Więc, zgoda. Spotkamy się z nim.

Tak, zgoda.

ROZDZIAŁ 24

BYŁA GODZINA 20:34 NASTĘPNEGO wieczoru, kiedy Ribby wróciła do domu. Miała na sobie czarną sukienkę i buty na wysokim obcasie.

Przy krawężniku stała zaparkowana limuzyna.

Kierowca uchylił kapelusza. "Miły wieczór", powiedział.

"Tak, na pewno jest piękny" - odpowiedziała Ribby.

"Ty też - powiedział kierowca z mrugnięciem.

To zaskoczyło Ribby'ego.

Angela odwzajemniła mrugnięcie.

Ribby wcisnął się do środka, ale szybko się uśmiechnął, gdy weszła do salonu. "Dobry wieczór - powiedziała.

Anglik wstał i wyciągnął rękę, by ją pocałować. Miał około metr dziewięćdziesiąt wzrostu i około osiemdziesięciu lat. Stał z laską i miał na sobie drogi, szyty na miarę garnitur w niebieskie prążki z czerwonym krawatem.

"Czy ktoś chciałby się napić?" zapytała Martha.

"Chciałbym - powiedział pan Anglophone - zabrać Ribby'ego na przejażdżkę moim samochodem. To znaczy, jeśli jej to nie przeszkadza?". Zerknął w jej kierunku, a następnie spojrzał na zegarek. "Mamy rezerwację w restauracji Revolving na 9.

"Przepraszam za spóźnienie.

O mój Boże! Prawdopodobnie nawet nie dotrwa do kolacji! Jest absolutnie i całkowicie geriatryczny!

"O tak, rozumiem, że piękno wymaga czasu - powiedział Anglophone, wstając i wyciągając rękę do Ribby'ego.

Ribby ją przyjął.

Ribby i Anglophone ruszyli w stronę drzwi.

"Nie martw się o jej wcześniejszy powrót do domu, Teddy. Wiemy, że się nią zaopiekujesz".

O mój Boże! Zdecydowanie NIE pójdziemy z TYM do domu.

Ribby spojrzała na matkę przez ramię, gdy zbliżały się do samochodu. Po wejściu do środka Anglophone powiedział: "Kierowco, możesz jechać do naszego celu. Spodziewam się, że sprawdziłeś na mapie, gdzie to jest?".

"Tak, panie Anglophone, GPS jest ustawiony".

"Dobrze, dobrze. W takim razie uczysz się," powiedział pan Anglophone. "A teraz zamknij ściankę działową, żebyśmy mieli z panią trochę prywatności".

Stary, brudny drań.

Oczy kierowcy limuzyny zetknęły się z oczami Ribby'ego w lusterku wstecznym, gdy nacisnął przycisk. Między nimi pojawiła się szklana przegroda. Czerwone aksamitne zasłony uniosły się w poprzek, zamieniając tylne siedzenie w prywatny pokój. Pan

Anglophone nacisnął przycisk, odsłaniając barek ze schłodzonym szampanem.

"Ribby, mój drogi, nie mogłem się doczekać spotkania z tobą.

Ribby, nie wiedząc, co jeszcze powiedzieć, powiedział: "Dziękuję, panie anglofonie".

"Możesz mi mówić Teddy, ponieważ mam na imię Edward. Powiedz mi jednak, skąd wziąłeś swoje imię, Ribby? Czy to skrót od czegoś? To dość wyjątkowe, ale urocze imię.

Ribby roześmiał się. "Dziwne. Nikt nigdy wcześniej mnie o to nie pytał.

"Jeśli to tajemnica, którą nie chcesz się dzielić, całkowicie to rozumiem, moja droga."

To stary wyga. Czarujący. Muszę mu to przyznać!

"Kiedy byłam małą dziewczynką, nie mogłam wymówić swojego imienia. Pisze się je jak Rebecca, ale wymawia Reee-becca. Wiesz, z tym strasznie przesadzonym długim "e". Zawsze wymawiałam je jako Rib-ecca" - zaśmiała się. "Mama nie lubiła skracać go do Becky. Uważała, że brzmi zbyt pospolicie, więc zaczęła nazywać mnie Ribby. Tak już zostało i od tamtej pory tak mam na imię".

"W takim razie będę cię nazywać Rebecca, jeśli chcesz, ale wolę nadać ci specjalne imię.

"Imię, które kocham to Angela. Czy chciałbyś nazywać mnie Angela?"

OMG! Dlaczego mi to robisz?

"Angela", powiedział Teddy, kiedy to wyleciało mu z języka. "W takim razie bardzo dobrze, Angela. Teddy przesunął dłonią po kolanie Ribby'ego.

Ribby uznał, że to był wypadek.

Angela nie była tego taka pewna.

W RESTAURACJI KIEROWCA OTWORZYŁ drzwi najpierw Teddy'emu, a potem Ribby'emu.

"Będziemy za co najmniej dwie godziny - powiedział Teddy. "Napiszę ci, kiedy będziemy gotowi do drogi".

"Tak jest.

"Przez większość czasu jest cholernym głupcem", powiedział Anglophone odnosząc się do swojego kierowcy, "ale lojalny jak mało kto".

ROZDZIAŁ 25

W RESTAURACJI BYŁA KOLEJKA, ale obecność Anglophone'a rozdzieliła ją.

Jak dżentelmen, zaoferował Ribby swoje ramię i eskortował ją przez zatłoczoną restaurację.

To było dla niej jak doświadczenie poza ciałem. Goście odwracali głowy, pozdrawiali ich, a nawet wznosili za nich toasty. Czuła się jak celebrytka.

Para udała się do prywatnego pokoju. Sufit był wysoki, z błyszczącym żyrandolem zawieszonym nad ich stołem. Sam stół był zastawiony pięknymi talerzami, sztućcami i błyszczącymi kryształowymi kieliszkami. Butelka szampana chłodziła się na stojaku.

Gdy już usiedli, Anglophone zamówił dla nich obojga.

Ribby poczuł się jak Bella w Wielkiej Sali Balowej w Pięknej i Bestii.

Jest stary, ale nie jest bestią.

Cicho.

Anglophone sporo mówił o swoich biznesach i pieniądzach.

Ribby zapytał, czy kiedykolwiek był żonaty.

"Prawie ożeniłem się dwa razy. Kobiety nie były tym, kim się wydawały. No wiesz, poszukiwaczki złota". Przerwał i zbliżył się do Ribby'ego. "Kazałem je obie zabić".

"Co takiego? Ribby powiedziała, prawie rozlewając swój kieliszek szampana.

"Mały żart, żeby sprawdzić, czy słuchasz - powiedział Teddy. Roześmiał się i poklepał ją po dłoni. "W dzisiejszych czasach niewielu ma ochotę na takiego starego pryka jak ja!

Ribby wypiła kolejny łyk szampana. Czuła się już oszołomiona.

"W takim razie dobrze. Znajdźmy tego mojego leniwego, beznadziejnego kierowcę.

"Robię się bardzo zmęczona - powiedziała Ribby. "Mógłbyś zabrać mnie do domu?"

"Oczywiście, że mogę, Ribby, to znaczy, droga Angela. Noc jest jeszcze młoda, a nie omówiliśmy jeszcze roli w mojej bibliotece.

"Podobał mi się ten wieczór, ale nie sądzę, bym miała kwalifikacje do objęcia tego stanowiska. Pochlebia mi to, ale..."

"Nonsens! Nie ty o tym decydujesz! Mam dobre przeczucia co do ciebie i to wystarczy".

Kiedy wrócili do limuzyny, Ribby poprosił Teddy'ego o wyjaśnienie jego ostatniej wypowiedzi.

"Mam pieniądze. Pieniądze sprawiają, że łatwo jest mieć oczy wszędzie. Wiem o tobie. Na przykład o tym, jak pomagasz swojej matce w spłacie kredytu hipotecznego i jak wynajmujesz apartament na nabrzeżu".

Ribby sapnął.

Jak bezinteresownie zabawiasz biedne, chore dzieci i jak w pojedynkę uniknąłeś tłoku podczas podpisywania książki przez P.K. - kontynuował. Jego żona, pani Schmidlap, nie lubi wielu ludzi, ale ciebie polubiła. Jeśli potrafisz z nią pracować, możesz zrobić wszystko. Praca jest twoja, jeśli tego chcesz".

Ribby'emu kręciło się w głowie, gdy Teddy nacisnął przycisk interkomu i kazał kierowcy wrócić do jej domu.

Śledził nas sam albo wynajął do tego kogoś.

"Muszę to jeszcze przemyśleć.

"Niech tak będzie. Masz siedem dni na podjęcie decyzji. Oto moja wizytówka; możesz się ze mną skontaktować o każdej porze dnia i nocy". Po chwili przerwy powiedział: "Chwileczkę! Dlaczego nie przyjdziesz i nie zobaczysz Biblioteki na własne oczy? Nie ma to jak teraz. Moglibyśmy pojechać razem już teraz!"

"Nie wiem."

Zaoferował ci pracę głównego bibliotekarza. Jest do wzięcia. Wiem, że wydaje się teraz przerażający, ale mówi nam to wprost. Niczego nie ukrywa ani nie kłamie. To jest coś. Jest naszą przepustką. Możemy go obserwować, zobaczyć, jaki jest naprawdę, bez podejmowania zobowiązań. No dalej Ribby, zaryzykuj. Poza tym kierowca jest super słodki. Spójrz na te blond loki wystające spod czapki.

Nie wspominając o jego niebieskich oczach.

Wiem. Wiem. Poza tym, może być fajnie!

"Będziemy tam wczesnym rankiem. Możecie zatrzymać się w tym samym pensjonacie, w którym Martha i John spędzali wakacje. Wszystko będzie przygotowane na twój przyjazd. To pomoże ci podjąć decyzję".

"Ale ja nie mam żadnych innych ubrań poza tym, co mam na sobie".

"Nie martw się o to.

Ribby otworzyła usta.

Przewidział jej następny sprzeciw. "Zadzwonię do twojej matki i wyjaśnię.

Ribby nie była już niczego pewna. Myślami krążyła tam i z powrotem. Powinnam, czy nie powinnam?

"Z przyjemnością - powiedziała Angela, biorąc Teddy'ego za rękę.

Zbyt długo zwlekałaś z podjęciem decyzji.

Ribby, który był rozproszony przez kierowcę patrzącego na nią w lusterku, skrzywił się.

Teddy kazał kierowcy zawieźć ich do domu.

Ribby udawał, że śpi w drodze powrotnej.

Angela miała nadzieję, że Teddy się zdrzemnie, aby mogła podejść i usiąść z szoferem.

Teddy wyciągnął laptopa i zaczął pisać.

To nadgorliwe klikanie zaprząta mi głowę.

Jestem pewien, że wkrótce będziemy na miejscu.

Sekundy później, Jesteśmy już na miejscu?

ROZDZIAŁ 26

Dotarli do Port Dover we wczesnych godzinach porannych.

Kierowca otworzył Teddy'emu drzwi. "Zabierz pannę Angelę do pani Pomfrere. Nie wracaj, dopóki nie zostanie przedstawiona".

"Tak, panie anglofonie.

"Poproś panią Pomfrere, aby dopilnowała, żeby panna Angela wstała i była gotowa na śniadanie za cztery godziny. Poinformuj ją, że będziesz tam niezwłocznie, aby odebrać pannę Ribby".

"Tak jest - odpowiedział kierowca, wsiadł z powrotem do samochodu i odjechał.

Ribby, która zasnęła, otworzyła oczy. Wyjrzała przez okno, próbując zobaczyć, jak wygląda dom Anglophone'a, ale było zbyt ciemno.

Kilka chwil później dotarli do B&B. Pani Pomfrere pospieszyła ich powitać. Kierowca dokonał prezentacji, a następnie dyskretnie poinformował ją o śniadaniu w posiadłości Anglophone'a i odjechał.

"Niezmiernie miło mi panią poznać, panno Angela. Pan Anglophone wiele mi o pani opowiadał.

Ribby nie mógł nie zauważyć stroju pani Pomfrere. Chociaż było bardzo wcześnie rano, miała na sobie suknię wieczorową. "Dziękuję, pani Pomfrere. Jeśli spieszy się pani dokądś, proszę nie pozwolić mi się zatrzymywać. Wskaż mi kierunek do mojego pokoju, a na pewno sobie poradzę.

"Poradzić? Poradzić sobie? Dlaczego jestem tak ubrany, żeby cię powitać. A teraz, proszę, chodź za mną, a wszystko załatwimy!". Weszli do środka, gdzie ruszyła jak wicher wzdłuż korytarza i po schodach w kierunku pokoju Ribby'ego.

"Jesteś jeszcze bardziej słodka niż sobie wyobrażałam. Teddy na pewno jest w tobie zakochany i widzę dlaczego. Moje ojej, te twoje nogi ciągną się w nieskończoność, prawda? Pani Pomfrere powiedziała zbyt znajomym tonem.

"No cóż - jąkał się Ribby.

"To jest twój pokój - pani Pomfrere otworzyła drzwi.

Pokój wypełniały róże wszystkich rodzajów i kolorów. Pachniało niebiańsko. Drzwi szafy stały szeroko otwarte, przepełnione markowymi ubraniami.

"Mam nadzieję, że rozmiary się zgadzają. Teddy oszacował. Znajdziesz tu wszystko, czego potrzebujesz. Gdybyś potrzebowała czegoś jeszcze, jestem do twojej dyspozycji dwadzieścia cztery godziny na dobę.

"To znaczy, że to wszystko jest dla mnie?"

"O tak, tak, ubrania i wiele więcej. Jesteś szczęściarą. Mając pana anglofona po swojej stronie. On może zrobić wszystko. On jest jak magia."

"Uh, tak, jestem," powiedział Ribby, po czym nastąpiło słabe "Dziękuję," gdy pani Pomfrere zamknęła za sobą drzwi.

Wow! To jakiś facet.

Zrobił to dla mnie.

Pewnie dlatego przez całą podróż klikał na swoim laptopie.

Ribby nagle się roześmiała. Poczuła się jak dziecko w sklepie ze słodyczami. Teraz, gdy miała drugi oddech, biegała od jednej strony pokoju do drugiej, znajdując drobiazgi i prezenty w każdym rogu. W łazience czekała na nią wanna spa wypełniona bąbelkami.

Umieściła łokieć pod bąbelkami, a następnie przełamała powierzchnię wody. Z jej gardła wydobył się rozkoszny jęk. Temperatura była idealna. Zdjęła ubranie i zanurzyła się w wodzie. Bąbelki mrowiły jej skórę. Położyła się, wzięła głęboki oddech i zamknęła oczy. Otworzyła je ponownie, aby upewnić się, że nie śni. Czuła się jak Śpiąca Królewna, która obudziła się i odkryła, że jest w raju!

Mogłabym to polubić.

Ja też!

Zrelaksowana i w wygodnej koszuli nocnej, wtuliła się pod kołdrę i zasnęła.

✳✳✳

"O BUDZIŁAŚ SIĘ, PANNO ANGELA? Pani Pomfrere zapytała przez zamknięte drzwi. Nie dając Ribby'emu czasu na odpowiedź, osoba zapukała ponownie.

Kolejny głos, szept. Teddy'ego.

Ribby zakryła się, spodziewając się, że zaraz wejdą.

"Weź klucz i obudź ją! zażądał Teddy. "Mamy miejsca do odwiedzenia i rzeczy do zobaczenia.

Wpuść mnie! Wpuść mnie! Parszywy stary drań.

"Trzeba było ją obudzić, kiedy przyszła wizażystka - wykrzyknął Teddy.

Wizażysta. Interesujące...

"Próbowałem, panie anglofonie, ale spała tak spokojnie, że nie chciałem jej przeszkadzać.

"Wyjdę za pięć minut, Teddy.

"Będę czekał na ciebie w moim domu. Mój kierowca przywiezie cię do mnie, kiedy będziesz gotowa. Proszę, nie każ mi czekać".

Super. Czas wolny z kierowcą.

Mamy pięć minut na przygotowanie się.

Wzięła szybki prysznic, przejrzała komodę i odkryła szereg jedwabnych majtek.

Stary łyskacz ma niezwykły gust.

I oczy też ma całkiem niezłe. Te rozmiary są idealne!

Dostałby zawału, gdybyśmy wyszli ubrani tylko w jedwabie. Założę się, że kierowcy też by oczy wyskoczyły z głowy.

Nie bądź obrzydliwa. Ribby zapięła jedwabną bluzkę i spódnicę.

Potem rozległo się kolejne mocne pukanie. "Przepraszam, przyszedłem zrobić Madame makijaż".

Pomyślał o wszystkim.

Drobna kobieta, mniej więcej w wieku Marthy, w mgnieniu oka wykonała makijaż Ribby'ego.

"Jestem Angela!" powiedziała Ribby, uśmiechając się do swojego odbicia.

"Oczywiście, że jesteś - odpowiedziała kobieta nonszalancko.

Nie, zdecydowanie nie jesteś.

Zazdrosna?

"Dziękuję. Zaproponowałabym napiwek, ale nie mam przy sobie pieniędzy.

"Och, nie musi mi pani dawać napiwku; pan anglofon to załatwił".

Żołądek Ribby zaburczał, gdy włożyła buty na szpilkach.

W drodze do limuzyny szła jak pijana. Kierowca uśmiechnął się, gdy prawie się przewróciła. Jeśli ją lubił, nie okazywał tego. Otworzył jej drzwi bez słowa.

Jazda do domu była dość przyjemna. Pensjonat pani Pomfere znajdował się w centrum małej wioski. Gdy samochód jechał wiejską drogą, Ribby dostrzegł jezioro Erie.

"Tam jest przystań i latarnia morska - wyjaśnił kierowca. "Zimą bardzo popularne jest zanurzenie niedźwiedzia polarnego".

"Och, pamiętam, że widziałem coś o tym w wiadomościach. Ponieważ zanurzają się w celach charytatywnych, podziwiam ich odwagę. Zadrżała.

"Mój przyjaciel wziął udział w zeszłym roku, prawie zamarzł - przerwał - jego, uh, sprzęt.

Ribby się roześmiał.

Uważa, że jesteś zbyt prymitywna, by mówić przy tobie o jajach.

Cóż, jestem gościem jego szefa.

"Wkrótce będziemy na miejscu - powiedział szofer.

Przejechali przez kilka wiosek, wystarczająco małych, by je zauważyć, ale zniknęły w mgnieniu oka.

"Jesteśmy na miejscu - powiedział kierowca.

Ribby usiadła prosto. Teraz, gdy dotarła do głównego domu, chciała wszystko zobaczyć.

Angela nuciła motyw przewodni serialu telewizyjnego Dallas.

Podjazd prowadzący do domu Anglophone'a był bardzo długi. Wzdłuż bulwaru rosły drzewa, które uginały się pod wpływem wiatru. Zadrżała.

Wyciągnęła szyję, próbując dostrzec dom. Kiedy jej się to udało, odetchnęła i zatrzymała wzrok. Nie był to piękny dom. Ze swoimi wąskimi oknami i ciemną cegłą sprawiał wrażenie zimnego i nieprzyjaznego. Całkowite przeciwieństwo drugiego domu, w którym nocowała.

Jest wręcz w stylu Bronte.

Spójrz tylko, krzaki róż.

Miejmy nadzieję, że w środku jest ładnie.

Jestem pewien, że będzie.

Kierowca zatrzymał samochód i podszedł otworzyć drzwi. Ribby zadrżała, gdy potknęła się na asfalcie.

Zanim zdążyła zapukać do frontowych drzwi, otworzył je mężczyzna. Był wysoki, szczupły i od stóp do głów ubrany na czarno. Miał minę, jaką można mieć po wyssaniu cytryny.

"Cześć - powiedział Ribby.

Wysokim głosem powiedział: "Madame, pan Anglophone czeka na twoją obecność. Zbyt długo kazała mu pani czekać!".

"Przepraszam."

Nie przepraszaj, on jest pomocą. Przejdź obok, jakbyś był właścicielem tego lokalu. Jesteś gościem Theodore'a Anglophone'a. Zasługujesz na to, by tu być.

Dokładnie to zrobiła.

Oszołomiony mężczyzna nie był zadowolony, ale był profesjonalistą. Zapowiedział przybycie Ribby'ego.

Teddy natychmiast wstał i machnięciem ręki powiedział: "Witam w moim domu".

Ribby przyjrzał się pomieszczeniu, w którym stał Teddy. Chociaż nie był wysokim mężczyzną, w tym otoczeniu wydawał się wysoki. Nawet pancerz po drugiej stronie pokoju był niższy od niego.

Rycerze byli dużo niżsi, niż sobie wyobrażałem.

Ribby uśmiechnął się. "Dziękuję, Teddy. Co za niesamowity pokój!"

Strzał w dziesiątkę!

"Moja droga - powiedział Teddy - wyglądasz w nim jak z obrazka. Właściwie to muszę namalować twój portret w takim stanie, w jakim jesteś teraz".

Teddy jakby zapomniał, że był na nas wkurzony.

Ribby zarumienił się. "Dziękuję bardzo za wszystko."

"Cała przyjemność po mojej stronie, droga Angello. A teraz chodź tutaj i usiądź naprzeciwko mnie, żebym mógł cię obserwować w świetle poranka. Teddy pstryknął palcami, a jego służący wysunął krzesło dla Ribby'ego. "Ufam, że wszystko w B&B było zadowalające?

"Tak, jest cudownie, panie Teddy.

"Nie byłem pewien, co lubisz na śniadanie, więc kazałem mojemu kucharzowi przygotować dwie porcje wszystkiego. Ponownie pstryknął palcami i rozpoczęła się parada jedzenia.

"Ojej!" - powiedziała. Do jej nozdrzy dotarły zapachy bekonu, syropu klonowego, babeczek jagodowych i kiełbasek.

To dopiero był szwedzki stół! Wystarczająco dużo jedzenia, by wykarmić całą armię!

Służący polecił swoim podwładnym, by najpierw obsłużyli pana Anglophone'a.

Anglophone klasnął w dłonie.

Personel od razu podszedł, by obsłużyć Ribby'ego.

Anglophone ponownie klasnął w dłonie. "Tibbles, musimy napić się mimozy!".

Natychmiast kelner przeciął dwie pomarańcze na pół i wycisnął z nich sok. Inny kelner otworzył butelkę szampana. Pierwszy kelner połączył oba napoje. Ribby uważnie obserwował, jak kelner nalewa każdą substancję z wielką precyzją.

Podał pełny kieliszek Teddy'emu do przetestowania. Teddy skinął głową, że jest zadowalający. Napełnił drugi kieliszek i podał go Ribby'emu. Wznieśli toast za udany pobyt i zabrali się za jedzenie.

"Mam nadzieję, że nie masz nic przeciwko, ale spłaciłem kredyt hipoteczny twojej matki.

Ribby zaniemówił.

Teddy poprosił o więcej kawy i została nalana. Mieszając, dodał: - Kupiłem też budynek, w którym znajduje się twoje mieszkanie.

Ribby sapnęła. Wytarła kąciki ust serwetką.

To nieoczekiwany obrót wydarzeń.

"Oczywiście nie musisz już płacić czynszu. Zaoszczędź pieniądze, jeśli się tu nie przeprowadzisz. Podróżuj. Zwiedzaj świat!"

Powiedz coś, cokolwiek.

"Aha, i spłaciłem też twoją kartę kredytową". Popił swoją Mimosę.

"Dziękuję. Bardzo. To bardzo miłe z twojej strony.

Ribby czuł się nieswojo po ogłoszeniu Teddy'ego i to było widać.

"Powiedz mi, Angela, jakie jest pragnienie twojego serca?

"Pragnienie mojego serca?" powiedział Ribby, rumieniąc się. "Nie wiem."

"Musisz wiedzieć, czego chcesz. Taka mądra dziewczyna jak ty. Coś, co zawsze było zbyt daleko od ciebie, a jednak twoje serce tego pragnęło. Zastanów się nad tym. Zapytam cię ponownie w odpowiednim czasie".

Ribby słuchał, jak Teddy opowiada o swoich podróżach po świecie.

"Moglibyśmy tu siedzieć i rozmawiać dłużej, ale bardzo chcę pokazać ci bibliotekę.

"O tak. Nie mogę się doczekać, aby ją zobaczyć - powiedział Ribby. Mimoza uderzyła jej prosto do głowy. "Ale chciałabym zaczerpnąć świeżego powietrza. Nie jestem przyzwyczajona do szampana o tak wczesnej porze. Czy to za daleko na spacer?

Teddy roześmiał się. "Nie dla takiej młodej duszyczki jak ty, ale masz na sobie nieodpowiednie buty. Pstryknął palcami. Do środka weszła kobieta. "Proszę, przynieś mojemu gościowi parę odpowiednich butów." Kobieta ukłoniła się, wyszła z pokoju, a chwilę później wróciła z parą butów do biegania. "Przebierz się w nie. Obcasy zabiorę ze sobą do samochodu". Następnie zwrócił się do swojego służącego: "Tibbles, narysuj naszemu gościowi mapę".

"Po drodze pomyśl o pragnieniu swojego serca. Pamiętaj, masz je nazwać".

Powietrze było rześkie i czyste. Oczyściło jej głowę.

On jest taki miły, delikatny i dający.

Może nie być tym, za kogo się podaje. Miejmy się na baczności, dopóki nie dowiemy się, czego chce. Pamiętajmy, że nie ma nic za darmo.

Ribby szła dalej, pochłonięta szukaniem odpowiedzi na jego pytanie.

Niech zgaduje. Nie odkrywajmy jeszcze naszych kart.

Za rogiem zobaczyła limuzynę, a potem bibliotekę.

Stephen otworzył drzwi Teddy'emu, który wyszedł, trzymając buty Ribby'ego. Usiadła w limuzynie i wymieniła buty, zostawiając płaskie z tyłu samochodu.

"Oto jest, moja droga - powiedział Teddy. Napis nad drzwiami brzmiał: E. P. Anglophone: Biblioteka prywatna. Pod szyldem znajdowała się tabliczka: Główny bibliotekarz: puste miejsce.

Dziwię się, że nie ma tam jeszcze naszego nazwiska. Wygląda na pewnego siebie.

Zachowuj się.

"Chodź - powiedział.

Duże drewniane łuki powitały ją w środku. Anglophone chwycił ją za rękę.

Serce Ribby'ego przyspieszyło. Biblioteka była okrągła. Okrągłe półki. Książki, książki i jeszcze więcej książek, jak okiem sięgnąć. Tysiące i tysiące. I drabiny w gotowości, by zabrać cię na najwyższą półkę. Aż do wysokości sufitu, witraże na wysokości około dwudziestu stóp. Kiedy spojrzała w górę i odwróciła się, zakręciło jej się w głowie.

Teddy poprowadził ją do krzesła, na które opadła z westchnieniem.

"Zadowolona?

"Ojej, tak! powiedział Ribby, próbując okiełznać jej emocje. "To jak coś ze snu.

To miłe, Ribby, ale coś tu nie gra.

"Powiedz mi teraz. Jakie jest pragnienie twojego serca?

"To jest to!"

Co za mały głupiec!

"Nie martw się," powiedział Teddy. "To może być i będzie twoje. Jeśli..."

Teddy zatrzymał się, gdy jego kierowca zwrócił na niego uwagę. "Chwileczkę, Angela. Czuj się jak u siebie w domu.

Ribby wstał i zachwiał się. Wspięła się na jedną drabinę, zeszła i wspięła się na kolejną. Każdy autor, jaki przyszedł jej do głowy, był tutaj. Zdając sobie sprawę, że kierowca wrócił i stoi pod nią, poprawiła spódnicę.

"Och, przestraszyłeś mnie."

Nie ja! Chodź do mnie.

"Bardzo mi przykro, ale pan Anglophone został odwołany. Poprosił mnie, abym odprowadził cię z powrotem do posiadłości, kiedy będziesz gotowa.

"Ja, ja... powiedziała Ribby, schodząc na dół bez zwracania pełnej uwagi. Źle stąpnęła i przewróciła się.

Kierowca, którego imienia nawet nie znała, złapał ją.

Ribby zarumieniła się na czerwono. Ich spojrzenia się spotkały. Postawił ją i odszedł.

"Dziękuję."

Nie odpowiedział.

Myśli, że zrobiłam to celowo. Że mam na niego ochotę.

Angela parsknęła śmiechem.

Przeszła za nim przez drzwi i weszła na parking, po czym zdecydowała, że nie pojedzie samochodem.

"Wolę iść pieszo - powiedziała.

"Jesteś pewna? Spojrzał w dół na jej buty.

Podniosła podbródek i bez odpowiedzi zaczęła iść.

"Cokolwiek pani sobie życzy".

Powinnaś była poprosić go o biegaczy.

Wiem! Wiem!

Wracając do domu z obolałymi i pokrytymi pęcherzami stopami, Ribby zauważył kierowcę siedzącego przed domem.

Odchylił kapelusz w jej kierunku, po czym zakrył oczy i wrócił do spania.

Boże, jaki on słodki.

Ha! Teddy zwolniłby go, gdybym wspomniała, że nie oddał mi moich drugich butów.

Ani mi się waż!

Ribby w końcu zdjęła buty i resztę drogi przeszła w pończochach.

Spojrzenie, jakim obdarzył ją Tibbles, gdy weszła do domu z butami w ręku, było gdzieś pomiędzy uśmieszkiem a grymasem.

Do diabła z nim!

"Przepraszam, panienko - powiedział Tibbles. "Pan Anglophone został zatrzymany. Chciałby, aby wróciła pani do B&B. Powiem kierowcy, żeby panią zawiózł".

Cóż, nie mogę przejść całej drogi.

Nie, przełknij swoją dumę i wsiadaj do samochodu.

Przez całą drogę do pani Pomfrere panowała niezręczna cisza, której żaden z mieszkańców nie chciał przerwać.

Zachowujesz się jak rozpieszczony bachor!

Nie obchodzi mnie to.

Samochód odjechał, a Ribby wgramolił się do środka.

ROZDZIAŁ 27

R IBBY ZATRZASNĘŁA ZA SOBĄ drzwi, gdy wróciła do swojego apartamentu. Rzuciła buty przez pokój, po czym rzuciła się na łóżko, tłumiąc szloch w poduszce.

Jest taki rozmarzony!

Wiedział, że potrzebuję butów, a mimo to mi ich nie dał.

Nie prosiłaś o nie.

Mimo to pracuje dla Teddy'ego. Jestem gościem Teddy'ego. Powinien starać się mnie uszczęśliwić.

Przesadzasz. Umyj twarz, poczujesz się lepiej i zapomnisz o tym.

Problem w tym, że nie mogę. Czuję się jak idiotka. Wpadam w jego ramiona jak Jane Eyre.

Kogo to obchodzi? Jeśli tak myślał, to pewnie mu to schlebiało. Segue. Biblioteka.

Jest piękna, jest wszystkim. Ale dlaczego Teddy chce, żebym ja, niewykwalifikowana osoba, prowadziła jego bibliotekę?

Dlatego mówiłem, żeby nie wykładać wszystkich kart na stół. Teraz wie, że to miejsce jest twoim szczerym pragnieniem. Bawi się w Ojca Chrzestnego Wróżek i trzyma nas za cycki.

Moje serce mówi, że jest na poziomie. Że nie ma ukrytych motywów. Ale moja głowa, och moja głowa.

Ribby chwyciła torebkę i wyciągnęła paczkę papierosów. Wsunęła jednego między wargi. Nawet bez zapalania, zapach ją uspokoił. Trzymając go przy ustach zasnęła.

"Musimy porozmawiać - szepnął Teddy przez drzwi.

Ribby wstała z papierosem wciąż zwisającym z jej ust. Włożyła go z powrotem do paczki. Mówiąc przez zamknięte drzwi powiedziała: "Przepraszam, musiałam zasnąć".

"Przygotuj się. Muszę cię teraz zabrać do domu. Spakuj swoje rzeczy i spotkamy się na dole w samochodzie.

Słuchała, jak odchodzi, po czym osunęła się na podłogę, walcząc ze szlochami.

Anglophone daje i Anglophone zabiera.

Ale dlaczego? Co ja takiego zrobiłam? Czy to przez Stephena?

Nie bądź śmieszny.

Nieważne. Tak będzie najlepiej. Przebierz się w jego ciuchy. Wyjdź stąd z podniesioną głową.

Ale biblioteka. Moje szczere pragnienie. Teraz, kiedy mu powiedziałam, wcale mnie nie chce.

Ribby przebrała się w ubrania, w których przyszła.

To jego strata, Rib. Pamiętaj, głowa wysoko. Poza tym wszystko, co teraz zarobimy, jest nasze. Żadnego czynszu, hipoteki, karty kredytowej. Jesteśmy w zasadzie wolni od długów! Wyobraź sobie, jak dobrze możemy się bawić!

Wychodząc, pocałowała panią Pomfrere w policzek.

"Nigdy nie żegnamy się z naszymi gośćmi. Mamy nadzieję, że jeszcze się zobaczymy".

"Dziękuję."

Kierowca stanął obok drzwi, czekając na Ribby'ego. Po wejściu do samochodu zapięła pasy. Odwróciła głowę i wyjrzała przez okno, podziwiając wszystko, czego już nigdy nie zobaczy i maskując swoje rozczarowanie.

"Angela, to wyłącznie sprawa służbowa. To nie ma nic wspólnego z tobą ani naszym układem.

"To znaczy, że nadal mnie chcesz? Ribby zapytała drżącym głosem, a jej serce chciało wyskoczyć z piersi.

"Oczywiście, chcę, żebyś była moją nową bibliotekarką - powiedział, muskając dłonią jej udo.

Zboczeniec. Bawi się z tobą. Odepchnij jego rękę.

Ribby zarumieniła się. To był wypadek. Nic się nie stało.

Policzek starego zboczeńca. Mówiłem ci. Daj mu centymetr...

"Kierowco, proszę podnieść barierkę. Pani i ja chcielibyśmy mieć trochę prywatności".

Ribby podniosła wzrok, złapała spojrzenie kierowcy w lusterku wstecznym. Objęła się ramionami.

Anglophone otworzył butelkę wody i podał ją Ribby, zmuszając ją do rozprostowania ramion. Wzięła ją i upiła łyk.

"Ribby, mam na myśli Angelę, jeśli biblioteka jest pragnieniem twojego serca, to jest twoja. To, co mam, jest twoje.

Siedziała wyprostowana, słuchając, ale anglofon zamilkł. Wzięła jeszcze kilka łyków wody, czekając.

Czy on czeka, aż coś powiem?

Prowadzi jakąś grę. Nie odzywaj się. Wyłożyliśmy karty na stół, niech on zrobi to samo. Tymczasem zachowaj zimną krew. Ciesz się widokiem.

Na pewno jest tu ładnie, ale serce mi wali.

Uspokój się. Weź kilka głębokich oddechów. Wdech. Wydech. Wdech. Wydech.

Jej ćwiczenia oddechowe zostały przerwane.

"Co dasz mi w zamian za pragnienie twojego serca?".

Zaczynamy. Pozwól mi się tym zająć.

"Nie mam ci nic do zaoferowania, Teddy. Tylko siebie."

Poważnie Rib, proszę zamknij się kurwa!

"Tylko siebie? Nie czujesz się godna?"

Ribby próbowała mówić, ale słowa uwięzły jej w gardle.

On chce więcej Rib; on chce seksu.

Ribby zarumieniła się na czerwono.

"Ojej - powiedział Teddy, klepiąc ją po dłoni. "Wyglądasz na bardzo zmartwioną, a ja nie chciałem cię martwić. Jestem starym człowiekiem. Żyłem bez miłości, bez dotyku, przez strasznie długi czas. Nigdy nie mógłbym oczekiwać, że pokochasz kogoś takiego jak ja. Nawet jeśli byłoby to pragnieniem twojego serca.

"Ja - powiedział Ribby.

"Ciii, daj mi skończyć. Chcę cię mieć w swoim życiu. Dla towarzystwa. Przyjaźni. Gdybyś się we mnie zakochał, gdybyś mógł mnie pokochać, byłoby to pragnienie mojego serca. Być może pewnego dnia je spełnisz".

Wow, to była podkręcona piłka. Odwrócona psychologia? Bądź ostrożny.

W samochodzie panowała cisza, a dwójka pasażerów czuła się wyjątkowo niekomfortowo. Ribby wziął jeszcze kilka łyków wody, a Anglophone sprawdził swój telefon.

"Wyjdziesz za mnie?" wymamrotał.

OMG, ta druga podkręcona piłka była tak daleko, że zaniemówiłem, Rib.

Ja też, to znaczy, co mam powiedzieć? Chcę biblioteki, ale go nie kocham.

Jesteśmy młodzi i pełni życia. On jest już tak daleko za wzgórzem, że prawie jest po drugiej stronie. Czekaj, teraz...

O nie, nie myślisz o tym, o czym ja myślę?

Środek do celu. Chce, żebyś była jego przyjaciółką, prowadziła jego bibliotekę. Nie prosi o seks, ale o towarzystwo i miłość. Prawda? Jeśli więc spełniasz pragnienia jego serca, a on spełnia twoje, to co w tym złego?

Po co więc proponować małżeństwo? Nawet ja wiem, że nie byłoby to legalne małżeństwo, gdyby nie zostało skonsumowane. Sama myśl o mnie i o nim...
Wiem, wiem.

T EDDY ZAJĄŁ SIĘ SWOIM telefonem.

Ribby i Angela dyskutowali na ten temat.

Znowu bębni palcami. Ależ to irytujące! Teraz klika długopisem - klik klak, klik klak, klik.

Czeka na odpowiedź.

Nie wiem, jak mogę to zaakceptować. Podaj mi jeden powód, dla którego powinnam się zgodzić. Jak mogę się zgodzić?

To proste. Jedno słowo: biblioteka. Dwa kolejne słowa: Główny Bibliotekarz.

Główny bibliotekarz czego? Nie mam personelu, współpracowników i w tej chwili żadnych klientów.

Ale ty będziesz szefem książek.

Ty nie pomagasz.

Staram się!

Wiem, ale dla niego nasz związek to nic innego jak umowa biznesowa. Będziemy mężem i żoną, ale tylko z nazwy. Chcę mężczyzny, którego będę mogła kochać i który będzie kochał mnie w zamian. To jest ustatkowanie się.

Ugoda? Nazywasz to ustatkowaniem się? Masz trzydzieści pięć lat, a trzydzieści sześć jest tuż za rogiem. Nie masz perspektyw, nie masz przyszłości. To da ci przyszłość. Teddy może otworzyć świat dla ciebie, dla nas. Miłość to nie wszystko. Jeśli się nie zgodzisz, będziesz tego żałować do końca życia.

Ribby spojrzał w stronę Teddy'ego.

Powiedz coś. Cokolwiek.

"Po prostu potrzebuję czasu, Teddy, żeby to przemyśleć.

Teddy wpatrywał się w dal.

Wkrótce, ale nie wystarczająco szybko, kierowca zjechał na krawężnik przed domem Martha.

W CIEMNOŚCI TYLNEGO SIEDZENIA Ribby zaciskała i rozluźniała pięści. Szybki ruch, otwieranie i zamykanie sprawiły, że podjęła decyzję. "Teddy, jestem pewna, że możemy dojść do odpowiedniego porozumienia.

Teddy objął ją ramionami, uśmiechając się. "Dziękuję, że uczyniłaś mnie najszczęśliwszym staruszkiem na świecie.

Dobra robota, Rib! Brawo! Pracuj z nim. Rozpracuj to. Pamiętaj, my tu rządzimy.

Głos Ribby'ego zadrżał, ale udało jej się lekko uśmiechnąć, gdy wyrwała się z jego uścisku. "Musisz dać mi kilka dni, abym mogła pozałatwiać wszystkie sprawy.

"Mogę na ciebie poczekać, Angela, ale proszę, nie każ mi czekać zbyt długo. Dla ciebie czekałem już całe życie - powiedział Teddy, całując jej dłoń.

Ojej, on jest urzeczony!

Wymienili pocałunki w policzek.

Kierowca otworzył drzwi Ribby'ego i przytrzymał je, podczas gdy ona wyszła na chodnik.

"Zadzwonię do ciebie za dwadzieścia cztery godziny - powiedział Teddy.

Ribby skinęła głową. Za nią na ganku Martha krzyknęła: "To ty, Ribby? Cześć Teddy. Pomachała.

Teddy pomachał jej, gdy kierowca zamknął drzwi i wrócił na przód samochodu. Odjechali.

"Tak mamo, to ja."

"Wróciłeś szybciej niż myślałam. Wejdź do środka i opowiedz mi o wszystkim.

Ribby potknęła się wchodząc po schodach na werandę.

ROZDZIAŁ 28

R IBBY PRZYWITAŁ SIĘ ZE Scampem poklepując go po głowie i cała trójka udała się do kuchni.

"Ribby, usiądź. Mam do ciebie milion pytań. Jak poszło?" Martha bełkotała, nie dając Ribby'emu dojść do słowa. "Tak, zrobię ci filiżankę kawy, a potem... Ojej, wyglądasz na wyczerpanego.

"Mamo, tak, jestem zmęczony. To była długa jazda. Pan anglofon, Teddy, jest interesujący".

"Myślałam, że się polubicie. Czy zadał pytanie?"

Wiedziała, że rzuci pytanie? Wiedziała? Co takiego?

"Wiedziałaś, że to zrobi?"

Czy to część jakiegoś głównego planu? To jest bardzo niepokojące.

"Kocha bibliotekę i nie pozwoliłby jej prowadzić byle komu."

Ma na myśli bibliotekę. Mój błąd.

"Oczywiście, że nie. Jest bardzo hojny, oferując mi taką możliwość.

"Pan Anglophone upewnił się, zanim jeszcze cię poznał, że jesteś tą jedyną."

Co to ma znaczyć? Wracamy do koncepcji Master Planu?

Ribby powstrzymała wściekłość. "Wiedziałaś?"

Mamusia Najdroższa znów zniżyła się niżej niż nisko.

"Rib, nie denerwuj się. On chciał dobrze. Chciał się upewnić. Mając tyle pieniędzy, musi być niezwykle ostrożny".

Ribby siedziała cicho, mieszając filiżankę kawy.

Martha wstała i zajęła się sprzątaniem. Spojrzała na Ribby'ego. "Jesteś wyczerpany, chcesz, żebym zrobiła ci kąpiel?"

Zrobić ci kąpiel? Dobra, zdejmij maskę. Kim jest ta kobieta?

"Byłoby cudownie.

Później, w wannie, Ribby zasnęła i śniła.

Unosiła się, zupełnie naga, wewnątrz różowej bańki w bibliotece Anglophone'a.

Anglophone pojawił się na horyzoncie. Przechadzał się z czerwoną twarzą i zaciśniętymi pięściami, podczas gdy jego szofer pozostawał w cieniu.

Anglophone powiedział: "Chcę, aby te nowe książki natychmiast zastąpiły stare. Połóż je na wysokości oczu, żeby moja dziewczyna mogła je znaleźć".

"To nie leży w zakresie moich obowiązków", odpowiedział kierowca, po czym odwrócił się.

Anglophone chwycił go za ramię, pociągnął w dół i uderzył w policzek. Choć uderzenie było mocne, kierowca był na nie przygotowany i nawet nie drgnął.

"Twoja praca jest taka, jak ci powiem, chłopcze!"

"Panie anglofonie, oczywiście zrobię wszystko, co pan zechce, dla jej dobra i tylko dla niej. Jestem do twojej dyspozycji" - powiedział kierowca.

Anglophone puścił jego rękę. Kierowca wyprostował plecy.

Jaką władzę ma nad nim Anglophone?

To jest sen. My śnimy. Obudź się, Ribby! Obudź się!

To interesujące. Spróbuj powiększyć książki, które chce, żebyśmy zobaczyli.

Próbuję, ale... cholera.

"Jestem hojny dla ciebie Stephen i hojny dla niej. Nie wymagam od ciebie zbyt wiele. Jestem starym człowiekiem. Jestem twoim pracodawcą. Nie bądź impertynencki w przyszłości.

"Przepraszam - powiedział Stephen, kłaniając się aż do podłogi z kapeluszem w dłoni. "Zapewniam, że to się więcej nie powtórzy. Spodziewam się, że zajmie mi to większość dnia.

"Bardzo dobrze. W takim razie zacznij uzupełniać księgi. Poinformuj Tibblesa, kiedy skończysz zadanie.

"Co mam zrobić ze starymi książkami?" zapytał Stephen.

"Z tyłu są puste pudła. Na razie je schowaj - powiedział Teddy. "One nic nie znaczą. Możemy je rozdać w przyszłości. Na razie odłóż je na bok".

Teddy wyszedł.

Stephen kontynuował pracę. Zerknął przez ramię, gdzie Ribby siedziała naga w swojej wyimaginowanej bańce.

"Stephen - szepnęła.

To jest dziwny sen.

Teddy jest dla niego naprawdę surowy.

Tak, oczekuje perfekcji.

Więc co on ze mną robi?

"Obudź się, Ribby!"

Bańka Ribby'ego pękła, gdy Martha weszła do pokoju.

"Pukałam od wieków."

"Przepraszam mamo, zasnąłem".

"Dobrze. To znaczy, że się relaksujesz. Masz tu coś do picia.

Ribby ukryła większość siebie pod bąbelkami.

"To nie tak, że nie widziałem tego wszystkiego wcześniej, córko." Martha roześmiała się.

Ribby zadrżała i sięgnęła po kieliszek szampana. Martha usiadła na krawędzi wanny.

"Za ciebie - powiedziała Martha, gdy stuknęli się kieliszkami.

To bardzo dziwne. Ta kobieta nie może być twoją mamą. Podlizuje ci się, jakby wiedziała, że stary rzucił pytanie i zamierza zamieszkać z wami dwojgiem.

Mydliny spłynęły po ramieniu Ribby'ego na nóżkę szklanki. "Mamo, jak poznałaś pana anglofona?

"Już ci to mówiłam, prawda?

"Nie sądzę. Jeśli tak, to nie pamiętam".

"Cóż, byliśmy na kolacji i wszedł Anglophone" - przypomniała Martha. "Był bardzo hałaśliwy i wymagający w stosunku do personelu i wydawał się być kimś ważnym. Byliśmy ciekawi, kto mógł wywołać taką scenę. Kiedy zobaczyłam go po raz pierwszy, wyglądał znajomo. Pomyśleliśmy, że to polityk albo widzieliśmy go w telewizji. Wyglądał na wzburzonego i obrażał kierowcę limuzyny, który jechał za nim. Wszyscy się na niego gapili".

"Czy on to zauważył?" zapytał Ribby. "To znaczy, że wszyscy w restauracji się gapili?"

"Na początku zupełnie nie zwracał uwagi na innych klientów. Kiedy zdał sobie sprawę, że wywołał scenę, przeprosił nas, a nie swojego pracownika. Potem postawił wszystkim szampana".

Brzmi jak tyran.

Zgoda. "I to wszystko?" powiedział Ribby.

"Nie, nie, moja dziewczynko. Potem poprosiliśmy go, żeby do nas dołączył, a on się zgodził. Poczęstował się, a my jedliśmy i jedliśmy. To był wspaniały wieczór. Zaprosił nas, abyśmy zostali z panią Pomfrere jako jego gość. Dlatego przedłużyliśmy nasze wakacje, ponieważ nic nas to nie kosztowało".

"Ale w takim razie, w jaki sposób zostałem włączony do rozmowy?"

"Podczas kolacji, nie jestem pewna o czym rozmawialiśmy, ale powiedziałam mu o tobie. O twojej roli w bibliotece i wolontariacie z dziećmi w szpitalu. Teddy był bardzo zaintrygowany. Chciał cię poznać. Wspomniał o swojej bibliotece. Powiedział, że jest zamknięta, dopóki nie znajdzie odpowiedniej osoby do jej prowadzenia. Zapytał o ciebie".

Powiedz nam więcej o prześladowcy Teddy'm.

"Jest bardzo nieśmiały, skoro już o mnie wie."

"Wiedzieć o kimś to nie to samo, co go poznać, córko".

"Tak, ale wygląda na to, że on już podjął decyzję.

"Nie wiem tego.

"On, Teddy, poprosił mnie, abym poprowadziła jego Bibliotekę Ma, ale były inne warunki. Komplikacje."

"Komplikacje takie jak?

"Takie, że muszę rzucić pracę. Przenieść się gdzieś indziej. Muszę zostawić dzieci.

"Ktoś inny je przejmie. Choć raz w życiu musisz być samolubny".

Ribby rozluźnił się nieco i wypił kolejny łyk szampana.

"Z tego co widziałem, pan Anglophone był bardzo hojny. Nie był groszorobem."

Zastanawiam się, czy wie o hipotece.

Nie mnie o tym mówić.

"To prawda. Ribby zadrżał. "Muszę pomyśleć więcej o tej mamie i wydostać się stąd, zanim moje ciało zamieni się w śliwkę.

Martha wstała i wzięła od Ribby kieliszek z szampanem. "Córko, prawdopodobnie już nigdy nie dostaniesz takiej szansy. Wiem, że nie zawsze byłam najlepszą z matek. Wiem, że podejmiesz właściwą decyzję.

"Dzięki - powiedziała Ribby. Po zamknięciu drzwi wyszła z wanny, osuszyła się i założyła koszulę nocną.

To był absolutnie i całkowicie "zanebluj mnie łyżką" czas matki i córki.

Mama bardzo się starała być wsparciem.

Tak, na pewno była. Widziałem w jej oczach znaki dolara. Ale zmieńmy temat. Porozmawiajmy o tym dziwnym śnie.

Tak, w moim śnie miał na imię Stephen.

Zawsze myślałem, że przypomina mi Stephena Moyera z True Blood.

Nie oglądałam tego serialu, ale wiem o kogo chodzi.

To było dziwne, anglojęzyczne zastępowanie książek nowymi. Nie rozumiem tego.

Wyrzucić stare i wprowadzić nowe. To podwójny cel. Nowe książki z nowym bibliotekarzem. Dla mnie to ma sens.

To było bardziej jak przeczucie.

Ribby się roześmiał. Nie jestem na tyle mądry, żeby mieć przeczucia.

Ale ja jestem.

Jesteś taki zabawny.

ROZDZIAŁ 29

P O POSPIESZNYM PORANKU, PONIEWAŻ zaspała, Ribby dotarła do pracy i weszła do budynku.

Natychmiast jej uwagę przykuł baner z napisem: "GRATULACJE RIBBY!" przykuł jej uwagę.

Ro-ro. Wygląda na to, że ktoś wypuścił kota z worka.

Kto? Ma? Ja...ja....

Lawina okrzyków i oklasków.

O nie, muszę się stąd wydostać!

Nie, nie musisz. Na to już za późno. Widzą cię. Uśmiechnij się!

Ribby uśmiechnęła się, gdy jej koledzy zebrali się wokół.

"Brawo Ribby!"

"Wiedzieliśmy, że dasz radę!"

"Jesteśmy z ciebie niezmiernie dumni! Główna bibliotekarka! Wow!"

Na tablicy ogłoszeń znajdowała się następująca notatka:

"Gratulacje dla naszego własnego Ribby'ego Balustrady!

Główny Bibliotekarz, Prywatna Biblioteka E. P. Anglophone.

Podpisano: Pani P. Wilkinson, Główna Bibliotekarka".

Ribby przetarła oczy z niedowierzaniem. Otwierając je ponownie, mamrotała pod nosem. Jak mógł to ogłosić, nie pytając jej o zdanie? Zacisnęła pięści, a jej policzki rozgrzały się do czerwoności. Nie miała już kontroli nad swoim życiem, nad swoim przeznaczeniem. Poszła za ladę i położyła głowę na biurku.

Otrząśnij się z tego, Rib. Psujesz im radość. Są z ciebie dumni, a to twój ostatni dzień tutaj. Weź się w garść. Trzymaj głowę wysoko.

Ale on obiecał! Powiedział, że mogę poświęcić trochę czasu. Teraz to mój ostatni dzień. MÓJ OSTATNI DZIEŃ!

Co się stało, to się nie odstanie. Możesz mu o tym powiedzieć później. Na razie ciesz się chwilą. Bądź inspiracją.

Pani Wilkinson podeszła do biurka. "Po pierwsze, chcę ci podziękować za zastępowanie mnie, kiedy byłam w szpitalu. Po drugie, jestem z ciebie dumna, Ribby! Kiedy zadzwonił do mnie pan Anglophone, mam na myśli Theodore'a Anglophone'a, byłam z ciebie taka dumna. Popłakałem się. Naprawdę. Zawsze byłeś dla mnie jak córka".

"Dziękuję, pani Wilkinson.

"To znaczy, taki potężny człowiek. Wybrał cię, w twoim wieku, na główną bibliotekarkę. Zajdziesz daleko.

"Słyszała pani wcześniej o panu Anglophone?

"Nie znam go osobiście, ale wiem o nim. Poza tym architektura jego biblioteki była opisywana w kilku czasopismach. Podobnie jak jego dom.

"Tak, biblioteka jest całkiem piękna, podobnie jak jego dom, ale nie wiedziałem o czasopismach."

"Organizujemy obiad na twoją cześć. Pełny catering, dzięki panu Anglophone, który nalegał na pokrycie wszystkich wydatków.

"Naprawdę? powiedział Ribby.

Przebiegły stary żebrak.

"W międzyczasie - kontynuowała - ciesz się swoim ostatnim dniem.

"Dziękuję, pani Wilkinson.

Ribby spojrzała w kierunku swoich współpracowników, którzy wrócili do swoich zadań. Zaciekawiona, zalogowała się do komputera i wygooglowała Theodore Anglophone.

Najczęściej wyszukiwaną pozycją był artykuł w lokalnej gazecie. Nagłówek brzmiał: "Podejrzana śmierć w lokalnej bibliotece".

Co takiego?

Ribby czytała dalej.

Główny bibliotekarz zmarł?

To dlatego ją zamknął. Wygląda na to, że kobieta była szalona.

Teddy znalazł jej ciało. To musiało być dla niego straszne.

Nie, spójrz tutaj. Tu jest napisane, że zadzwonił na policję, ale reporterzy przyjechali pierwsi.

Reporterzy zawsze przyjeżdżają pierwsi. Mają zdjęcia kobiety. Wygląda na obłąkaną. Gdzie są jej ubrania? I wygląda, jakby pluła na reporterów.

Wielu chciałoby pluć na reporterów.

Zgoda, ale spójrz na jej oczy. Wygląda na zdesperowaną. Przerażona.

Histerycznie. Teddy zamknął po tym bibliotekę i przysiągł, że już nigdy jej nie otworzy.

Aż do teraz. Muszę wyjść na świeże powietrze, zanim zacznie się lunch. Podeszła do pani Wilkinson i poprosiła o pozwolenie na wyjście.

"Cóż, nie mogę cię teraz zwolnić, prawda?" ryknęła pani Wilkinson. "W końcu to twój ostatni dzień!

"Tak, to prawda" - powiedział Ribby. Kiedy przechodziła obok, wiwatowało więcej osób. Po wyjściu na zewnątrz wyciągnęła papierosa z torby i zapaliła go.

Być może trochę się pospieszyliśmy.

Trochę!

R IBBY WRÓCIŁ DO BIBLIOTEKI w samą porę na obiad. Jedzenia w bufecie było więcej niż wystarczająco dla wszystkich. Wszyscy chrupali, mieszali się i rozmawiali.

Pani Wilkinson zaczęła śpiewać "For she's a jolly good fellow". Policzki Ribby'ego zrobiły się gorące. Pani Wilkinson wygłosiła krótkie przemówienie, po czym wręczyła Ribby'emu prezent.

"Otwórz to! Otwórz to!" śpiewali jej koledzy.

Rozerwała paczkę. Był to telefon komórkowy.

"Dodaliśmy już wszystkie nasze dane kontaktowe, abyśmy mogli pozostać w kontakcie" - powiedziała pani Wilkinson.

Jakbyśmy chcieli pozostać w kontakcie z tą partią!

"Dziękuję bardzo - powiedział Ribby.

"Mowa! Mowa!" zawołali.

Ribby nie był przyzwyczajony do publicznych wystąpień i wymamrotał kilka niespójnych zdań.

Dostaję werklempt.

Powiedziała, że będzie za nimi tęsknić.

Udało ci się, Rib. A teraz wynośmy się stąd.

Wszyscy bili brawo. Pani Wilkinson zwróciła na siebie uwagę, odchrząknąwszy. "Daję Ribby'emu resztę dnia wolnego! Dziękuję ci Ribby, za lata wspaniałej pracy w Bibliotece Toronto. Proszę, pozostań w kontakcie".

Pracownicy uformowali procesję.

To jak wesele.

Albo pogrzeb.

Na zewnątrz przy krawężniku czekała limuzyna.

Ribby zacisnęła pięści.

Weź głęboki oddech.

Kierowca wysiadł.

Stephen.

Uchylił kapelusza i otworzył tylne drzwi. W środku czekał Teddy z ogromnym uśmiechem na twarzy. Poklepał siedzenie, zachęcając Ribby'ego do wejścia.

Wsiądź i ochłoń, zanim cokolwiek powiesz.

Racja. Rozluźniła pięści. Usiadła i zapięła pasy. Wzięła głęboki oddech. "Cześć, Teddy.

"Zamknij drzwi, Stephen! zaszczekał Teddy.

Stephen. Naprawdę ma na imię Stephen.

Trochę jak ze Strefy Mroku, prawda?

"Naprzód - rozkazał anglofon. Szlaban podniósł się i kierowca pojechał dalej.

"Mam nadzieję, że miałaś miły dzień, Angela.

"To było dość dziwne - powiedział Ribby. "W końcu to był mój ostatni dzień. Wzięła głęboki oddech. "Nie wiedziałam, że zamierzasz poinformować panią Wilkinson o naszej umowie. Chciałam sama zrezygnować. To była dla mnie ważna rzecz do zrobienia. Jej policzki pokryły się rumieńcem, a głos drżał, gdy walczyła o zachowanie spokoju.

"Dlaczego miałabyś robić to, co ja mogę zrobić dla ciebie? wyszeptał Teddy. Położył rękę na jej nodze.

Tym razem nie było wątpliwości co do jego intencji. Zostawił ją tam. Nie zdjęła jej.

"Wiem, że ci ludzie w Bibliotece nie zawsze byli dla ciebie dobrzy. Wiem, że cię wykorzystywali i nie doceniali. Chcę, żebyś ich opuściła. Chcę, żeby wiedzieli, że jesteś lepsza od nich. Ty wygrywasz, a oni przegrywają".

Co takiego? Wiedzieliśmy, że nas obserwuje, ale to jest... ekstremalne...

Prawda. Ciekawe, co jeszcze wie?

Ribby wziął głęboki oddech.

"Wiem o tobie wiele, wiele rzeczy. O świecie - wyznał Teddy. "Wścibskich głupców jest tuzin. Nie nadają się do tego, by lizać ci buty. Jeśli ktoś cię skrzywdził, wskaż mi go, a ja się nim zajmę".

I zabójca! Rib, to całkowicie zmierza w szalonym kierunku.

Ribby wbiła paznokcie w klamkę. Puściła ją. "Nie, nie, nie ma nikogo takiego. Prowadzę dość proste życie. Pracuję, chodzę do szpitala, wracam do domu i nie mam zbyt wiele życia towarzyskiego".

Zachowaj spokój. Zachowaj spokój.

"Tak będzie. Uniósł dłoń z otwartą dłonią, jakby chciał przybić jej piątkę. Podążyła wzrokiem za jego dłonią, gdy ją uniósł i gdy ponownie położył na boku.

"Kiedy będziemy razem, świat będzie ci się kłaniał, wszyscy będą cię kochać i pragnąć cię zadowolić.

Opis królowej lub księżniczki.

Spojrzał w oczy Ribby'ego. Jej żołądek podskoczył. Pocałowała go.

Ah geez, Rib... wtf?

"Przepraszam - powiedział Ribby, zniesmaczony jej zachowaniem. To twoja wina. Widziałam siebie jako królową lub księżniczkę.

Ja też, ale byliśmy zamknięci w wieży z kości słoniowej.

"To był piękny gest - powiedział Teddy. "A nawet lepszy, ponieważ miałaś impuls, by zrobić to sama i podążyłaś za nim. Tak, widzę, że będziemy razem szczęśliwi. Wróć teraz ze mną. Chodź do naszego domu. Zacznijmy dziś nasze wspólne życie.

"Zaczekaj, Teddy, zaczekaj. Muszę jeszcze uporządkować kilka spraw".

"Zjedzmy razem kolację tego wieczoru. Świętujmy!"

"Jestem wykończona Teddy i chcę spędzić trochę czasu z dziećmi w szpitalu. Muszę się pożegnać i pozałatwiać kilka spraw".

Teddy odwrócił wzrok na sekundę, gdy zrobiła pauzę.

On wie.

Może, ale go pocałowałam.

Tak, na pewno. Dlaczego?

Szczerze mówiąc, nie wiem.

Dziwne.

"Tak, widzę, że to jest coś, co musisz zrobić. Ale ciągnie mnie do ciebie. Chcę być blisko ciebie. Chcę, żebyśmy byli razem. Pozwól mi zabrać cię do domu, Angela - błagał Teddy.

"Właściwie to doceniam ofertę, ale wolałabym złapać autobus.

Dotknęła grzbietu jego dłoni.

"Gdzie mamy cię podrzucić?

"Tutaj, tutaj będzie dobrze.

Stephen zatrzymał samochód. Zanim zdążył wysiąść i otworzyć drzwi, Ribby otworzył je i wyszedł.

"Dopóki się znowu nie spotkamy - powiedział Teddy, dmuchając w jej stronę i nie przerywając kontaktu wzrokowego.

Ribby złapała go i przyłożyła palce do własnych ust.

Blech, Rib. Posuwasz się za daleko.

Jakbym była opętana czy coś.

To był występ na miarę Oscara. To znaczy, powiedziałam kilka rzeczy i zrobiłam kilka rzeczy, ale ty, Ribby, ty wygrywasz.

Ugryź mnie!

ROZDZIAŁ 30

RIBBY WRÓCIŁA DO DOMU i usłyszała szloch matki.

"O co chodzi, mamo?"

"Chodzi o twoją ciotkę Tizzy. Ona nie żyje."

"Nie wierzę w to."

Dobra gra aktorska, Ribby.

"Tak, sam nie mogłem w to uwierzyć, ale znaleźli jej ciało. Była w furgonetce Attics-R-Us z jednym z moich chłopców.

"Och.

"To był dziwny człowiek - powiedziała Martha.

Możesz to powtórzyć.

"To okropne. Biedna ciocia Tizzy.

"Właśnie wróciłam z identyfikacji jej ciała. Dzwonią teraz do jej męża i córki. Nie powinni jej widzieć, jeśli mogą się od tego wykręcić. Powinni pamiętać, jaka była. Nie taką, jaką ją widziałem. Cała nadęta i....". Podeszła do baru i nalała sobie whisky. Wypiła ją.

"Jak, jak to się stało?"

Ribby, to kolejny występ nagrodzony Oscarem. Spokojnie. Mów spokojnie.

"Sądzą, że zjechała z klifu jego vanem po tym, jak go dźgnęła, ponieważ miał ranę kłutą na plecach. Zespół medycyny sądowej wezwał mnie, powiedzieli, że została zgwałcona."

"Zgwałcona? O mój Boże, jakie to straszne."

"Chwileczkę. Pamiętasz ten nóż, który znalazłem tamtego dnia? Gdzie jest ten nóż? To może być narzędzie zbrodni. Co z nim zrobiliśmy?" powiedziała potrząsając Ribbym. Potem zatrzymała się i zbladła. "A pan Anglophone... ten skandal może wszystko zrujnować!

"Co on ma z tym wspólnego?

"Chodzi mi o mnie. O moich dżentelmenach. Jeśli to wyjdzie na jaw, zrujnuje twoje szanse.

Ribby mocno spoliczkował Marthę.

Jeszcze raz. Jeszcze raz.

"Musisz wziąć się w garść, mamo. To nie ma nic wspólnego z tobą, z nami, a pan Anglophone nie będzie się tym przejmował. Poza tym skandal nie jest mu obcy.

"Więc wiesz?" zapytała Martha.

"Tak, wiem o byłym bibliotekarzu, który zmarł w bibliotece Anglophone'a. To wszystko brzmi bardzo dziwacznie.

"Mężczyźni - powiedziała Martha. "Mężczyźni mogą powiedzieć, a ich żony mogą powiedzieć i wszyscy dowiedzą się, że twoja matka jest dziwką.

"Proszę, mamo, przestań paplać. Robisz mi wodę z mózgu.

"Obiecaj mi coś, Ribby. Obiecaj mi, że zadzwonisz do Teddy'ego i powiesz mu, że chcesz do niego dołączyć. Wyjedź stąd i opuść miasto. Zanim wybuchnie skandal".

"Ale mamo, posiadłość Anglophone nie jest daleko od miasta. Teddy by się dowiedział. Dopiero co go zostawiłam. Mam luźne sprawy do załatwienia. Nie jestem jeszcze gotowa, by odejść".

"Nieeee!" krzyknęła Martha. "Musisz opuścić ten dom TERAZ! Martha wbiegła po schodach i zaczęła wrzucać rzeczy Ribby'ego do walizki.

Ribby podążył za nią.

Ona traci zmysły, Rib.

Rozumiem. Ona się rozpada.

Martha kontynuowała pakowanie, składając i zwijając swoje podręczne rzeczy. Mamrotała do siebie: "Oszczędzam cię. Liczysz się tylko ty".

Ribby, nie wiedząc, co innego zrobić, krzyknął: "STOP!".

Martha stała nieruchomo jak jeleń w świetle reflektorów.

Ribby wyjaśnił. "Pan Anglophone dał mi szafę wypełnioną niesamowitymi nowymi ubraniami. Chwyciła torbę, którą zabrała ze sobą na występy szpitalne i przerzuciła ją przez ramię.

Nie będziesz tego potrzebować!

Może będę, a może nie, ale nie zostawię tego tutaj.

"Rozumiem - powiedziała Martha, rozpakowując się. "Zadzwoń do niego. Nie może być daleko. Córko, gdybyś kiedykolwiek mnie kochała. Jeśli kiedykolwiek mogłaś mi wybaczyć i zrobić to dla siebie, to proszę, zrób to TERAZ!".

Myślę, że powinnaś, Rib.

Zgoda. Kiedy odejdę, ona się pozbiera.

Nie wiem, w jakim jest stanie.

Musi.

Ribby zadzwonił do Teddy'ego.

"Jasne, jestem niedaleko. Przyjadę po ciebie".

Martha i Ribby uściskali się.

Gdy limuzyna odjechała, Martha patrzyła na córkę, aż przestała ją widzieć. Zamknęła frontowe drzwi i upadła na kolana. Pozostała tam przez sekundę lub dwie, opierając się plecami o drzwi.

Życie Marthy przeleciało jej przed oczami, wszystko, co zrobiła dobrego i wszystko, co złe. Złych rzeczy było więcej niż dobrych. Tylko Ribby należał do tej drugiej kolumny. Przypomniała sobie swoją siostrę, kiedy były blisko lata temu. Siostrę, z którą walczyła o nic. Siostrę, której już nigdy nie zobaczy.

Wróciła myślami do noża, który znalazła. O tym, jak jej córka była o nim tajemnicza i jak nawet zażartowała, że Tizzy kogoś nim zabije. Dziwne. Nie wspominając już o tym, jak niejasno córka mówiła o powrocie siostry. To wszystko było dość dziwne. Coś było nie tak. Zastanawiała się, gdzie teraz jest nóż. Jej córka była w to zamieszana, co do tego nie było wątpliwości.

Wyobrażała sobie, co mogło się stać. Carl Wheeler mógł się pojawić. Czy Tizzy otworzyła rolety? Gdyby były otwarte przez przypadek, Carl wszedłby jak zaproszony gość. I wtedy odetchnęła. Usiadła, myśląc o tym, co mogło się stać. Jak jej córka mogła wejść... co mogła zobaczyć...

Wbiegła po schodach do pokoju Ribby'ego. Jej córka chowała rzeczy w szafie, robiła to odkąd była mała. Martha znalazła nóż zawinięty w ręcznik. I nie tylko nóż, ale też zakrwawione ubrania córki.

Wyniosła nóż na zewnątrz i zakopała go pod podłogą szopy razem z zakrwawionymi ubraniami.

Wróciła do środka i nalała sobie kolejną whisky. Tym razem dużą. Zadzwonił telefon, ale nie odebrała. Po prostu siedziała tam, popijając i popijając, aż sam zadzwonił.

ROZDZIAŁ 31

JAZDA DO DOMU TEDDY'EGO była spokojna. W peryferyjnym polu widzenia zauważyła, że Teddy zasnął. Nie mogąc zasnąć, postanowiła zadzwonić do Marty.

Zadzwoniła kilka razy, ale bez odpowiedzi. "Odbierz mamo, odbierz. Wiem, że tam jesteś".

"Ah, um, co?" powiedział Teddy, budząc się zaskoczony.

"Przepraszam, że cię obudziłam, Teddy. Próbuję dodzwonić się do mamy.

"Och, jak tam Marta?"

"Nie odbiera - powiedziała Ribby, wkładając telefon z powrotem do torebki.

"Nieważne - powiedział Teddy, klepiąc Ribby po udzie. "Możesz zadzwonić do niej rano. Możesz mi powiedzieć, Angela, o czym myślałaś?

"Kiedy?" zapytał Ribby.

"Zanim zasnąłem - zauważył Teddy. "Wydawałeś się zagubiony gdzieś głęboko w swoich myślach.

Ribby zaczął coś mówić, ale Teddy przerwał: - Angela, to nie jest krytyka pod twoim adresem, ale kiedy jesteśmy razem, mam nadzieję, że myślisz tylko o mnie. O nas."

Teraz chce kontrolować twoje myśli.

Nie sądzę, by o to mu chodziło.

"Odkąd byłam małą dziewczynką, mama musiała wychowywać mnie sama.

"Wiem o tym, Angela. Martha mi powiedziała. Powiedziała, że często była złą matką. A jednak ty się o nią martwisz. Jakie to osobliwe. Ujął jej dłoń w swoją.

Wyjmij skrzypce.

Znowu zasnął, trzymając ją za rękę.

Więcej drzemek to dobrze!

ROZDZIAŁ 32

Następnego ranka przed domem Marthy doszło do zakłóceń. Trąbienie klaksonów. Pisk opon. Migające kamery. Głośne głosy.

Martha uniosła róg rolety. To był chaos. Jedna z kobiet niosła tabliczkę z napisem: "Wynoś się z naszego sąsiedztwa, ty dziwko!".

"Tam jest!" ktoś krzyknął, a kamery kliknęły i błysnęły.

"Jest w domu!"

Martha poszła do kuchni i zrobiła sobie herbatę. Gdy popijała, Scamp usiadł na tyle blisko, że mogła go pogłaskać.

Zadzwoniła do Johna MacGrawa i zostawiła wiadomość. "To ja. Nie przychodź dzisiaj. Nie wychylaj się przez kilka następnych tygodni. Reporterzy, dranie, pełzają wszędzie. Nie chcę, żebyś był w to zamieszany. Zadzwoń, kiedy będziesz mógł..." Wiadomość zakończyła się sygnałem dźwiękowym. Martha odłożyła telefon na miejsce, mając nadzieję, że usłyszy wiadomość, zanim zrobi to jego żona.

Usiadła, przeglądając kanały telewizyjne, aż rozległo się pukanie do drzwi.

"Marta, to ja, Sophia.

Przez dziurkę od klucza zobaczyła swoją sąsiadkę, panią Engle.

"Odsuńcie się, sępy!" Sophia krzyknęła z pięściami w powietrzu. "Ta kobieta jest w zaciszu własnego domu. SHOO! Nędznicy! Idźcie po karetkę albo coś!"

Martha otworzyła drzwi. Jeden z reporterów krzyknął: "Dlaczego ten facet z Attics-R-Us był tu tak często? Znaleźli jego książkę wizyt, a on odwiedzał cię co tydzień".

"Bez komentarza - powiedziała Martha, zamykając drzwi za sąsiadką.

Pani Engle wślizgnęła się do środka. "O rany! Muszę się napić filiżanki, Martho, moja przyjaciółko.

"Z pewnością na nią zasługujesz. Właśnie ją sobie zrobiłam. I dzięki Sophia.

"To nic takiego. Słyszałam o twojej biednej siostrze. Te żmije powinny zostawić cię w żałobie, zamiast robić zamieszanie z powodu rzeczy i bzdur.

"To chyba wolny dzień na wiadomości - powiedziała Martha, nalewając kawę i oferując Sophii cukier i mleko.

Sophia odrzuciła obie propozycje. "Gdzie jest Ribby?

"Wyszła. Dzięki Bogu. Ma nową pracę poza miastem.

"Dobrze dla Ribby'ego. W międzyczasie jestem pewien, że inne wydarzenie odwróci ich uwagę od ciebie. Te sępy mogłyby się czegoś nauczyć o manierach!

"Na pewno by się nauczyły - powiedziała Martha.

Sophia wybrała 911.

Martha uśmiechnęła się, gdy Sophia zaczęła mówić.

"Tak, czy to policja?" Zrobiła pauzę. "Cóż, lepiej wszyscy chodźcie tutaj, albo będę musiała wziąć prawo w swoje ręce. Mhmmmm. Wszędzie reporterzy. Depczą moje róże. Zakłócanie spokoju. Nie wiem, jak oni śmieli. Sophia Engle, 44 Midas Lane. Jestem uwięziona obok, 42 Midas Lane, ok. Zrobi się. Dobrze. Dziękuję. Do zobaczenia. Chwała Panu!"

Martha i Sophia czekały na przyjazd policji.

Teraz, gdy miała kogoś przy sobie, nie wydawało się to takie złe.

ROZDZIAŁ 33

D OCHODZIŁA PÓŁNOC, GDY LIMUZYNA zajechała przed posiadłość Anglophone'ów. Nie było całkowicie ciemno, a z okien emanowała lekka poświata przypominająca świecę.

Dom otworzył swoje podwoje i Ribby wszedł do środka, a za nim Stephen niosąc swoją torbę.

Teddy zatrzymał się przy drzwiach, gdzie stał jego służący.

Służący pomógł swemu panu zdjąć płaszcz.

Kiedy spojrzał na Ribby, po jej kręgosłupie przebiegł dreszcz. Uśmiechnął się, niechętnym uśmiechem. Uśmiech wciąż przypominający kogoś, kto ssał cytryny.

To musiał być jego zwykły stan.

Jego zaciśnięte usta zmieniły się w szczerbaty uśmiech, gdy Anglophone stanął przed nim.

"To jest twój nowy dom, Angela. Witaj!" powiedział Teddy, promieniejąc. "Stephen, zostaw torbę i możesz iść. Samochód wymaga czyszczenia, zarówno wewnątrz, jak i na zewnątrz.

"Tak jest, proszę pana - powiedział Stephen.

Stephen ukłonił się najpierw Teddy'emu, a potem Ribby'emu i wyszedł.

"To mój służący, Tibbles. Poznałeś go niedawno. Jest odpowiedzialny za prowadzenie domu. Tibbles, panno Angela. Ufam, że wszystko jest w porządku?

"Tak, proszę pana, wszystko jest gotowe na przybycie pańskiej młodej damy - powiedział, podnosząc torbę Ribby'ego i odchodząc.

Ribby, niepewny co robić, spojrzał na Teddy'ego w poszukiwaniu wskazówek.

"To był długi dzień i chciałbym udać się na spoczynek, moja droga - powiedział Teddy, całując ją w rękę. "TIBBLES! - krzyknął. "Proszę, zaprowadź pannę Angelę do jej pokoju.

Tibbles czekał na szczycie schodów z torbą Ribby'ego.

Ribby wspiął się po schodach w kierunku Tibblesa: - Nie idziesz na górę?

Teddy pozostał na dole schodów niczym Rhett Butler obserwujący Scarlett O'Harę.

"Moja kwatera jest na parterze. Dobranoc, mój aniele. Śpij dobrze."

Gdy Anglophone zniknął z pola widzenia, Tibbles odchrząknął. "Chodź za mną - powiedział, prowadząc ją korytarzem. Kilka drzwi niżej otworzył drzwi i zaprosił Ribby'ego do środka. Wszedł za nią i czekał na instrukcje.

Ribby spojrzała na swoje nowe zakwaterowanie. Jej nowy dom. Kwiaty wypełniały każdą wolną przestrzeń.

Róże. Setki róż. Wszystko w pokoju było różowe, ładne i piękne.

"Ufam, że to jest zadowalające - powiedział Tibbles. Upuścił torbę na podłogę.

"Tak, ojej, tak. Odwróciła się i przewróciła wazon z pąkami, który rozbił się o podłogę. Upadła na kolana i zaczęła zbierać kawałki, cały czas przepraszając.

"Pójdę po to - powiedział Tibbles, odsuwając ją na bok i wyciągając małą miotłę i szufelkę ze swojej kurtki. "Jeśli nie ma nic więcej, panno Angela, czy mogę udać się na spoczynek?

"O tak, dziękuję i bardzo dziękuję. Za wszystko.

Tibbles ukłonił się i prawie uśmiechnął.

Może ma gaz.

Ribby się roześmiał.

Wychodząc, Tibbles zamknął drzwi.

Kiedy wyszedł, Ribby otworzyła drzwi, które, jak miała nadzieję, prowadziły do łazienki. Była to garderoba. Otworzyła kolejne drzwi; była to toaleta, ale bez toalety. Gdzie więc była łazienka?

"Tibbles?" zawołał Ribby, ale już wyszedł. Chyba będę musiała poczekać do rana.

Czy nie ma jakiegoś dzwonka, którym można by go przywołać?

Nie widzę żadnego.

Kiedy zostaniesz królową dworu, zainstalują ci go.

Tak, to będzie na szczycie mojej listy priorytetów.

Ribby trzęsła się w koszuli nocnej. Włączyła elektryczny koc i starała się nie czuć jak księżniczka, której zachciało się siusiu.

R IBBY OBUDZIŁA SIĘ w środku nocy z bólem po bokach. Musiała wstać i znaleźć toaletę, a im szybciej, tym lepiej. Weszła na dywan z niedźwiedziej skóry obok łóżka, zadrżała i poszukała płaszcza. Znalazła jeden przymocowany do haczyka w szafie. Pasował. Znowu Teddy znał damskie rozmiary.

On myśli o wszystkim.

Tak, z wyjątkiem powiedzenia mi, gdzie jest toaleta!

Tibbles z mordą powinien był to zrobić.

Ribby otworzyła drzwi i spojrzała w dół korytarza w poszukiwaniu łazienki. Każdy krok sprawiał jej ból.

Ten człowiek powinien zostać zwolniony.

Nie, to moja wina. Powinnam była zapytać.

Ribby poszła do końca korytarza. Zaczęła otwierać drzwi. Drzwi numer jeden były pokojem gościnnym. Drzwi numer dwa były pokojem chłopca w kolorze niebieskim.

Co do...?

Może ma syna? I zostawił jego pokój w takim stanie, w jakim był, kiedy się wyprowadzał?

Tak, niektórzy rodzice robią kapliczki swoim dzieciom.

Przy drzwiach numer trzy, Ribby owinęła palce wokół klamki.

"W czym mogę pomóc?

Ribby odwróciła się, by zobaczyć Tibblesa z ręką na biodrze, ubranego w koszulę nocną, czapkę i niosącego świecę. Wyglądał jak postać z powieści Charlesa Dickensa.

"Przepraszam, że przeszkadzam, ale muszę iść do toalety. Nie wiem, gdzie to jest".

Tibbles zbladł. "Chodź za mną. Poprowadził ją z powrotem korytarzem, mijając jej własne drzwi i dwa drzwi w dół, na prawo, do łazienki. "Czy będzie coś jeszcze tego wieczoru, panienko?

"Nie, nie, Tibbles. Dziękuję bardzo - powiedziała Ribby, wbiegając do środka i kierując się w stronę toalety. Sikanie nigdy wcześniej nie było tak przyjemne i zauważyła, że akustyka w pokoju była bardzo głośna. Miała ochotę coś powiedzieć, aby sprawdzić, czy odbije się to echem, ale postanowiła tego nie robić.

Angela nie mogła się jednak powstrzymać i zaczęła śpiewać refren piosenki Madonny "Like A Virgin". Ta akustyka jest niesamowita!

Po zakończeniu ablucji rozejrzała się po łazience.

Ręczniki z wyhaftowanym napisem "Angela".

Jak on mógł to zorganizować?

Służący pewnie szyje.

Wydaje się bardzo...

Sztywny? Otyły?

Tak, i tak.

Anglophone z pewnością myśli o wszystkim, to znaczy, niesamowicie.

Tak, jest rozważny.

Nie to miałem na myśli. Nieważne.

Ribby wróciła do swojego pokoju i zasnęła.

Angela zaczynała się nudzić podejściem Ribby'ego do wszystkiego. Chciała trochę emocji; tęskniła za clubbingiem i wszystkim, co się z tym wiązało.

Angela zastanawiała się nad Stephenem. Czy był singlem? Czy lubił się zabawić?

Nie chciała jednak zepsuć koncertu ze staruszkiem.

Kiedy nadejdzie właściwy czas, wszystko będzie moje!

Złowieszczy śmiech!

ROZDZIAŁ 34

Następnego ranka Ribby otworzyła oczy na dźwięk pukania do jej drzwi. Zanim zdążyła odpowiedzieć - to było jak deja vu - osoba zapukała ponownie.

"Zaraz wyjdę - powiedziała, odrzucając kołdrę, przeciągając się i ziewając.

"Mistrz Anglophone czeka na twoją obecność, panienko. Nie lubi czekać. Proszę, pospiesz się.

"Zrobię co w mojej mocy - powiedziała Ribby, po czym kobieta odeszła. Ribby wzięła prysznic, związała włosy i poprawiła twarz, szczypiąc policzki. Wróciła do swojego pokoju, wyciągając z szafy pierwszą rzecz, jaka wpadła jej w ręce. Był to zamszowy kombinezon, który idealnie na nią pasował. Zeszła na dół.

"Dzień dobry, Teddy - powiedział Ribby, gdy Tibbles prowadził ją do jadalni.

"Nareszcie! - mruknęła pod nosem kobieta z obsługi.

Tibbles spojrzał na nią z oczami prawie wyskakującymi mu z głowy, a potem na Anglophone'a. Kiedy upewnił się, że anglofon jej nie usłyszał, odprawił ją.

"Tak, cóż, Angela, usiądź i ciesz się pierwszym z wielu śniadań, które będziemy dzielić w tym domu jako para. Dobrze spałaś? Rozumiem, że Tibbles asystował ci o drugiej nad ranem?" Teddy klasnął w dłonie. Personel zaczął podawać.

"Tak - powiedziała Ribby, czerwieniąc się. Zerknęła na Tibblesa. Spojrzał na swoje buty.

"Tibbles został upomniany za zaniedbanie swoich obowiązków. To się więcej nie powtórzy.

"Przepraszam, panno Angello - powiedział Tibbles, kłaniając się nisko Teddy'emu, a potem Angeli.

"To nie była jego wina. Powinienem był zapytać.

"Zapewniam cię, że to zawsze jest wina pomocy. Kiedy jest się pracodawcą, nigdy nie powinno się prosić.

Ribby skupiła się na jedzeniu. Serwerka podeszła do niej i zaproponowała, że doleje śmietanki do owsianki. Ribby podziękowała jej. "Chyba się nie znamy? Ribby powiedziała do obsługi, która cofnęła się i zakryła twarz. Ribby spojrzał w kierunku Teddy'ego. Jego górna warga drżała. Zdała sobie sprawę, że popełniła błąd.

"Pani Haberdash, przedstawiam panią pannie Angeli - powiedział Teddy sarkastycznym tonem. "A teraz pozwól nam zjeść śniadanie w spokoju. Nie chcę, żebyście się tu kręcili. To źle wpływa na trawienie!

"Sir? zapytał Tibbles.

"Tak, ciebie też mam na myśli. Dam ci znać, jeśli będziemy czegoś potrzebować.

"Tak, panie anglofonie, sir."

Jest tu tak formalnie, że aż mnie ciarki przechodzą.

Tak. Wyglądają na przestraszonych.

Teddy rządzi twardą ręką.

Tibbles jest straszniejszy.

Anglophone musi im dobrze płacić.

Ribby podniósł wzrok, zdając sobie sprawę, że Teddy mówi.

"...Nie bój się zgłaszać sugestii na przyszłość, abyś mógł uczynić bibliotekę swoją własną."

"Teddy, zanim powiesz cokolwiek więcej, chcę ci podziękować.

Teddy rozpromienił się i wypiął pierś.

"Ty, mój aniele, jesteś wszystkim, a nawet więcej. Chcę dać ci to, co moje. Dam ci wszystko, czego zapragniesz. Wszystko, co musisz zrobić, to poprosić.

Ribby wstał i pocałował Teddy'ego w czubek głowy. Przytuliła się do niego. Zachęcił ją, by usiadła na jego kolanie. Pocałowali się. Patrzyli sobie w oczy.

Idź do pokoju! Przecież służba może wrócić w każdej chwili!

Teddy wstał i położył dłonie na policzkach Ribby. Wpatrywał się w jej oczy, a ona w jego. Poprowadził ją za rękę.

Totalnie się tu zrzygałem.

Wzdłuż korytarza, do serca wejścia, po schodach.

Otrząśnij się z tego, Rib! Jeszcze za wcześnie, żeby dać się ponieść.

Brak odpowiedzi.

Ribby, słuchasz mnie? Zahipnotyzował cię   albo cię kontroluje. Ribby! Posłuchaj mnie. Wróć do mnie!

Angela próbowała przejąć kontrolę. Odwrócić wzrok. Zerwanie więzi było wszystkim, co musiała zrobić, ale nie była w stanie.

Wykrzykiwała imię Ribby'ego raz za razem.

Wciąż bez odpowiedzi.

ROZDZIAŁ 35

Nagłówki krzyczały: "Burdel pośród nas". Martha chwyciła gazetę leżącą na progu i wyrzuciła ją prosto do kosza.

Wyciągnęła ją ponownie i wbrew sobie przeczytała artykuł. "Martha Balustrade, lat 62, prowadziła dom publiczny w pobliżu centrum miasta. (Zdjęcie na stronie 3).

Martha odwróciła się do zdjęcia. Wzdrygnęła się. Wykorzystali jej zdjęcie ślubne. Poczuła się zdradzona. Łza spłynęła jej po policzku, gdy podarła papier na drobne kawałki.

Marta czuła każdy centymetr pustej przestrzeni, jakby jej dom nie był już jej domem. Wyjęła telefon z gniazdka i odmówiła włączenia telewizora z obawy przed tym, co o niej mówiono. Żałowała, że nigdy nie wstała z łóżka, ale musiała wejść na strych.

Wspięła się po drabinie. Daleko w kącie, zakopana pod kocami, pajęczynami i różnymi akcesoriami, znajdowała się zamknięta na kłódkę komoda, w której znajdowały się prywatne dokumenty.

Martha zaczęła wyjmować papiery ze skrzyni jeden po drugim, zatrzymując się co jakiś czas, by poczytać. To było to. Otworzyła książkę i rozłożyła dokument w środku: Akt urodzenia Ribby'ego. Zamknęła książkę i odwróciła ją. Przez kilka sekund przyglądała się zdjęciu na odwrocie. Ponownie złożyła dokument, umieściła go z powrotem w książce i dodała do stosu "do wyrzucenia".

Gdy zapadła noc, Martha zeszła na dół, niosąc tyle, ile mogła. Weszła ponownie na górę i napełniła swoje ramiona, uważając, aby zachować dwa oddzielne stosy. Po kilku podróżach w górę i w dół schodów, miała przy sobie wszystkie dokumenty. Zamierzała dokładniej przeczytać stos "zachować" przy whisky lub dwóch. Drugi stos zostanie zniszczony.

Położyła stos "do wyrzucenia" na kanapie w pobliżu kominka, a stos "do zachowania" na drugim końcu.

Na wierzchu stosu do wyrzucenia leżała książka zawierająca akt urodzenia Ribby'ego. Zerknęła na nią krótko. Spojrzała na puste miejsce, w którym powinno być imię ojca Ribby'ego.

Martha podeszła do kominka i podpaliła polana. Wrzuciła akt urodzenia Ribby'ego, po czym otworzyła przewód kominowy. Wiatr natychmiast zawiał, sprawiając, że papiery na kanapie zadrżały i zatrzęsły się. Podniosła książkę i wrzuciła ją do ognia. Patrzyła, jak się podpala, po czym dorzuciła resztę "wyrzuconych" rzeczy.

Kiedy wszystko zniknęło, Martha patrzyła na wschodzące słońce górujące nad wzgórzami. Zielony trawnik kontrastował z purpurową czerwienią wschodzącego słońca. Jej wzrok padł na mały cień rzucany przed drzwiami. Nie widziała nikogo i zastanawiała się, co to jest.

Podeszła do drzwi i wyjrzała przez wizjer. Była pewna, że to butelka czegoś. Mleka? Nie, mleczarza nie było w tej okolicy od dekady lub dłużej. W końcu ciekawość wzięła górę i otworzyła drzwi. Była to butelka wina musującego z napisem "Toast za Ciebie, cała moja miłość".

To musiało być od Johna. Musiał wpaść, gdy była na strychu. Podniosła słuchawkę, by mu podziękować, ale odezwała się automatyczna sekretarka. Tym razem rozłączyła się bez zostawiania wiadomości.

Martha nalała sobie kieliszek, łykając jednocześnie kilka tabletek nasennych. Kontynuowała z winem i tabletkami, aż obie butelki były puste. Potem wróciła do Jacka Danielsa i dopiła go do końca.

Wpadała i wypadała ze snu.

Iskra w kominku połączyła się z krawędzią stosu. Wkrótce stos stanął w płomieniach. Potem kanapa.

Martha spała dalej.

Pani Engel wezwała straż pożarną.

Martha zadbała o to, aby stosy były oddzielone. Ostatecznie oba skończyły w tym samym miejscu.

ROZDZIAŁ 36

Teddy poprowadził Angelę wzdłuż korytarza.

Ribby, co ty robisz? Jest za wcześnie. Zasnąłeś? Obudź się! Obudź się!

Teddy zatrzymał się i otworzył drzwi.

Nie tego się spodziewałem.

Ani ja!

Wreszcie się z tego otrząsnąłeś! Naprawdę się martwiłem.

Dlaczego? Co się stało? Co przegapiłem?

Nie słyszałeś, jak cię wołam?

Nie, ale słyszałem ocean.

Musiał ci coś zrobić.

Nie sądzę.

Potknęła się, spodziewając się zobaczyć wystawny buduar, ale w rzeczywistości to, co było przed nią, nie było niczym w tym rodzaju. W swoim domu stworzył dokładną replikę biblioteki.

"To dla ciebie - powiedział Teddy, całując dłoń Ribby'ego. Stał i patrzył, jak ona to wszystko przyjmuje. "To jest twoje sanktuarium, twoje specjalne miejsce, Angela, i nikt nie będzie miał klucza oprócz ciebie.

Przychodzisz tu, by wyciszyć myśli. By uciec od świata. Ode mnie, jeśli chcesz. Przychodź tu pisać, malować, czego tylko dusza zapragnie. Przychodź tu często. Poznaj każdą książkę   przeczytaj wszystko   bo ja już je wszystkie przeczytałem   i będziemy mieli wiele do omówienia. Pewnego dnia będziemy podróżować i zobaczymy wszystkie miejsca, o których czytasz w tych książkach. Chcę ci wszystko pokazać".

Ribby podbiegł i pocałował go. Nikt nigdy wcześniej nie był dla niej tak troskliwy, tak cudowny.

Zwolnij, Ribby. Zwolnij!

Ujął jej twarz w dłonie i pocałował namiętnie.

Kolana Ribby'ego ugięły się.

Tibbles odchrząknął. "Przepraszam pana.

Dzięki Bogu za Tibblesa! Ribby opuścił budynek. Ocknij się, Rib.

"O co chodzi? powiedział Teddy, tupiąc nogą.

"Sprawa wielkiej wagi, sir. Głos Tibblesa zadrżał. Spuścił wzrok na podłogę.

"Nie teraz, Tibbles. Trzymaj to pod kapeluszem, staruszku, zaraz wyjdę - powiedział Teddy, pieszcząc plecy Ribby'ego.

"Ale Sir...

"Dobrze więc - krzyknął Teddy, opuszczając ręce na boki i zostawiając Ribby'ego samego.

Ribby czuła się gorąca, bezpieczna i szczęśliwa, gdy rozglądała się po książkach w swojej własnej bibliotece. Uszczypnęła się, by sprawdzić, czy nie śni.

Nie rozumiem. Po co tu dokładna replika drugiej biblioteki?

To bardzo przemyślane, nie sądzisz?

Myślę, że to znaczy, że chce cię tutaj, a nie tam.

Nie mogę tu być głównym bibliotekarzem. Nie ma tu klientów. Zadrżała.

Tak, to nie ma sensu.

W drugiej bibliotece miała dobre przeczucia. Wydaje się, że jest tu zimno.

Na ścianie jest termostat, może jest chłodniej, bo niektóre książki są kruche, może nawet stare? Spójrz na tamtą półkę. Oprawy wyglądają na autentyczne. Chwileczkę, właśnie zdałam sobie sprawę... czy to biblioteka ze snu?

Niespodziewane pukanie do drzwi sprawiło, że podskoczyła. Wstała i otworzyła je, by znaleźć Tibblesa z poważnym wyrazem twarzy.

"Mój pan musiał opuścić dom w pilnej sprawie. Wróci dopiero jutro. Jesteśmy do twojej dyspozycji. Ukłonił się nisko.

"Na razie nic mi nie jest, dziękuję, Tibbles. Zamknęła drzwi i wróciła do czytania.

ROZDZIAŁ 37

"KIEDY OSTATNIO JĄ WIDZIAŁEŚ?" Anglophone szczeknął, gdy Stephen odjechał z rezydencji.

"W piątek. Byłem tam w piątek. Była zrozpaczona, ale nigdy nie sądziłem, że to zrobi!" powiedział Stephen, wbijając palce w kierownicę.

"To głupia kobieta - powiedział Anglophone, gdy jego pięść uderzyła w podłokietnik.

Ostatnią rzeczą, na jaką Stephen miał ochotę, była rozmowa z nim. Ale nie miał wyboru, ponieważ "Teddy" płacił rachunki za szpital, w którym przebywała jego matka. Matka Stephena zmieniła się na zawsze pewnego dnia w bibliotece Anglophone. Prawie umarła. Teraz była skorupą matki, którą kiedyś znał.

Podczas jazdy Stephen przypomniał sobie, jak matka opowiadała mu o tym, jak przyszłość jej i Teddy'ego została spleciona. Chociaż Stephen wszedł do domu Anglophone jako niemowlę, nigdy nie był traktowany jak rodzina. Jasne, miał ładny pokój ze wszystkim w niebieskim kolorze, ale chłopiec potrzebował czegoś więcej.

Stephen był samotnym dzieckiem. Dzieckiem, które tęskniło za ojcem. Anglophone zamknął się przed pasierbem. W rzeczywistości wychodził z pokoju, gdy tylko Stephen wchodził. Stephen czuł się jak cierń w boku mężczyzny i nic więcej.

Otarł łzę z policzka, gdy zbliżał się do szpitala psychiatrycznego. Pielęgniarka Beemer powiedziała mu, że jego matka połknęła butelkę tabletek. Kiedy zapytał, skąd je ma, nie byli pewni. Nie miało to znaczenia. Liczyło się to, że jego matka była nieprzytomna. Jej żołądek był przepompowywany. Jej przyszłość była bardziej niepewna niż kiedykolwiek. Przeżyje czy umrze?

"Głupia kobieta", mamrotał Anglophone. "Głupia, głupia kobieta".

Po tym, jak Stephen otworzył drzwi dla Anglophone'a, pobiegł przed siebie. Chciał znaleźć matkę; musiał ją znaleźć natychmiast. Słyszał, jak Old Lead-foot zatacza się za nim. Nigdy nie mógł zrozumieć, jak jego matka mogła się w nim zakochać. Ale teraz nie było na to czasu.

Stephen podszedł do pielęgniarki. "Moja matka? Gdzie ona jest? Co z nią?"

"Wyszła z niebezpieczeństwa, ale było blisko, panie Franklin. Pokój 208. Na końcu korytarza, po lewej. Pielęgniarka puściła brzęczyk.

Stephen wszedł do środka. Był zdeterminowany, by porozmawiać z matką w cztery oczy. Zaczął biec sprintem.

Anglophone deptał mu po piętach.

Jego matka leżała nieprzytomna, wtulona w pościel. Z jej klatki piersiowej i ramion wystawały rurki i przewody, prowadzące do szeregu maszyn.

Stephen pocałował ją w czoło, usiadł i wziął jej wiotką dłoń w swoją. Maszyny szumiały i pikały.

"Wygląda dobrze, biorąc pod uwagę - powiedział Anglophone zza lewego ramienia Stephena.

"A teraz wstawaj i pozwól staruszkowi zająć krzesło. I przynieś mi filiżankę kawy - dodał, rzucając Stephenowi kilka banknotów. "I kwiaty dla twojej matki, ładne, w wazonie.

Stephen zrobił, co mu kazano.

Jedną z rzeczy, które codzienne przebywanie w towarzystwie anglofona przez tyle lat robiło z człowiekiem, było nauczenie się, jak trzymać język za zębami.

"**R**OSEMARY, SŁYSZYSZ MNIE?" TEDDY szepnął do kobiety na łóżku. "Rosemary, tu Teddy."

Kobieta nie zmieniła się ani nie poruszyła. Teddy przypomniał sobie dzień, w którym spotkali się po raz pierwszy. Była taka pełna życia, taka żywa. Zaledwie kilka tygodni temu obchodziła urodziny. Wysłał jej żonkile, jej ulubione kwiaty.

Na szczęście Rosemary powiedziała, że niewiele pamięta z czasu wypadku. Wiadomość o jej śmierci trafiła do sieci. Podczas medialnego chaosu, Anglophone kazał swojemu przyjacielowi, koronerowi, wysłać samochód, by ją zabrał. Z dala od tego miejsca, gdzie z czasem mogła wyzdrowieć.

"Tak naprawdę nie jest teraz żywa", mamrotał do siebie Teddy, gdy zbliżały się kroki. Stephen wracał. Teddy nawet jeszcze nie rozmawiał ze swoją żoną. Tak, ponieważ nie była martwa - Teddy wciąż był żonaty. Połowa wszystkiego, co posiadał, należała do nieprzytomnej kobiety i jego spadkobiercy.

"Co z nią?" Stephen ukłęknął przy łóżku matki i ponownie ujął jej dłoń.

"Oddycha, ale nie z własnego wyboru. Najwyższy czas porozmawiać o tym, by pozwolić jej odejść w spokoju.

"Ale nie możesz. To moja matka i nie pozwolę ci na to.

"Mów ciszej. Ty bezczelny imbecylu!" krzyknął Teddy.

Rosemary otworzyła oczy. Otworzyła usta.

"Ona próbuje mówić! Łzy spłynęły po policzkach Stephena. "Mamo, jestem tutaj, to Stephen. Twój syn Stephen. Jeśli mnie słyszysz, ściśnij moją dłoń".

Czekał, wstrzymując oddech, ale ona nigdy nie ścisnęła jego dłoni.

Zamiast tego ścisnęła dłoń Teddy'ego.

ROZDZIAŁ 38

P O POWROCIE DO DOMU Ribby czuła się samotna. Chciała odwiedzić bibliotekę, ale nie miała klucza. Rozważała spytanie Tibblesa, czy ma gdzieś kopię, ale zdecydowała się tego nie robić.

Ribby podniosła telefon w przedpokoju, planując zadzwonić do Marthy.

Tibbles pojawił się znikąd. "W czym mogę pomóc?

"Tak. Chciałabym zadzwonić do mojej matki i wygląda na to, że zgubiłam swój telefon komórkowy.

"Nie wolno wykonywać żadnych połączeń telefonicznych podczas okresu osiedlania się, panienko".

"Ale dlaczego?"

Czy jesteśmy więźniami?

"Postępuję zgodnie z instrukcjami mojego pana. Teraz, jeśli nie ma nic więcej..."

"Cóż, jest coś jeszcze. Chciałbym dostać klucz do biblioteki przy drodze, żebym mógł tam zajrzeć jeszcze raz.

"Nie ma klucza do pani dyspozycji. Może pani pójść na spacer lub skorzystać z udogodnień w domu, takich jak własna biblioteka. Spa jest relaksujące, jeśli chcesz, abym pokazał ci, gdzie się znajduje".

"Nie, dziękuję. Poczekam na powrót Teddy'ego, eee, pana anglofona".

"Chciałem się z tobą zobaczyć w sprawie pana Anglophone'a. Został zatrzymany na kolejny dzień. Mam instrukcje, aby upewnić się, że czujesz się jak w domu. Daj mi znać, jeśli jest coś więcej, panienko".

"W takim razie idę na spacer. Jak daleko jest najbliższa wioska?

Tibbles zbliżył się do Ribby'ego, pochylił się i szepnął. "To za daleko na spacer, panienko, i obawiam się, że samochód i kierowca są z panem anglofonem. Zbadaj ogród i daj nam znać, kiedy chciałabyś zjeść kolację. Odszedł.

"Dziękuję - mruknęła Ribby. Odwróciła się i zwalczyła chęć kopnięcia czegoś. Zamiast tego wyszła przez drzwi.

Tęsknię za mamą.

I tak lepiej nam będzie bez tej wiedźmy! Spójrz na miejsce, w którym mieszkamy, a jeśli dobrze rozegramy nasze karty, możemy coś z siebie zrobić. Chociaż jest trochę dziwny, Teddy bardzo cię lubi. Wszystko, co musisz zrobić, to grać razem, dopóki nie dowiemy się, na czym polega jego gra.

Jak to jego gra? Chce, żebym była jego towarzyszką. Jest niezwykle słodki. Mogłabym się w nim zakochać. Gdybyś przestał insynuować. Dlaczego jesteś taka podejrzliwa?

To przeczucie. Jakby już wcześniej robił takie rzeczy.

Jest taki słodki i czuły.

Troszczy się o ciebie. Ale po tym, co się stało, zanim pokazał ci replikę biblioteki, wiesz, kiedy cię nie było? Miej się na baczności. Oswajaj go. Niech idzie powoli. Niech czeka. Zgaduję.

Jego dotyk jest dość delikatny.

Po chwili eksploracji Ribby spojrzała przed siebie, a tam była tylko woda. Za nią dom Teddy'ego. A potem nic przez wiele kilometrów.

Myślała o kilku pomysłach na rzeczy, które chciałaby wprowadzić do biblioteki. Na przykład klub dla dzieci. Miejsce, do którego dzieci mogłyby chodzić w sobotni poranek. Słuchać czytanych im bajek, grać w gry. Byłaby to bezpieczna przestrzeń, w której rodzice mogliby odpocząć. Tak, to był jej najlepszy pomysł! Chciała też porozmawiać z Teddym o wznowieniu występów w miejscowym szpitalu. Tęskniła za wszystkimi swoimi dziećmi i zastanawiała się, jak sobie radzą. Jej życie tak bardzo się zmieniło i czuła się tym nieco przytłoczona.

To dopiero początek, pomyślała Ribby, gdy mgła z fal pocałowała ją w twarz.

Na bulwar wjechał samochód i przejechał tuż obok niej.

Ciekawe, kto to?

To była kobieta.

Tak. Odwiedza Tibblesa pod nieobecność szefa. Ciekawe.

To może być nic takiego. Jeśli coś knuje, Teddy chciałby o tym wiedzieć.

Fajnie byłoby się dowiedzieć.

Chodźmy!

ROZDZIAŁ 39

Rozpętało się piekło. Po tym, jak mama Stephena ścisnęła rękę Teddy'ego, on odwzajemnił uścisk. Myślał, że robi to dyskretnie, dopóki pacjentka nie powiedziała: "Teddy, przestań, do cholery, robisz mi krzywdę!".

"Mamo, mamo, obudziłaś się. Lepiej kogoś tu wezwę". Nacisnął przycisk na interkomie. "Siostro, siostro, przyjdź do pokoju 208! Proszę!" Stephen otarł łzy i pocałował matkę w oba policzki.

"Przestań się na mnie ślinić, chłopcze - powiedziała mama Stephena, patrząc na niego. "Nie wiem, kim jesteś. Teddy, powiedz mu, żeby sobie poszedł, żebyśmy mogli być sami. Zabierz go stąd!"

Jej zaprzeczenie przeszyło go na wskroś. "Ale mamo, to ja, Stephen, twój syn. Dotknął jej dłoni, coś do niej wrzucił. "Dałaś mi ten medalion świętego Krzysztofa. Widzisz? Jest na nim twoje imię, mamo. Przeczytaj je".

Spojrzała na biżuterię i przeczytała na głos: "Dla Stephena z miłością od mamy". Hmmfff. Cóż, nie pamiętam cię. Zabierz go stąd, Teddy!"

Stephen wyszedł, walcząc z chęcią uderzenia pięściami w ściany szpitala.

ROZDZIAŁ 40

RIBBY WBIEGŁ PO SCHODACH.

Otworzyła drzwi. Ukazał się duży tył kobiety ubranej w długą spódnicę w słoneczniki. Ubranie muskało podłogę, gdy szła za Tibblesem. Duży kapelusz z daszkiem i jadeitowa bluzka z długimi rękawami i spływającymi mankietami uzupełniały jej strój. Chociaż stała za Tibblesem, zdawała się prowadzić rozmowę.

Chodźmy stąd. Wygląda nudniej niż Tibbles.

Nie, Teddy kazał mi się czuć jak w domu. Więc przedstawienie się, nie wspominając o sprawdzeniu i powitaniu nowo przybyłych byłoby odpowiednie.

To zadanie Tibblesa.

Ribby postanowiła się wtrącić; aby przyciągnąć ich uwagę, krzyknęła: "Cześć!".

Oboje odwrócili się w jej stronę, Tibbles ze skrzyżowanymi spojrzeniami, a kobieta z otwartymi ustami, ponieważ była w połowie zdania.

Ribby pospieszyła do miejsca, w którym stali, gapiąc się. Wyciągając rękę do nowego gościa, powiedziała: - Mam na imię Angela. A ty?

Kobieta zacisnęła usta i spojrzała w kierunku Tibblesa.

"Panna Angela. Wróciłaś - powiedział Tibbles. "Ufam, że podobał ci się spacer? Nie czekał na odpowiedź ani nie próbował przedstawić obu kobiet. "Lunch serwowany jest w bibliotece. Mam ścisłe rozkazy od pana Anglophone'a, aby zająć się jego gośćmi. Życzę smacznego. Jeśli potrzebujesz czegoś więcej, daj nam znać.

Tibbles, kładąc dłoń na plecach kobiety, poprowadził ją korytarzem do swojego gabinetu. Drzwi zatrzasnęły się.

Hmpft! Taki z niego szef, że wszystko wie.

Dlaczego mielibyśmy spędzać z nią czas? Wyglądała, jakby była w stanie zamienić każdego w kamień! Albo zanudzić na śmierć.

Pewnie masz rację.

Zobaczmy, co jest w menu na lunch.

Udała się do biblioteki. Podniosła srebrną pokrywę i znalazła kanapkę z homarem, nadziewaną majonezem. Butelka szampana chłodziła się.

Ribby zajęła się jedzeniem, przeglądając książki. Jeden tom przykuł jej uwagę. "Czarnoksięstwo przez mroczne wieki". Ribby podniosła go.

Whoa, czułaś to?

Na pewno. To oddychało. Ribby przewrócił strony. Jest wypełniona czarną magią. Zaklęcia i inkantacje. Strony są bardzo delikatne. Większość obrazków jest ręcznie rysowana.

Myślę, że papier jest zrobiony ze skóry.

Nie ludzkiej skóry?

Nie mogę powiedzieć tego na pewno, ale jest to możliwe. Atrament na stronach może być krwią.

Ludzka krew? Ewwww.

Myślę, że powinieneś ją odłożyć.

Widziałem już wiele starych książek, ale żadna nie jest taka jak ta. Ręce mi drżą. Poza tym, to tylko książka. Co w tym złego?

Przyprawia mnie o dreszcze.

ROZDZIAŁ 41

"JESTEM TU DLA CIEBIE, moja droga Rose - wyszeptał Teddy, trzymając ją za rękę.

"Przestań pieprzyć - powiedziała Rosemary. "Mój chłopak jest poza zasięgiem słuchu.

Teddy roześmiał się. "Cieszę się, że wróciłaś. Proszę, kontynuuj.

"Najpierw najważniejsze, Teddy - powiedziała Rosemary. Pochyliła się bliżej niego. "Chcę się stąd wydostać, dziś, jutro, wkrótce. Spełniłam twoje życzenie, dla dobra naszego syna. Pozwoliłam, by mnie odurzano, poddawano wszystkiemu oprócz lobotomii, by mój syn był bezpieczny i zdrowy, a teraz nadszedł czas. Stephen jest teraz mężczyzną i musi wiedzieć, kim jest jego ojciec i dlaczego nigdy mu o tym nie powiedzieliśmy.

"Rose, nasza umowa jest taka, że nasz syn otrzyma pięćdziesiąt procent wszystkiego. Pod jednym warunkiem. Warunek jest taki, że nigdy nie dowie się, że jestem jego biologicznym ojcem - powiedział Teddy. Jego głos zakończył się szorstkością prawie jak szczeknięcie. "Po incydencie w bibliotece zgodziłaś się odejść. Pozwoliłaś mi żyć w spokoju, pod warunkiem, że twój syn, nasz syn, będzie miał zapewnioną opiekę. Dotrzymałem swojej części umowy, a ty... nie masz innego wyjścia, jak tylko dotrzymać swojej. W przeciwnym razie moja oferta zostanie wycofana. To jest w moim testamencie. Jeśli się dowie, nic nie dostanie. NIC!"

Pielęgniarka przechodząca przed pokojem powiedziała. "Shhhhhhhh."

"Och, przepraszam - powiedział Teddy.

Rosemary wyszeptała: "Zgodziłam się, ale nie mogę żyć tutaj, w tym szpitalu... w tym więzieniu. Być obserwowaną przez dwadzieścia cztery godziny na dobę, jak zwierzę w klatce. Chcę, by nasz syn miał to, na co zasługuje, ale zabija mnie to za każdym razem, gdy mówię mu, że nie wiem, kim jest. To bolesne dla matki widzieć swoje dziecko w bólu".

Anglophone podał jej swoją chusteczkę.

Kontynuowała: "To jedyny sposób, w jaki mogę z tobą porozmawiać w cztery oczy. Kontynuowanie tego podstępu mnie męczy. Chcę mieć własne życie. W przeciwnym razie pochowaj mnie tu i teraz, żeby nie musiał już do mnie przychodzić. Nie zniosę tego! Nie mogę tak dłużej żyć". Rosemary podniosła ręce, by zakryć twarz.

"Więc to dlatego połknęłaś te pigułki, żeby pozbyć się siebie! Szkoda, że ci się nie udało. Szkoda.

"Tak, szkoda. Byłbym szczęśliwy nigdy więcej cię nie zobaczyć.

Anglophone wstał. "Idę teraz i zostawiam cię z tym." Odwrócił się plecami do swojej byłej żony i kochanki i ruszył w stronę drzwi.

"Jeśli teraz pójdziesz, powiem mu. Powiem mu.

"I sprawić, że straci wszystko? Wrócił do jej łóżka. "Nie powiesz mu. Poświęciłaś już zbyt wiele. Zawahał się, stukając kościstym palcem w podbródek. "Poproszę pielęgniarkę, żeby codziennie wyprowadzała cię na spacer, żebyś mogła zaczerpnąć świeżego powietrza, jeśli to ci pomoże. I książki. Mogę wysłać ci książki. Zrób listę. Moja biblioteka jest twoją biblioteką.

"Dziękuję, Teddy. Dziękuję. Tak, wyślij mi najnowsze powieści. Czasopisma. Plotki. Nawet gazety. Nie pozwalają nam tu oglądać wiadomości... Nawet nie wiem, który mamy rok".

"Jest rok 2016. Będziemy trzymać cię tutaj na łańcuchu, ale poluzujemy obrożę. Upewnij się, że nie stworzysz kolejnej sceny z próbą samobójczą. Dotrzymam swojej części umowy, jeśli ty dotrzymasz swojej. Na razie, dobranoc moja Rose. Nie wrócę. Załatwię ci wszystko, czego potrzebujesz, jeśli wyślesz list do Tibblesa oznaczony jako poufny".

"Dziękuję, Teddy. Dziękuję - powiedziała Rosemary. Drzwi wahadłowe wyważyły wyjście Teddy'ego i chwilę później powrót Stephena.

"Wszystko w porządku, mamo? zapytał Stephen, podchodząc do jej łóżka.

"Czuję się nieco lepiej. Przepraszam, że tak cię przestraszyłem. Oczywiście, znam cię. Jesteś Stephen, mój chłopcze.

"Gdybyś mnie nie znał, nigdy więcej, to..."

"Cicho już. To była wpadka spowodowana narkotykami. Wciąż dochodzę do siebie.

"Tak. Widzisz rzeczy inaczej w świetle dnia?

"Tak, Stephenie, i zamierzam bardziej się postarać, by wyzdrowieć i móc się stąd wydostać. Zamierzam znów zacząć czytać. Może nawet znowu pisać. Pewnego dnia mnie stąd wypuszczą. Możesz pokazać mi swoje życie".

"Aby wyzdrowieć, mamo, musisz porozmawiać o tym, co się stało. Wszystkie te lata temu. W bibliotece."

"Stephen. Stephen. Stephen. Stephen." Rosemary powtarzała jego imię w kółko. Stephen potrząsnął nią, ale ona zniknęła.

S TEPHEN TRUDNO BYŁO SIĘ później skoncentrować.

W jego głowie matka powtarzała jego imię. Stephen. Stephen. Stephen. Zawsze słyszał, jak to mówi. Każdej nocy. Każdego dnia.

Wzywała jego imię i nigdy nie wiedziała, że próbował odpowiedzieć.

ROZDZIAŁ 42

R IBBY SIEDZIAŁA ZE SKRZYŻOWANYMI nogami na podłodze biblioteki. Jej wzrok przykuła kolejna książka: Wszystko, co kiedykolwiek chciałeś wiedzieć o czarnej magii (ale bałeś się zapytać). Roześmiała się z tytułu i sylwetki faceta na tylnej okładce.

Co za kretyn.

Ciekawe, co Anglophone robi z tymi dziwnymi książkami?

Powiedział, że to moja biblioteka.

Tak, to też jest dziwne. Dlaczego włożył je do twojej biblioteki?

Jest tu wiele książek, to nie tak, że mógł wiedzieć, które z nich będą się wyróżniać, sprawią, że będę chciał zajrzeć do środka.

Te dwie od razu cię przyciągnęły. Prawie jakby były oświetlone.

Ah, za dużo z tym robisz. Po prostu posłuchaj:

Ty też możesz zostać ekspertem od Hexingu. Wszystko, co musisz zrobić, to wytrwać. Najpierw wybierz obiekt, na który chcesz nałożyć Hex. Uwaga: heksy są negatywne. Nie nakładaj klątwy na kogoś, kogo kochasz (chyba że jest to relacja miłości i nienawiści lub lubisz patrzeć, jak ktoś, na kim ci zależy, cierpi).

Gdy już wybierzesz obiekt, zacznij zbierać jego osobiste artefakty. Włosy z grzebienia, szczotki lub poduszki. Paznokcie. Paznokcie u nóg. (Uwaga: wyrzucone!) Pierścionki. Zegarki. Nie rzucaj się w oczy. Pamiętaj, aby ukryć je w bezpiecznym miejscu.

Uwaga specjalna: Przećwicz przed lustrem, jak zareagujesz, gdy zapytają: "Widziałeś mój zegarek?". Zwłaszcza jeśli nie jesteś szczególnie dobrym kłamcą. Zawsze miej przygotowaną odpowiedź. Alibi. Bądź przygotowany na rzucanie oskarżeń.

Ribby spróbowała nalać kolejny kieliszek szampana: butelka była pusta.

Wsunęła palec wskazujący w stronę, na której skończyła. W domu było cicho, prawie za cicho jak na jej gust. Wślizgnęła się po schodach jak niegrzeczne dziecko i w pełni ubrana położyła się do łóżka.

Co za lekkość.

✳ ✳ ✳

"**O**BUDŹ SIĘ, RIBBY. TU Stephen. Obudź się."

Ribby zakryła się, spodziewając się znaleźć Stephena, ale go tam nie było.

To był sen. Szkoda.

Głowa jej dudniła. Pot spłynął jej z czoła na okładkę książki. Na chwiejnych nogach zaniosła ją korytarzem do łazienki. Plama już zastygła. Wytarła ją chusteczką do twarzy.

Wyciągnęła suszarkę i skupiła się na wilgotnym miejscu. Wróciła do pokoju i położyła książkę na stoliku nocnym, aby wyschła.

Teraz, gdy nie miała już na czym się skupić, mdłości nasiliły się i sprawiły, że zaczęła kołysać się z boku na bok. Wzięła głęboki oddech, próbując zwalczyć potrzebę zwymiotowania, ale to nie zadziałało. Pobiegła korytarzem, zdążając na czas. Poczuła się trochę lepiej, gdy przepłukała usta i umyła zęby.

Ponieważ w głowie wciąż jej szumiało, wróciła do swojego pokoju. Weszła z powrotem do łóżka i naciągnęła kołdrę na głowę.

ROZDZIAŁ 43

NIE MOGĄC ZASNĄĆ W motelowym apartamencie, Anglophone obsesyjnie myślał o Angela. Miał wiele do zrobienia, a czas uciekał. Najpierw musiał ogłosić ją światu, jako swoją nową bibliotekarkę i zamierzoną żonę. Była już pod jego urokiem, łatwo było ją zmusić, a jego zapotrzebowanie na nią rosło z dnia na dzień.

Przez lata szukał odpowiedniej partnerki: ziemskiego anioła. Jego Angela pasowała do tej roli. Jej bezinteresowność wobec dzieci w szpitalu, jej naiwność wobec mężczyzn. Nie wspominając o tym, że bez wątpienia była trzydziestopięcioletnią dziewicą. Praktycznie niespotykane w dzisiejszych czasach. Idealna kandydatka do studiowania jego nowej książki. A jednak, po ich ślubie, po... zastanawiał się, czy okaże się taka jak cała reszta.

Włączył telewizor i spędził resztę nocy na oglądaniu powtórek Supernatural.

ROZDZIAŁ 44

Następnego ranka pager Stephena zabrzęczał. Pan Anglophone go wzywał. Stephen zignorował jeden sygnał, ale potem nadeszły dwa długie sygnały i w końcu trzy kolejne. Z doświadczenia wiedział, że pozwolenie Anglophone'owi czekać było nierozsądne.

"Beeeeeeeeeeeeeeeeeeeeeeeeeeeep". Pan Anglophone tracił cierpliwość.

Stephen jęknął. Nie mógł sobie pozwolić na utratę pracy wraz ze wszystkim innym.

"W porządku - krzyknął Stephen, zamykając za sobą drzwi motelu. Wszedł za róg, gdzie obok limuzyny czekał na niego Anglophone.

"Przepraszam, że musiał pan czekać - powiedział Stephen.

"Pospiesz się, nie mogłem spać w tym przeklętym motelu i chcę wrócić do domu, by spać we własnym łóżku. Chodź już. Nic więcej nie możemy zrobić dla twojej matki.

Stephen otworzył drzwi anglofonowi. Poczekał, aż zapnie pasy, po czym wrócił na miejsce kierowcy. Uruchomił samochód i odjechał. Spojrzał na Anglophone'a w lusterku wstecznym. "Dzwoniłem do szpitala kilka chwil temu, stan matki wydaje się poprawiać. Powiedzieli, że dobrze spała i zjadła śniadanie.

"Jest pod najlepszą opieką - powiedział Teddy.

"Dziękuję za pomoc.

"Nie ma za co, Stephen.

ROZDZIAŁ 45

M IJAŁY TYGODNIE, KTÓRE WKRÓTCE zamieniły się w miesiące.

Anglophone był nieobecny przez większość czasu. Kiedy on i Ribby byli razem, prosiła o rzeczy, które jej zdaniem uczyniłyby jej życie bardziej satysfakcjonującym.

"Chciałabym nauczyć się prowadzić samochód", prosiła podczas kolacji.

Anglophone otarł kącik ust serwetką. "Ale masz już kierowcę do swojej dyspozycji".

"Przez większość czasu nie ma go z tobą - dąsała się.

Nie pytaj go, powiedz mu. Powiedz, że nam się nudzi. Powiedz, że...

"Pozwól mi się nad tym zastanowić" - odpowiedział. Nigdy tego nie robił.

W ciągu dnia Ribby spędzała większość czasu w bibliotece. Przestawiała rzeczy, reorganizowała je. Ale było to ciche i samotne miejsce. Coś w byciu tam sprawiało, że czuła się jeszcze bardziej samotna. Było zbyt cicho i tęskniła za kojącymi dźwiękami fontanny w Toronto.

Ribby nie powiedział nic więcej o nauce jazdy. Następnym razem, gdy wrócił, miała inne życzenia.

"Chciałabym zamówić kilka rzeczy do biblioteki. Mam na myśli główną bibliotekę", zapytała.

"Co tylko dusza zapragnie", odpowiedział anglofon.

"Kupię komputer, laptopa...".

"Nie ma takiej potrzeby. Możesz skorzystać z komputera w biurze Tibblesa". Wziął łyk kawy. "TIBBLES!" Pojawił się jego służący. "Niech panna Angela korzysta z komputera w pańskim biurze, kiedy tylko zechce zamówić coś dla bibliotek.

"Tak jest, sir - odpowiedział Tibbles. Spojrzał na Ribby'ego, ukłonił się i wyszedł.

Następnego dnia Ribby poprosiła o skorzystanie z komputera i została zaprowadzona do biura Tibblesa. Przez cały czas stał za nią i trudno jej było się skoncentrować, nie mówiąc już o zamawianiu czegokolwiek. W końcu zrezygnowała z tego pomysłu.

Przy innej okazji, podczas kolacji: "Chciałabym zarezerwować samochód, który zabierze mnie do szpitala Simcoe, abym mogła odwiedzić chore dzieci".

"To taki mały szpital, nie przypomina tego, do czego jesteś przyzwyczajona. Poza tym masz bibliotekę, a twoje obowiązki wzrosną, gdy będziemy przygotowywać się do ponownego otwarcia" - odpowiedział Anglophone.

I tak nie chciałam tam iść.

Smutna, kiedy go nie było i smutna, kiedy wrócił. Jej nowe życie nie było wszystkim, na co się zapowiadało.

ROZDZIAŁ 46

TIBBLES CZEKAŁ NA ZEWNĄTRZ, gdy Anglophone wrócił.

Po wyjściu Stephena, Anglophone próbował przejść na emeryturę w pełni ubrany.

"Jestem pełen fasoli, Tibbles".

"Z pewnością, ale dlaczego?

"Sprawy idą w dobrym kierunku. Opowiem ci później.

Tibbles nalegał na zdjęcie ubrania swojego pana. Zastąpił je ulubioną czerwoną satynową piżamą Anglophone'a.

Gdy jego pan usadowił się pod kołdrą, Tibbles uruchomił pozytywkę. Z urządzenia wydobył się chór Kołysanki i Dobranoc.

Pięć wiatrów powinno wystarczyć, pomyślał.

Tibbles pozbierał ubrania Anglophone'a i wyszedł z pokoju. Spojrzał na zegarek. Na prośbę swojego mistrza, nowa dziewczyna zaczynała za kilka godzin. Wrócił do swojego pokoju.

ROZDZIAŁ 47

RIBBY ZIEWNĘŁA I PRZECIĄGNĘŁA się. Nad nią, na suficie, wzory postaci przypominających duchy chodziły w niekończących się kręgach. Obserwowała je z zaciekawieniem.

Czujesz się tu jak w domu, zrelaksowana, ale musisz mieć się na baczności. Bądź ostrożna, bo Teddy nie jest księciem z bajki. To raczej dziadek z bajki.

To niegrzeczne i masz paranoję.

Ribby obwąchała pachy, po czym udała się pod prysznic. Ubierając się i susząc włosy, Ribby znów pomyślała o Marcie.

Jak można tęsknić za tą starą torbą?

Bez względu na wszystko, ona wciąż jest moją mamą.

Jesteś zbyt ufny! A czasami jesteś sentymentalnym głupcem.

Czuję, że powinienem do niej zadzwonić. Była pewna, że sprawy przybiorą taki obrót.

Wie, gdzie jesteś; jeśli będzie cię potrzebować, zadzwoni.

Ribby wróciła do pokoju i wyjrzała przez okno. Zauważyła Stephena obok limuzyny.

Pukanie do drzwi przerwało jej myśli. "Kto tam?"

"Czy życzy sobie pani zjeść śniadanie w swoim pokoju dziś rano?

"Czy pana Anglophone'a wciąż nie ma?

"Wrócił, ale jest niedysponowany. Skoro jesz sama, czy wolisz zjeść w ogrodzie?

Ribby otworzył drzwi i ujrzał młodą dziewczynę o przyjaznej twarzy. "To wspaniały pomysł. Jesteś nowa, prawda? Jak masz na imię?"

"Tak, jestem. Jestem A-Abbey, proszę pani. Mam na imię Abbey.

"Cóż, Abbey, cieszę się, że mogę cię poznać - Ribby przerwała, gdy usłyszała, że ktoś się zbliża. To był Tibbles.

"W czym mogę pomóc?

"Nie, dziękuję. Abbey ma wszystko pod kontrolą.

Tibbles spojrzał w kierunku Abbey, a dziewczyna zadrżała. Następnie pożegnał się ukłonem i zniknął za rogiem.

"To mój pierwszy dzień. Dziękuję, panienko.

"Za co? Ribby zapytał z uśmiechem. "Ponieważ oboje jesteśmy tu raczej nowi, możemy uczyć się razem - zaprosiła dziewczynę do swojego pokoju.

"Przygotuję wszystko, panienko. Za piętnaście minut? Abbey ukłoniła się. Jej oczy uśmiechnęły się, gdy Ribby znów się odezwał.

"Tak, zaraz tam będę - powiedziała Ribby, zamykając za sobą drzwi. Zaprosiła Abbey, by usiadła i dołączyła do niej.

Ona jest pomocą, Rib, nie bądź niedorzeczna.

"Ależ, panienko, nie mogę - powiedziała dziewczyna, poruszając oczami na boki, jakby spodziewała się, że Tibbles pojawi się w każdej chwili.

"Nawet gdyby to był rozkaz? powiedział Ribby z przymrużeniem oka.

Próbujesz doprowadzić do zwolnienia tej dziewczyny?

"Proszę pani, to byłoby niewłaściwe. Tibbles jest moim przełożonym - szepnęła.

"Rozumiem. To, czego Tibbles nie wie, nie zaszkodzi mu, prawda? Jutro przynieś śniadanie do mojego pokoju, jeśli pan Anglophone nie będzie jadł.

"Z przyjemnością - powiedziała Abbey z ulgą.

Nie prosisz pomocy, by jadła z tobą. Głupek. Ja też nie znoszę Tibblesa, ale on jest prawą ręką Anglophone'a.

Nie obchodzi mnie to.

Mówię tylko, że Teddy'emu się to nie spodoba.

Przejdę przez ten most, kiedy do niego dotrę.

ROZDZIAŁ 48

Po kilku godzinach snu, Anglophone wezwał Tibblesa.

"Impreza! Dziś wieczorem. Tutaj. Dzisiaj. Catering. Oto lista gości. Powiedz im, że muszą wziąć udział... mam na myśli każdego, kto jest kimkolwiek. Natychmiast dostarczyć zaproszenia kurierem lub osobiście. Mój szofer jest do usług. Zadzwoń do tych dziesięciu najlepszych gości. Muszą się stawić. Zrozumiano?"

"Tak, tak się stanie. Więc zdecydowałeś, że ona jest tą jedyną?

"Czekałem na odpowiedni moment i dziś jest ta noc. Czuję to w kościach. Nadszedł czas, aby poinformować wszystkich o ponownym otwarciu Biblioteki. W tym samym czasie przedstawimy naszą nową Główną Bibliotekarkę, moją narzeczoną".

"A panna Angela, czy mam ją poinformować o twoich planach?

"Jest świadoma mojego zamiaru ogłoszenia jej nowego stanowiska i naszych zaręczyn.

Tibbles strzepnął poduszkę i położył ją za głową Angielki.

"Chcę ją tym wszystkim zaskoczyć. Powiedz ekipie modowej, żeby przyszła o 17:00 - nie wcześniej i nie później. Impreza rozpocznie się punktualnie o 20:00. Spóźnialscy nie będą wpuszczani. Upewnij się, że rozumieją, że PROMPT oznacza PROMPT", powiedział Teddy. "Na razie jestem zbyt pobudzony, ale muszę odpocząć. Proszę, zostaw mnie do trzeciej. W tym czasie przygotuj podwieczorek dla panny Angeli i dla mnie w ogrodzie.

"Tak jest, sir - powiedział Tibbles z ukłonem. "Czy chcesz, żebym nakręcił pozytywkę, aby pomóc ci zasnąć?

"Oczywiście, oczywiście Tibbles. Dziękuję. Trzy obroty powinny wystarczyć, w końcu to tylko drzemka.

Po nakręceniu pozytywki, Tibbles ukłonił się i wyszedł z pokoju. Mamrotał do siebie, sprawdzając, czy na poręczy schodów nie ma kurzu.

Nie było żadnego.

Tibbles usiadł w holu i przejrzał szczegóły przyjęcia. Załatwił już firmę cateringową. Wszystko układało się w całość.

Jakiś czas później Anglophone próbował zasnąć. Odezwała się jego prywatna linia. Czekał, aż włączy się automatyczna sekretarka. Gdy to nie nastąpiło, wstał z łóżka, by odebrać.

"Cześć, Teddy - powiedziała Martha. "Wiem, że powiedziałeś, że powinnam dzwonić na tę linię tylko w nagłych wypadkach.

"Słucham.

"Potrzebuję twojej pomocy.

"Jak to?" zapytał Teddy.

"Jestem w więzieniu, oskarżony o zamordowanie mojej siostry i mężczyzny, który ją zgwałcił. Przysięgam, że tego nie zrobiłem. Przysięgam.

"Rozumiem, ale nie wiem, jak mogę ci pomóc. Mam wynająć prawnika?" Anglophone chodził. Przerwana drzemka sprawiła, że był zdenerwowany.

"Dzwonię do ciebie, bo za to pójdę na dno. Przyznałem się do winy, a mój prawnik mówi, że nie potrwa długo, zanim sędzia wyda na mnie wyrok".

"Jak twoje kłopoty mogą mieć cokolwiek wspólnego ze mną? Jestem zajętym człowiekiem".

"Trzydzieści cztery lata temu poderwałeś młodą dziewczynę. Była przemoczona. Utknęła na drodze późno w nocy".

"Nie, nie mam w zwyczaju zabierać pasażerów w mojej limuzynie.

"Ty prowadziłeś. Och, nie pamiętasz. Ale ja pamiętam. To byłam ja. Zabrałeś mnie i razem... Jesteś ojcem Ribby'ego".

Anglophone opadł na łóżko z niedowierzaniem. Wytężył umysł, próbując sobie przypomnieć. To była sztuczka. Wiedział, że to był podstęp. "Jakim samochodem jechałem?"

"To był Mercedes Benz. Szary."

To była prawda.

"Tej nocy uratowałeś mi życie na więcej niż jeden sposób. Musisz mi uwierzyć. Muszę wiedzieć, że się nią zaopiekujesz. To twoja córka. Zrobisz to dla mnie? I czy obiecasz mi, że nigdy nie powiesz jej, że tu jestem?"

"Nie wiem, co powiedzieć. Brak mi słów." Przeszedł się. "Po co przyznawać się do czegoś, czego się nie zrobiło? Po co uniemożliwiać własnej córce odwiedziny?

"To wszystko, o co cię proszę.

"Zostaw to mnie. Pozwól mi to przemyśleć. Jeśli ona jest moją córką..."

"Jest. Zdecydowanie. Zrobiła pauzę. "I dziękuję.

Anglophone rzucił słuchawką.

Ta bezczelna dziwka. Jak śmiała mi to zrobić?

Teddy nie mógł zasnąć. Głowa mu dudniła. Miał skłonność do migreny w pewnych okresach roku, a wiadomość od Marthy przyprawiła go o ból głowy.

Zadzwonił po Tibblesa.

Tibbles natychmiast wyczuł stan swojego pana. "Już dobrze", powiedział, "za kilka godzin wszystko będzie wyglądać lepiej". Zaproponował łyk whisky i tabletkę nasenną. Anglophone wypił je jednym haustem, po czym odstawił szklankę swojemu służącemu.

Kiedy Anglophone uspokoił się i wyciszył, Tibbles zwinął pozytywkę i posprzątał pokój.

"Coś jeszcze, sir?

Anglophone już szybko zasnął.

Tibbles uśmiechnął się i zamknął za sobą drzwi.

TIBBLES DWUKROTNIE SPRAWDZIŁ LISTĘ rzeczy do zrobienia na przyjęciu, myśląc o swojej najnowszej pracownicy, Abbey. Wcześniej zwrócił uwagę na szepczące dwie młode kobiety. To mogła być dobra lub zła rzecz. Wiedział, że nie jest popularny, a jednak jego oddanie dla Anglophone nie miało granic.

Abbey przybyła z wysokimi rekomendacjami od jednego z domów w mieście. Miejscowa dziewczyna, która, jak miał nadzieję, będzie miała oko na pannę Angelę.

Kiedy znalazł ją w ogrodzie, był zaciekawiony i poruszony. "Panno Angelio, jak to się stało, że jesz dziś śniadanie w ogrodzie?".

"To był m-m-mój pomysł - przyznała Abbey, przerywając mu. "Jest taki piękny poranek!

Tibbles spojrzał na nią krzywo i kontynuował zwracanie się do Ribby'ego. "Podwieczorek również odbędzie się w ogrodzie. Pan Anglophone chciał, żeby to była niespodzianka, więc proszę, udawajcie zaskoczonych. On do was dołączy.

"Och, przepraszam. Nie można jeść wystarczająco dużo na zewnątrz, gdy pogoda jest taka jak dzisiaj - powiedział Ribby, mrugając do Abbey.

"Dobrze więc - powiedział Tibbles, usprawiedliwiając się.

"O rany! Niewiele brakowało - powiedziała Abbey wycierając brwi.

"Nie martw się, Abbey, poradzę sobie ze starym, drogim Tibblesem. Nie przestawaj wymyślać pomysłów. Będę miała dla ciebie dobre słowo u pana Anglophone'a.

"Dziękuję, proszę pani - powiedziała, nie mogąc ukryć dreszczyku emocji w głosie.

Żadnego "proszę pani" czy "proszę pani", Abbey, nie kiedy jesteśmy sami. W końcu jesteśmy przyjaciółmi".

"Przyjaciółmi - powiedziały zgodnie obie dziewczyny.

Zaknebluj mnie łyżką.

ROZDZIAŁ 49

Anglophone obudził się z drzemki i przywołał Tibblesa.

W normalny dzień Anglophone pociągał za linkę raz. W nagłych przypadkach pociągał za linkę dwa razy. Dziś pociągnął trzy razy.

Tibbles potknął się o własne nogi, rzucając się korytarzem. Żałował, że nie może latać. W ramionach niósł wszystkie swoje plany i potwierdzenia na przyjęcie sezonu. Wszystko było idealne. Osiągnął więcej, niż zamierzał. Obecność wszystkich gości była potwierdzona. Nie mógł się doczekać, by poinformować anglofona o szczegółach.

Tibbles zapukał, po czym wsunął głowę do środka. Anglophone wciąż leżał w łóżku. Przykrycie miał podciągnięte pod szyję i miał mlecznobiałą cerę.

"Tibbles, nie czuję się dobrze, w ogóle nie czuję się dobrze. Kręci mi się w głowie i obawiam się..."

"Przepraszam, sir - przerwał Tibbles - czy mogę podać panu więcej tabletek?

"Nie, nie, Tibbles. Ten ból głowy nie minie w najbliższym czasie. Przez resztę dnia nie będę pracował. Chcę być sam. W ciemności."

"Ale tego wieczoru, sir - zaprotestował Tibbles. "Przyjęcie.

"Odwołaj ją.

"Ale...

"POWIEDZIAŁEM ODWOŁAJ!"

"Bardzo dobrze, sir - powiedział Tibbles, gryząc gniew w gardle, gdy wychodził z pokoju. Zamknął drzwi i wyszedł.

Tibbles zadzwonił do Viveci Hartman z The Local Voice. Poprosił ją o pomoc w rozpowszechnieniu informacji.

"Zrobię wszystko, co w mojej mocy, aby pomóc" - powiedziała pani Hartman.

"Dziękuję", odpowiedział Tibbles.

ROZDZIAŁ 50

V IVECA ZAKOŃCZYŁA ROZMOWĘ z osławionym służącym Theodore'a P. Anglophone'a, Tibblesem. Pospieszyła do biura redaktora miejskiego, Franka Munsona, i przekazała mu najnowsze wiadomości.

"Więc, chcesz mi powiedzieć," powiedział mocno zbudowany Munson, paląc papierosa. "Wydarzenie Anglophone w ostatniej chwili zostało odwołane?".

"Anglophone jest chory".

"Widziałem go w mieście i jest zdrowy jak koń. Mówi się, że ma romans z młodą dziewczyną, którą przywiózł z miasta. Mieszka u niego. Bóg jeden wie, co knuje Anglophone - powiedział Munson, po czym wypuścił dym i patrzył, jak się unosi.

"Cóż, będziemy musieli poczekać, aby się dowiedzieć. A kiedy przełożą mecz, na pewno tam wejdę i dam ci znać. Może sprawdzę tę dziewczynę. Ciekawe, czy zna historię Anglophone?"

"Nikt nie mógł przypisać mu morderstwa za ostatnie, ale był podejrzany. Gdyby nie jego pieniądze, którymi wszystkich opłacał, postawiliby mu zarzuty. W końcu kobieta została zamordowana na jego terenie.

Tylko oni dwaj mieli klucze do biblioteki. Wyglądał też na winnego jak cholera. Ja, jako jeden z wielu, z pewnością chciałbym szeroko otworzyć tę sprawę i wymierzyć kobiecie sprawiedliwość".

"Mój tata czuł, że Anglophone zdecydowanie coś ukrywa. Prawdy prawdopodobnie nigdy się nie dowiemy" - powiedziała Viveca ze skruchą. "Nie podoba mi się ta nowa dziewczyna, która z nim jest.

"Biedna dziewczyna!" powiedział Munson, nie mogąc dłużej ukrywać swojego podekscytowania tą nową informacją. "Wejdźmy tam i zobaczmy, czego możemy się dowiedzieć. Hej, może przejdziesz się tamtędy i zobaczysz, czy ją zauważysz. Rozeznaj się w sytuacji. Możesz to zrobić, Hartman?

"Zrobię, co w mojej mocy. Chcę, żeby to się odbyło bez rozgłosu - powiedziała Viveca z przekonaniem.

"Jeśli ktokolwiek może się dowiedzieć, co się dzieje, to ty - powiedział Munson, zgaszając zapaloną część cygara.

"Czy twoja żona nadal je racjonuje? Viveca zapytała z uśmiechem.

"Tak, ale to, czego nie wie, nie zaszkodzi jej.

"Racja. Viveca skierowała się do wyjścia.

Munson włożył częściowo wypalone cygaro z powrotem do celofanowego opakowania. "Aha, i raportuj mi o tym raz dziennie - spróbujmy przyskrzynić tego sukinsyna.

"Tak jest, sir - Viveca zamknęła za sobą drzwi.

Czuła się niesamowicie zadowolona z rozmowy z Munsonem, ponieważ bardzo wierzył w jej umiejętności. Pojawiła się bez większego doświadczenia, ale z koneksjami i silnym pragnieniem bycia reporterką. Przeszła drogę od korekty do strony społecznościowej, ale chciała więcej.

To moja szansa i nie zamierzam jej zmarnować!

Viveca, która mieszkała sama w dwupiętrowym budynku mieszkalnym w Port Dover, wsiadła do samochodu i pojechała do domu. Weszła po schodach, myśląc o tym, jak bardzo cieszy się, że mieszka sama. Zaplanowała sobie spokojny wieczór.

To było dla niej niespodziewane, wrócić do domu i zastać czekającego ojca. Jej ojciec mieszkał w Brantford, czterdzieści pięć minut drogi stąd.

"Cześć tato - powiedziała Viveca.

"Viv, dobrze cię widzieć. Miałem nadzieję, że zjemy dziś kolację - powiedział Frank Hartman. Zza jego pleców wyłonił się duży bukiet kwiatów. "Pomyślałem, że mogą rozweselić twój stół".

"Dzisiaj fasolka na grzance, tato - powiedziała Viveca. Wstał, a ona pocałowała go w czubek łysej głowy.

"Och, to jest posiłek dla smakoszy." Frank też się roześmiał i odsunął się na bok, aby jego córka mogła przejść i otworzyć drzwi wejściowe. "Wiesz, Viv, gdybyś dała swojemu kochanemu, staremu tacie kopię swojego klucza, mógłbym ugotować nam coś dla smakoszy i zrobić ci niespodziankę. Jajecznica na grzance."

Roześmiali się, szczęśliwi, że są w swoim towarzystwie.

"Ale tato - drażniła się Viveca - a co, gdybym była na randce? Czułbyś się okropnie, gdybyś mi przeszkadzał, a ja czułabym się winna".

"Gdybyś miała randkę, byłbym szczęśliwy widząc cię wychodzącą. Jestem z ciebie dumny, Viv, ale uważam, że marnujesz się na tej stronie społecznościowej. Zasługujesz na więcej".

"Wiem, wiem, tato - powiedziała Viveca, wrzucając fasolkę do mikrofalówki i ustawiając minutnik na dwie minuty. Włożyła dwie kromki chleba do tostera i nacisnęła dźwignię. "Dwie minuty do kolacji. Cabernet Sauvignon, dobrze? A może wolisz Chardonnay?". Kiedy minęły dwie minuty, zamieszała fasolę, a następnie włożyła ją z powrotem do mikrofalówki na kolejne trzydzieści sekund.

"Butelka piwa by mi pasowała". Frank otworzył puszkę piwa dla siebie. "Zimne piwo i pieczona fasola na grzance z sosem HP z boku - bardziej wykwintnie już być nie może!".

Viveca posmarowała tosty masłem, a następnie polała je fasolą. Było to brytyjskie danie, ulubione jej matki. Ona i jej ojciec często się nią dzielili. Nie wymieniając jej imienia, miała wrażenie, że matka siedzi z nimi przy stole.

Frank wyjął sztućce z szuflady i usiedli do jedzenia.

"Co nowego u ciebie? - zapytał.

"Nic wielkiego, poza pracą. Pracuję nad nową historią. A ty, tato? Co nowego u ciebie?"

"Moje życie jest takie samo, ale ta nowa historia brzmi interesująco. Powiedz mi więcej."

"Nienawidzę rozmawiać z tobą o interesach, tato. Na pewno masz mi coś ciekawego do powiedzenia. Co się dzieje w twoim ogrodzie? Czy starsza pani Warner nadal gania cię po okolicy?".

Frank odłożył nóż i widelec na bok talerza. Wypił kilka łyków piwa.

"Przepraszam, teraz cię zawstydziłem. Viveca nalała sobie wina do kieliszka i upiła łyk. "W porządku, porozmawiamy o mnie. O pracy. Moja historia dotyczy Theodore'a Anglophone'a.

"Co on kombinuje tym razem?"

"Zabawne, że o tym mówisz. Czy nadal widujesz go bardzo często, tato?

"Ostatnio nie. Od czasu incydentu w bibliotece stał się odludkiem. Wyjeżdża do miasta, gdzie nie jest tak dobrze znany. Słyszałem, że mieszka z nim inna młoda dziewczyna, Viv. Czy to prawda?" Wziął kolejny łyk piwa, jego oczy utkwiły w twarzy Viv.

"To prawda i mój szef poprosił mnie, abym się o niej dowiedział.

Frank odchrząknął, prawie się krztusząc. "Cóż, nie chcesz anglofona jako wroga, nie w tym mieście, Viv. Więc stąpaj ostrożnie. Pamiętaj, że więcej much złapiesz na miód niż na ocet. Stare powiedzenie, ale absolutnie prawdziwe. Zakaszlał, aby oczyścić myśli, a następnie wziął kolejny kęs jedzenia.

"Wiem, tato. Ja też nie chcę ryzykować takiej okazji. Tak jak powiedziałeś, muszę zejść ze strony społecznościowej i zająć się czymś innym, czymś bardziej wymagającym. Coś bardziej MNIE."

Przesunęła jedzenie po talerzu, jej myśli zatraciły się w perspektywie nowej historii, która mogłaby zmienić jej życie.

"Pomogę w każdy możliwy sposób. Ale zawsze uważałam, że ta kobieta umierająca w bibliotece była zaniedbaniem ze strony Anglophone. Musiało dojść do zatuszowania sprawy. To nie ma sensu, dlaczego ktoś miałby obrabować bibliotekę i ją związać. Może zrobiliśmy źle tej kobiecie, pozwalając mu powiedzieć o niej to, co zrobił. Nigdy nie czułem się z tym dobrze, mimo że Anglophone i ja znamy się od lat. Od tamtej pory nie był sobą - biegał po kobiety, przyprowadzał je z powrotem. Zabiera je, paraduje z nimi jak konie pokazowe. To wręcz haniebne - powiedział, wąchając, jakby do jego nozdrzy dostał się nieprzyjemny zapach.

"Wiem, tato. Dzięki za radę. Teraz jestem zmęczony i chcę iść do łóżka. Zostajesz na noc?"

"Po dwóch piwach na pewno nie chciałbym prowadzić".

"W takim razie pokój gościnny. Zostaw naczynia."

"Powinieneś mieć zmywarkę."

"Już ją mam! Dobranoc, tato - powiedziała Viveca, całując ojca w policzek.

"Dobranoc, kochanie."

ROZDZIAŁ 51

W DRODZE POWROTNEJ DO pokoju po śniadaniu na korytarzu zadzwonił telefon i Ribby odebrał.

"Stephen?" Przerwa w kobiecym głosie. "Stephen?

Ribby otworzyła usta, ale zanim zdążyła cokolwiek powiedzieć, Tibbles wyrwał jej telefon z ręki.

"Halo? Tibbles czekał. "Tu rezydencja Anglophone. Ktoś tam był. Słyszał, jak oddychają. "Panno Angela, w tym domu nie wolno odbierać telefonów. Jest pani mieszkanką, a my jesteśmy personelem. Proszę, pozwól nam wykonywać naszą pracę".

"Przepraszam, Tibbles.

Tibbles trzymał telefon w dłoni. "Czy osoba po drugiej stronie coś powiedziała?

"Nic - powiedziała Ribby, odchodząc.

"Jeśli chciałabyś towarzystwa, Abbey jest do twojej dyspozycji.

"Nie, dziękuję. Chcę iść sama.

Gdy odeszła, Tibbles ponownie przyłożył telefon do ucha. Płytki oddech. "Rosemary?

"Tak.

"Mówiłem, żebyś tu nie dzwoniła.

"Wiem, ale jestem zdesperowany. Muszę wydostać się z tego przeklętego miejsca. Oszaleję.

Tibbles chodził, mówiąc najciszej jak potrafił. "Musisz po prostu poprosić go o pomoc.

"Poprosiłem i zaoferował, że przyśle mi kilka książek. Nie potrzebuję książek, żeby mnie rozpraszały, muszę się stąd wydostać. Mogę wyjechać za granicę. Nikt by mnie nie poznał".

"Nie mogę ci pomóc. Muszę iść. Wskazał, by odłożyła telefon.

"Zaczekaj!" krzyknęła Rosemary.

Ponownie przysunął telefon do ucha. "Wiesz, co on mi zrobił.

Tibbles zawahał się. "Muszę iść. Nie dzwoń tu więcej. Rozłączył się.

Tibbles podszedł do frontowego okna i wyjrzał. Ribby siedział na krześle na werandzie. Poszedł do kuchni.

Myślisz, że powinniśmy powiedzieć Stephenowi o telefonie?

Nie jestem pewien.

Być może rozmówca też nie lubi Tibblesa.

Hm, możesz mieć rację.

Ribby skierowała się w stronę limuzyny. Gdy się zbliżyła, zobaczyła Stephena śpiącego za kierownicą z czapką szofera na oczach.

Ribby wychyliła się przez otwarte okno.

Jeśli musimy go obudzić, zróbmy to przynajmniej pocałunkiem. Nikt by się nie dowiedział.

Oczyściła gardło. Postradałeś zmysły?

Spójrz tylko na te usta. "Pobudka - powiedziała Angela, gdy Stephen się poruszył i zdjął kapelusz z twarzy.

Stephen wykonał podwójne spojrzenie.

"Kilka chwil temu jakaś kobieta pytała o ciebie przez telefon.

"Och?

"Tibbles wyrwał mi go z ręki. Musiała się wtedy rozłączyć.

Stephen chwycił kierownicę.

"Powiedziała tylko twoje imię.

"Powiedziałeś mu, że pytała o mnie?

"Nie.

"Dziękuję, że mi powiedziałeś. Jego ręka musnęła łokieć Ribby'ego. "Przepraszam.

"W porządku. Przerwała i pochyliła się, ciekawość wzięła nad nią górę: - Więc wiesz, kto to był?

"Tak, proszę pani. To była moja mama.

ROZDZIAŁ 52

SUROWA I SZTYWNA WERSJA pajęczego zmysłu Tibblesa poczuła mrowienie. Był pewien, że Angela kłamała, ale dlaczego? Podszedł do okna we frontowym pokoju, gdy Angela odchodziła. Nadal ją obserwował. Zatrzymała się, by porozmawiać ze Stephenem. Interesujące. Kiedy zostali przyjaciółmi? A może jednak?

Wtedy zdał sobie sprawę, co się dzieje. Kiedy pani Angela odebrała telefon, Rosemary się odezwała. W rzeczywistości wypowiedziała imię Stephena, a teraz panna Angela przekazywała tę wiadomość. Jeszcze bardziej interesujące.

Tibbles pomyślał, że najlepszą rzeczą do zrobienia będzie zajęcie chłopca. Postanowił przydzielić Stephenowi zadanie.

Anglophone wyraził się jasno. Nie wolno mu było przeszkadzać. Wypełni je w odpowiednim czasie. Pochwała lub nawet nagroda pieniężna może być nawet w porządku.

Tibbles przeszedł przez dom, znajdując Abbey ciężko pracującą przy odkurzaniu. Poprosił ją, by wyszła i dotrzymała pannie Angeli towarzystwa podczas spaceru.

"Jeśli wyszła sama, panie Tibbles, panna Angela prawdopodobnie chce być sama.

"Czy kazała ci do niej nie dołączać? Tibbles ponaglił ją, by odłożyła ściereczkę i zdjęła fartuch.

"Nie, proszę pana - odpowiedziała Abbey. Jej stopy szurały, gdy szła.

Tibbles krzyknął: "Podnieś nogi, głupia dziewczyno".

Poprowadził ją do frontowych drzwi i wyprowadził na zewnątrz.

"Tak, panie Tibbles - powiedziała Abbey.

Nie mogąc dostrzec Angeli, zapytała Stephena, gdzie ona jest.

Stephen wskazał. "Myślę jednak, że chciała spędzić trochę czasu sama."

"Właśnie to powiedziałam panu Tibblesowi - nalegał.

Stephen roześmiał się.

S TEPHEN PATRZYŁ, JAK ABBEY odchodzi, myśląc o Tibblesie. Nic dziwnego, że personel domu miał tak dużą rotację. Inni nie byli tacy jak on. Inni nie zawdzięczali wszystkiego Anglophone'owi. Bez Anglophone nigdy nie byłoby go stać na utrzymanie matki w tak drogim ośrodku opieki.

Jego spojrzenie podążyło za Abbey, gdy zbliżyła się do Angeli, która patrzyła teraz na wodę. Gdy zbliżyła się do krawędzi, instynkt opiekuńczy sprawił, że zaczął się martwić, że może spaść.

Zadzwonił jego telefon. Wezwanie od Tibblesa. Wszedł do środka.

"Stephen, musisz odebrać kilka rzeczy - powiedział Tibbles, stojąc nad Stephenem, aby wyegzekwować swój autorytet. "Pan Anglophone jest niedysponowany. Oto lista.

Tibbles wręczył mu ją. Stephen rzucił okiem na notatkę, zanim włożył ją do kieszeni marynarki.

"Będziesz miał co robić, skoro nie jesteś zajęty".

"Nie ma sprawy, panie Tibbles. Stephen wyszedł. Wziął rzeczy i zaraz wrócił, po tym jak sprawdził, co z matką.

ROZDZIAŁ 53

Następnego dnia Viveca postanowiła wybrać się do dzielnicy anglojęzycznej. Pojechała malowniczą trasą wzdłuż nabrzeża. Otworzyła okno i założyła okulary przeciwsłoneczne. Słońce było wysoko, a chmur niewiele. Wzdłuż drogi rosły dzikie kwiaty, fioletowe, żółte i niebieskie.

Jazda była przyjemna, a ruch niewielki. Gdy skręciła za róg do miejsca z najbardziej spektakularnym widokiem, zauważyła młodą kobietę, której nigdy wcześniej nie widziała.

To musiała być ona. Zwolniła do pełzania.

Druga dziewczyna spotkała się z pierwszą. Młodsza. Obie objęły się i poszły wzdłuż ścieżki.

Viveca zjechała na pobocze i zaparkowała samochód pod bardzo liściastym klonem. Przeszła pewien dystans w butach na wysokich obcasach, zmniejszając dystans między sobą a dwiema kobietami. Kiedy znalazła się na tyle blisko, że mogły ją usłyszeć, krzyknęła "Auć!" i upadła.

Nie usłyszały jej. Spróbowała jeszcze raz. "POMOCY!"

Dwie dziewczyny odwróciły się i podeszły do niej. Sięgnęła do torebki i nacisnęła przycisk nagrywania. Dobra, dzieciaku, nadchodzą, więc lepiej się postaraj. Jedną ręką potarła kostkę, by krew wypłynęła na powierzchnię, a drugą otarła krokodyle łzy.

"Potrzebujesz karetki? zapytał Ribby.

"Ale ze mnie niezdara - powiedziała Viveca. Próbowała wstać. "Moja kostka jest chyba skręcona. Miałam wizje, że utknęłam tu na całą noc z kojotami wyjącymi wokół mnie, dopóki nie zauważyłam was dwóch.

"Co za wyobraźnia - powiedziała Ribby, pochylając się, by spojrzeć.

Abbey zrobiła to samo. Wyglądała na lekko zaczerwienioną.

"Tak przy okazji, nazywam się Viveca, Viveca Hartman. Wyciągnęła rękę.

"Jestem Abbey, a to jest Angela. Miło mi cię poznać.

Mewa zakołowała wokół głowy Viveci, drażniąc ją skrzekiem. Odpędziła ją.

"Mogę? zapytała Abbey.

Viveca skinęła głową.

Abbey pochyliła się i masowała ją przez kilka sekund. "Czy teraz jest lepiej?

"Tak, dzięki - powiedziała Viveca.

"Gdzie jest twój samochód?" zapytał Ribby.

"Zaparkowałam go tam, w cieniu. Abbey pomogła Vivece, gdy ta próbowała wstać. Kiedy już się wyprostowała, powiedziała: "Jestem reporterką i piszę artykuł o cudach natury. Słyszałam, że widok stąd jest spektakularny.

"Rzeczywiście - powiedział Ribby. "Następnym razem powinieneś założyć bardziej odpowiednie buty".

Tak, jak wtedy, gdy szedłeś całą drogę z biblioteki. Zamknij się.

Pomogli Vivece dojść do samochodu.

"Miło było cię poznać i bardzo dziękuję za pomoc tej damie w opałach. To moja wizytówka na wypadek, gdybyś chciała się skontaktować.

"Dziękuję. Jesteś pewna, że możesz prowadzić?" zapytała Abbey.

"Tak, dziękuję. Skoro to niedaleko, zastanawiałam się, czy wiecie coś o bibliotece. Słyszałam, że może być znowu otwarta?"

"Nie, nic o tym nie wiemy - powiedziała Ribby.

"Cóż, jest zamknięta od lat. W podejrzanych okolicznościach. Zastanawiam się nad nowym bibliotekarzem.

"Co ty insynuujesz?" zapytał Ribby.

"Zastanawiam się tylko, czy ona, to znaczy nowa bibliotekarka..."

"Dlaczego uważasz, że nowa bibliotekarka jest kobietą? zapytał Ribby.

"Plotki. Z pewnością chciałbym z nią porozmawiać. Może nawet zrobić wywiad dla gazety".

"Przykro mi, ale nie możemy ci pomóc. Musimy już wracać. Powodzenia z artykułem".

"Mam nadzieję, że twoja kostka wkrótce wyzdrowieje - dodała Abbey.

"Tak, dziękuję za pomoc. Mam nadzieję, że jeszcze kiedyś się spotkamy.

Gdy Viveca była już w swoim samochodzie, Abbey i Ribby odeszli.

"Bardzo dziwne - powiedziała Ribby, oglądając się przez ramię.

"Nie zastanawiałabym się nad tym - odparła Abbey.

"Wiem - powiedziała Ribby, marszcząc brwi. "Czuję się, jakby już wiedziała, kim jestem. Jakby była na wyprawie wędkarskiej.

"Masz rację, ale już jej nie ma. Poza tym założę się, że Tibbles czeka tam na mnie z niecierpliwością. Chyba nie spodziewał się, że tak długo będę poza domem.

"Chciał, żebyś mnie śledziła. Jesteś jego małym szpiegiem - powiedziała Ribby, kładąc rękę na ramieniu Abbey.

"Nigdy bym tego nie zrobiła - powiedziała, przerażona sugestią.

"Oczywiście, ale on nie wie, że jesteśmy przyjaciółmi.

"Cóż, na pewno nie powiem mu o tym reporterze.

"Powiem panu anglofonowi, że ją tu spotkaliśmy. To nie jest sprawa Tibblesa.

Okrążyli ścieżkę prowadzącą do frontowej części rezydencji i weszli do środka.

ROZDZIAŁ 54

Stephen PRZYBYŁ DO SZPITALA i poprosił o widzenie z matką. Jego prośba została odrzucona. Stał się wzburzony i wywołał scenę.

Dwóch krzepkich ochroniarzy podniosło go z ziemi i wyprowadziło z budynku.

"Zadzwoń do mojego pracodawcy, pana Theodore'a Anglophone'a. Zadzwoń do niego!"

"Jasne, zrobimy to - powiedział mniejszy z dwóch mężczyzn, gdy ciało Stephena wylądowało z hukiem na asfalcie.

Jego opony piszczały, gdy odjeżdżał od szpitala. Wjechał na podłogę aż do posiadłości. Nie obchodziło go, ile kamieni odbiło się od samochodu po drodze.

VIVECA UDERZYŁA DŁOŃMI W kierownicę. Jej plan nie poszedł dobrze. Miała nadzieję, że nie zepsuła całego interesu.

Muszę ostrzec tę dziewczynę, więc będę musiała porozmawiać z tatą i zobaczyć, czy pomoże mi postawić stopę w drzwiach, pomyślała Viveca. Jeśli tak dalej pójdzie, nigdy nie dostanę awansu.

Ustawiła swój telefon tak, aby wszystkie połączenia automatycznie przechodziły na głośnik. Przesunęła fotel bliżej, gdy wyjeżdżała z miejsca parkingowego pod drzewem. Prawie całą drogę powrotną jej telefon zadzwonił i otworzyła linię.

Nadjeżdżająca czarna limuzyna przekroczyła linię środkową i wjechała na jej pas ruchu.

Kierowca limuzyny wybałuszył oczy i kręcił kierownicą w tym samym czasie, co ona. Oba samochody minęły się o centymetry.

"Whoa! Uważaj! Ty szalony draniu!" krzyknęła Viveca.

"Mam nadzieję, że nie mówisz do mnie - powiedział Munson.

"Nie, szefie, to był szofer Anglophone'a. Prawie mnie załatwił!"

"Co się z nim dzieje?"

"Nie mam pojęcia, ale cieszę się, że jedziemy w przeciwnych kierunkach.

"Więc, znalazłeś ją?"

"Tak.

"I?"

"Zrobiłem z tego trochę przedstawienia. Udawałem, że skręciłem kostkę.

"O rany. Kupiła to?

"Wydawało się to wystarczająco przekonujące.

"A jaka ona była?"

"Ma na imię Angela. Wydawała się miła, choć naiwna.

"A więc nie wspinaczka społeczna? Albo miejscowa?"

"Nie, wcale nie. Jest inna. Myślę, że ma około trzydziestu lat, jest cicha i łagodna. Mam nadzieję, że nie naciskałem zbyt mocno i jej nie zniechęciłem.

"Cholera, Viveca, twoje szkolenie na stronie społecznościowej powinno nauczyć cię, jak radzić sobie w trudnych sytuacjach. Mam nadzieję, że tego nie spieprzyłaś, a jeśli tak, to napraw to".

"Jasne, szefie - powiedziała, gdy się rozłączył. Skierowała się do domu.

P**O POWROCIE DO DOMU** Stephen zdecydował się wejść do środka i wyznać wszystko Anglophone'owi. Jeśli stawi czoła muzyce, przyzna się do niedyskrecji, Anglophone będzie wyrozumiały. Anglik miał słabość do jego matki. Pomógłby to rozwiązać.

Z drugiej strony, gdyby wspomniał o telefonie, zdradziłby, że panna Angela przyszła do niego i powiedziała mu o rozmowie.

Więc nie mogę wspomnieć o rozmowie. Będę musiał mu powiedzieć, że miałem przeczucie, że mama jest w niebezpieczeństwie. Instynkt syna. Musiałem pojechać i zobaczyć się z nią tam i wtedy. Z pewnością Anglophone będzie w stanie mi wybaczyć.

Stephen wszedł do środka. Nikogo nie było w pobliżu. Wrócił na swoje stanowisko.

ROZDZIAŁ 55

ANGLOPHONE OBUDZIŁ SIĘ I zawołał Tibbles.

Tibbles był w kuchni i przesłuchiwał Abbey. Ciągły dźwięk dzwonka odwrócił jego uwagę.

Tibbles wycelował palec w twarz Abbey. "Jeszcze nie skończyliśmy! Nie ruszaj się! To rozkaz!"

Kiedy dotarł do drzwi Anglophone'a, coś twardego uderzyło o nie. Tibbles pchnął drzwi i cóż za widok ujrzał.

Bardziej niż zwykle zniecierpliwiony Anglophone ściągnął z sufitu aparat dzwonkowy. Siedział zaczerwieniony wśród tynku i gruzu.

"Przepraszam, sir - powiedział Tibbles.

Anglophone spojrzał na niego i krzyknął. "Oczywiście, że tak, Tibbles. Zawsze przepraszasz, ale to nie ma znaczenia. A teraz powiedz mi, dlaczego szpital zadzwonił do mnie na mój prywatny numer, żeby poskarżyć się na jednego z moich pracowników?". Zrobił pauzę dla efektu, a gdy Tibbles nie zareagował.

"JA, JA..."

"Stephen wywołał niezłe zamieszanie.

"JA, JA..."

"Ty Tibbles, co masz na swoje usprawiedliwienie? Dlaczego wysyłasz moich pracowników na wycieczkę w moim czasie? A może mój szofer wyjechał z mojej siedziby z własnej woli? Wytłumacz się, człowieku!"

"Ja, potrzebowaliśmy kilku rzeczy dla domu. Byłeś niedysponowany. Stephen nie był zajęty. Miał konkretne instrukcje. Nie miałem pojęcia, że nadużyje mojego zaufania". Zrobił pauzę. Pot spływał mu po czole. "Twojego zaufania. On jest impertynentem....

"To prawda, ale ty, Tibbles, jesteś tępym głupcem! A teraz upomnij Stephena. Niech pracuje przy koszeniu trawy przez następne dwa tygodnie, a na jego miejsce znajdę innego kierowcę. I obniżkę pensji. Dostanie pięćdziesiąt dolarów mniej, a ty, jako jego wspólnik, również. Sprowadź tu kogoś i napraw to... i nie zapomnij o tabletkach nasennych. A teraz zmykaj, zanim dojdę do stu!".

J AKIŚ CZAS PÓŹNIEJ, RIBBY spała na podłodze w bibliotece w domu, z otwartymi książkami otaczającymi jej postać.

Tabletki nasenne, które Anglophone poprosił Tibblesa o dodanie do jej herbaty, okazały się skuteczne. Potrzebował tylko kilku minut, aby pobrać próbkę, podczas gdy naprawiali jego pokój, a wtedy będzie wiedział, czy Angela jest jego córką.

Anglophone stał nad nią, patrząc na nią, pragnąc jej tak bardzo, że aż go bolało. Nie mógł być ojcem tej dziewczyny. To było niemożliwe. Sama myśl, że mógłby być pociągany przez własną krew...

Gdy na nią patrzył, powróciło wspomnienie Marthy. Powiedziała prawdę. Spotkali się wcześniej. Dlaczego, dopóki o tym nie wspomniała, nie pamiętał jej? Ze wspomnieniami było tak, że pojawiały się i znikały bez żadnego powodu.

Pogładził włosy Ribby'ego, zastanawiając się. Kontynuował dotykanie grzbietu jej dłoni, podwijając rękaw jej bluzki.

Fiolka czekała, a igła była gotowa.

Obudź się, Ribby. Obudź się! Stary drań jest. On jest....

"Moja droga, Angela - wyszeptał Anglophone, wbijając igłę w jej żyłę. Krew spłynęła do fiolki. Spojrzał na jej ranę i pochylił się nad nią, liżąc otwartą ranę językiem. Krew smakowała słodko, jak Angela. Czuł, jak sztywnieje w spodniach i wiedział, że musi się stamtąd wydostać. Nienawidził widzieć jej tak niewygodnej na podłodze przez całą noc.

Zebrał próbkę i nakleił etykiety na butelkę. Podniósł jej telefon, który leżał na stole.

Tibbles stanął przed drzwiami, gdy Anglophone wyszedł. "Zamówiony pojazd czeka na instrukcje.

"Chwileczkę - Anglophone włożył próbki do torby chłodzącej. Podał je Tibblesowi. "Powiedz kierowcy, żeby pojechał prosto do laboratorium. Poinformowałem już mój kontakt w laboratorium, że sprawa ma wysoki priorytet. Oczekuję natychmiastowej odpowiedzi. Zrobił pauzę. "Kiedy skończysz, zabierz ją do jej pokoju. Aha i - wręczył Tibblesowi jej telefon. "Schowaj go w bezpiecznym miejscu, dopóki nie powiem inaczej.

Tibbles skinął głową: - Ukrywałem go od czasu do czasu, jak mnie o to prosiłeś, ale to sprawi, że będzie to bardziej trwałe. Następnie udał się na przód domu.

Anglophone wrócił do swojego pokoju. Był głodny, ale późny podwieczorek w ogrodzie załatwi sprawę. W międzyczasie nie zazna chwili spokoju, dopóki nie dowie się na pewno, czy jest zakochany we własnej córce.

ROZDZIAŁ 56

Z MĘCZONY CZEKANIEM, AŻ TOPÓR spadnie, Stephen zatrzasnął drzwi samochodu i chwyciwszy torbę z rzeczami, które kupił dla Tibblesa, wbiegł do środka. Zatrzymał się w połowie kroku, gdy napotkał Tibblesa.

Tibbles wrzasnął: "Tu jesteś, imbecylu! Do mojego biura, TERAZ!"

"Nie teraz, ty draniu, zejdź mi z drogi. Muszę zobaczyć się z Anglophone'em.

Tibbles podniósł rękę, by uderzyć Stephena w twarz.

Stephen zablokował cios i obaj mężczyźni spojrzeli sobie w oczy. Stephen trzymał rękę Tibblesa przez kilka sekund, po czym ją puścił.

Obaj mężczyźni stali oko w oko, nosy prawie się stykały w walce o to, kto pierwszy się podda.

"Przepraszam, Tibbles - powiedział Stephen.

"Powinienem to powiedzieć. Przeprosiny przyjęte. A teraz idź do mojego biura i poczekaj na mnie. Najpierw muszę zająć się sprawami służbowymi, a potem możemy to rozwiązać.

Tibbles opuścił dom. Nachylił się do otwartego okna czekającego samochodu, przekazując instrukcje

Anglophone'a. Samochód odjechał. Tibbles wrócił do swojego biura.

"Usiądź, Stephen, proszę. Tibbles chodził przez kilka sekund, zanim się odezwał. "Pan Anglophone jest bardzo wzburzony. Po pierwsze, jest na mnie wściekły, bo pozwoliłem ci się szwendać w jego czasie. Po drugie, jest na ciebie zły, ponieważ szpital skarżył się na scenę, którą wywołałeś. Co ty sobie, do cholery, myślałeś?

"Miałem przeczucie, że matka źle się czuje. Musiałem to sprawdzić. Zobaczyć, czy wszystko z nią w porządku".

"Kłamstwa, same kłamstwa - powiedział Tibbles pod nosem. "Wiem, że panna Angela powiedziała ci o telefonie. Śmiesz zaprzeczać?

Stephen spojrzał na swoje stopy.

"Twoja postawa mówi wszystko! Więc kiedy poprosiłem cię, żebyś poszedł po kilka rzeczy, zamierzałeś nadużyć mojego zaufania.

"Przepraszam, Tibbles. Naprawdę, ale musiałem iść.

"Pan Anglophone zawiesił cię na dwa tygodnie. Ponieważ ci zaufałem, potrącił również moje wynagrodzenie. Co więcej, będziesz tutaj psim ciałem - strzygąc trawnik, wykonując wszelkie przydzielone ci zadania. Muszę zatrudnić innego kierowcę. Przy odrobinie szczęścia nowy człowiek nie będzie tak bezczelny jak ty!".

"Przykro mi, że twoja pensja została obniżona. Uważam, że to niesprawiedliwe. Mogę z nim o tym porozmawiać".

"Nie zrobisz tego."

"Wstrzymaj wypłatę, ale nie zostawiaj mnie bez pojazdu. Pozwól mi z nim porozmawiać. Będę błagał go o wybaczenie".

"Pan Anglophone mówi, że nie chce z tobą rozmawiać przez dwa tygodnie. Jeśli go zobaczysz, pracuj dalej. Pokaż swoje zaangażowanie. Okaż mu skruchę. Mamy szczęście, że nas nie zwolnił. Z czasem wszystko wróci do normy".

Tibbles podniósł słuchawkę i zignorował obecność Stephena.

Stephen, niepewny co teraz zrobić, schował głowę w dłoniach. Tibbles rozmawiał przez telefon. Przygnębiony wstał i wyszedł z biura. Wyszedł na zewnątrz z pięściami zaciśniętymi głęboko w kieszeniach.

Wałęsał się godzinami, podziwiając widoki i rozważając w myślach różne rzeczy.

Musiał wymyślić, jak wyciągnąć matkę z tego miejsca.

Musiał znaleźć sposób na uniezależnienie się od Anglophone.

Musiał przejąć kontrolę nad swoim życiem. Gdyby tylko mógł wymyślić jak.

ROZDZIAŁ 57

Ribby otworzyła oczy. Na początku nie wiedziała, gdzie jest. Ostatnią rzeczą, jaką pamiętała, było czytanie w bibliotece.

Próbowała usiąść, ale głowa ją bolała, a pokój wirował. Przytuliła się do siebie i zauważyła duży fioletowy siniak na ramieniu. Próbowała sobie przypomnieć, w jakich okolicznościach mógł powstać ten siniak. Nie udało jej się.

Angela też nic nie pamiętała. Coś ją dręczyło. Słabe wspomnienie, nieosiągalne.

Jak to się mogło stać?

Pewnie na coś wpadłaś. To nie byłby pierwszy raz.

To prawda, potrafię być niezdarą.

Nie przejmuj się tym. Masz ważniejsze ryby do usmażenia.

Ribby poczuła zapach smażącej się ryby i pobiegła korytarzem do łazienki, żeby się wykąpać. Przemyła twarz i wypiła kilka łyków wody.

Już lepiej?

Chyba tak, dzięki.

Gdzie w ogóle jest Teddy? Prawie jakby stracił zainteresowanie. Miałaś go w garści.

To zajęty człowiek.

Ribby umyła się i wyszczotkowała zęby.

Poza tym nie czuje się najlepiej.

Coś wciąż dręczyło Angelę. Coś, co była bliska zapamiętania, ale potem jej umknęło.

Ale to mężczyzna i trzeba go zainteresować. Trochę poflirtować. Dodać trochę seksapilu. Niech zgaduje i ma nadzieję. Pamiętaj, że nie sugeruję, abyś w najbliższym czasie poszła na całość. Zagraj z nim.

Nie mam dużego doświadczenia w dziale męskim.

Myślę, że w głębi serca jest napalonym staruszkiem.

Chce, żeby ktoś przy nim był. Kogoś, na kogo może liczyć.

Z tymi wszystkimi pieniędzmi mógłby sobie wybrać. Więc nie spieprz tego dzieciaku   lub jeśli to zrobisz, licz się!!!

Jesteś obrzydliwy.

"Panna Angela, panna Angela - zawołała Abbey, pukając do drzwi.

"Pan Anglophone czeka na panią w ogrodzie".

"Wejdź, Abbey. Nie mam ochoty na popołudniową herbatkę.

"Musisz.

Ribby usiadła na łóżku, trzymając głowę w dłoniach.

"Proszę, powiedz panu Anglophone'owi, żeby spotkał się ze mną za godzinę.

"Jak sobie życzysz, panno Angela.

"Gdy skończysz, wróć i pomóż mi się przygotować.

"Oczywiście, panno Angela. Zaraz wracam."

Kilka chwil później Abbey wróciła do pokoju Ribby'ego.

"Mam nadzieję, że pan Anglophone nie był na mnie zły - powiedział Ribby.

"Nie, panno Angela. Rozumie, że potrzebujemy więcej czasu, by się dobrze prezentować - powiedziała ze śmiechem. "A teraz usiądź tutaj i pozwól, że ci pomogę. Abbey paplała dalej, podczas gdy Ribby pozwoliła się rozpieszczać. "Voila - powiedziała.

"Dziękuję, Abbey.

"Wyglądasz cudownie! powiedziała Abbey, gdy szły korytarzem i wychodziły do ogrodu.

Ribby zauważyła Teddy'ego z twarzą zasłoniętą gazetą. Po cichu usiadła obok niego. Nie usłyszał jej. Uśmiechnęła się.

Tibbles podszedł do stołu i oznajmił: "Dzień dobry, panno Angela".

Teddy prawie upuścił gazetę, kiedy wstał. "Jak długo tam siedzisz?

"Właściwie to tylko kilka chwil. Tęskniłeś za mną? szepnęła Ribby, ujmując jego dłoń w swoją.

Anglophone odsunął rękę i powiedział: "Byłem bardzo, bardzo chory".

Cera Ribby'ego spłonęła.

Co takiego?

"Ale często o tobie myślałem.

"A co myślałeś o mnie?

"Myślałem o tobie i bibliotece.

"Dokładnie, i mam kilka pomysłów, które chcę z tobą przedyskutować.

"Gdzie się podział Tibbles? TIBBLES!"

Tibbles wrócił. Abbey podążyła za nim. Nieśli tace wypełnione jedzeniem i napojami. Talerz Anglophone'a wkrótce wypełnił się jedzeniem, podczas gdy Ribby wybrał filiżankę mocnej herbaty.

"Myślałam - powiedziała Ribby, mieszając herbatę. "Chciałabym czytać dzieciom i występować dla nich w bibliotece. Chciałabym zaplanować Dzień Dziecka.

"A co by się z tym wiązało?"

"Autorzy mogliby czytać książki".

"Hmmm, interesujące, interesujące - powiedział Teddy.

"Chciałbym też, abyśmy przekazali książki szpitalom".

"Tak, podobają mi się te pomysły, mój Aniele, ale będzie to wymagało przemyślenia i zorganizowania. Na razie powinniśmy skoncentrować się na bibliotece. Kiedy już zaczniemy działać, może za rok lub dwa, będziesz mogła wdrożyć pozostałe pomysły. Działaj powoli, Angela. Pamiętaj, że to nie jest duże miasto. Mówimy tu o innej rasie ludzi".

"Rodziny są wszędzie.

"Rozumiem, o co ci chodzi - powiedział Teddy, klepiąc Ribby'ego po dłoni jak dziecko, które musi błagać.

"Przepraszam - odezwał się mężczyzna z czapką w ręku.

"Tak? Rozumiem, jesteś nowym szoferem.

Tibbles wszedł stukając obcasami. "Kazałem ci czekać na mnie w kuchni.

Przepraszam - powiedział nowy mężczyzna, uchylając czapki najpierw przed Anglophone'em, a potem przed Tibblesem. Wycofał się z pokoju.

"Czy Stephen jest chory?

"Nie, nie jest. Teddy wziął kęs quiche. "Nadużył mojego zaufania. Jest w karcerze przez następne dwa tygodnie.

"Przykro mi to słyszeć. Wzięła łyk herbaty. "Chciałabym zadzwonić do mamy, a wygląda na to, że zgubiłam komórkę.

"Oczywiście. Skorzystaj z telefonu w holu. W międzyczasie rozejrzymy się i zobaczymy, czy znajdziemy twój telefon.

Ribby była tak szczęśliwa, że wstała, upuszczając serwetkę na ziemię i rzuciła się na Teddy'ego. Rzuciła się na niego, pełna pasji, objęła go za szyję i pocałowała w usta. Otworzyła oczy. Patrzył na nią. Był zimny jak kamień.

Odepchnął ją i wstał. Jego twarz była czerwona.

Ribby wybiegł z pokoju po schodach. Rzuciła się na łóżko i płakała do snu.

Nazywasz to seksownym?

ROZDZIAŁ 58

NASTĘPNEGO RANKA, PO OTWARCIU drzwi balkonowych, Ribby przeciągnęła się i ziewnęła. Światło słoneczne ogrzało jej skórę, a ona poczuła silną tęsknotę za byciem bliżej nabrzeża. Ubrała się, wzięła prysznic, założyła kapelusz, uszczypnęła się w policzki i wyszła z rezydencji.

Na ścieżce zauważyła Stephena. Był odwrócony do niej plecami, ale słyszała odgłosy nożyc. Przycinał krzewy róż.

"Stephen - powiedział Ribby.

Wyprostował plecy i uniósł rękę w powietrze, by osłonić oczy przed promieniami słońca.

"Zastanawiałem się, czy mógłbyś mnie gdzieś podwieźć.

Nie odpowiedział. Zamiast tego odwrócił się i wrócił do swoich prac ogrodniczych. Czekał, aż odejdzie, wciąż przycinając i przycinając. Po chwili lub dwóch powiedział: "Dlaczego ja? Zapytaj staruszka. Nie mogę ci pomóc. Nie mogę nawet pomóc sobie".

"Ale ja nie mam nikogo, Stephen. Dotknęła jego ramienia. "Chcę wrócić do domu.

Odwrócił się gwałtownie w jej stronę, przez co prawie straciła równowagę. "Nie mogę ci pomóc. Cholera. Szczerze mówiąc, chciałbym, ale... Są inni ludzie, którzy na mnie polegają. Nie mogę ci pomóc. A teraz ODEJDŹ!

Ribby cofnął się, walcząc z chęcią płaczu. "Pomyślałem tylko... Przepraszam, że sprawiłem ci kłopot.

Stephen puścił ją. Pozwolił jej oddalać się coraz bardziej, zanim zawołał. Ribby go zignorował. Pobiegł za nią.

"Przepraszam. Jego oczy spotkały się z jej. "Po prostu zostałem zdegradowany i naprawdę nienawidzę ogrodnictwa.

Ribby zauważył, że jego rysy złagodniały.

Nerwowo spojrzał w stronę domu, gdy obok nich przejechał samochód. Kierowca wysiadł i wbiegł po schodach, gdzie Tibbles otworzył drzwi. Kilka chwil później samochód przejechał obok nich w drodze powrotnej.

Ribby przysunął się do Stephena.

Stephen ruszył na Ribby'ego.

Spotkali się gdzieś pośrodku.

ROZDZIAŁ 59

Tibbles dostarczył kopertę Anglophone'owi, po czym wrócił do swoich obowiązków.

Anglophone stał przy oknie, obserwując swoją teraz potwierdzoną córkę i syna, którzy robili do siebie wyłupiaste oczy. Czuł chemię między nimi w całym swoim pokoju. Śmiał się, patrząc jak szepczą i wymieniają spojrzenia.

Zadzwonił dzwonkiem i Tibbles wrócił w ciągu kilku sekund.

"Tibbles - powiedział Teddy - jadę dziś do miasta. Mam tam kilka spraw do załatwienia. Powiadom kierowcę - wrócę jutro.

"W międzyczasie popilnuj dla mnie Stephena i panny Angeli. Zobacz, co porabiają, ale nie daj im znać, że ich obserwujesz". Dotknął nosa palcem wskazującym. "Dyskrecja, mój drogi Tibblesie, dyskrecja.

"Oczywiście, panie anglofonie. Tibbles ukłonił się i wyszedł z pokoju.

ROZDZIAŁ 60

"JAK MOGĘ CI POMÓC? powiedział Stephen, prowadząc Ribby'ego z dala od głównej ścieżki. "Jak już mówiłem, nie mogę pomóc nawet sobie. Mam obowiązki.

Tibbles zwrócił na nich uwagę, gdy Anglophone szykował się do wyjścia.

"Czy to coś związanego z twoją matką?

"Nie mogę ci powiedzieć. Im mniej wiesz, tym lepiej. Dlaczego chcesz odejść? Czy on ci coś zrobił?

"Nawet nie wiem, co tu robię - powiedział Ribby. "To znaczy, dlaczego ja?"

Limuzyna odjechała.

"Ciekawe, dokąd pojechał.

"Ma nowego kierowcę.

"Wiem, ale to tylko tymczasowe - powiedział Stephen. "Jeśli chcesz uciec, zrób to teraz.

"Jak mogę? Nie mam samochodu."

Ribby, całkowicie panikujesz. Uspokój się.

"Z pewnością musisz znać kogoś, kto mógłby pomóc.

"Spotkałem wczoraj reporterkę, Viveca Something".

"Tak, zadzwoń do niej. Zapytaj ją."

"A jeśli nie przyjdzie?"

"Zaufaj mi, przyjdzie - powiedział Stephen.

"Skąd wiesz? Dlaczego miałaby się mną przejmować?

"Czy nie zadawała ci mnóstwa pytań na temat Anglophone?

"Nie bardzo - odpowiedział Ribby. "Powiedziała, że pisze historię o cudach natury.

"Możesz tak myśleć, ale zaufaj mi, to ty jesteś tematem. Oprócz reporterów, możesz zagwarantować, że policja również ma oko na tę sytuację".

"Nie rozumiem. Dlaczego?"

"Wszystko, co mogę ci powiedzieć, to do niej zadzwonić. Niech reporter to wyjaśni. Ale nie mów nic o mnie, mam już wystarczająco dużo kłopotów. I na miłość boską, nie dzwoń z domu. Potrzebujesz komórki, a jeszcze lepiej, czy możesz zaufać Abbey? Naprawdę zaufać Abbey?"

"Miałem komórkę, ale ją zgubiłem. Jeśli chodzi o Abbey, to myślę, że tak - powiedział Ribby. "Jestem pewien, że mógłbym powierzyć jej swoje życie".

"Więc wykorzystaj ją. Niech pójdzie i zadzwoni do reportera. Pozwoliłbym ci zająć się moim, ale Tibbles pewnie ma go na podsłuchu. Zrób to dzisiaj, panienko.

"Dziękuję - powiedziała Ribby, dotykając jego dłoni.

"Dobrze, w takim razie do zobaczenia - powiedział Stephen. Spojrzał na okno i zauważył poruszające się zasłony. Tibbles. Wrócił do przycinania róż.

Taki słodki tyłek.

Czy ty nigdy nie myślisz o niczym innym?

Stephen odwrócił się, spojrzał na Ribby'ego i wrócił do pracy.

Ribby szukał Abbey.

Kiedy prawie zderzyli się w głównym korytarzu, Abbey powiedziała: "Tibbles powiedział, że mam cię znaleźć, NATYCHMIAST. Nie wiem, o co to całe zamieszanie. Tylko dlatego, że pan Anglophone wyjechał na dzień lub dwa.

"Tak, widziałam przed chwilą jego samochód.

"Mam być twoim cieniem.

Ribby i Abbey wyszli przez drzwi i szli dalej. Kiedy byli wystarczająco daleko od rezydencji, Ribby powiedział: "Chcę stąd uciec i potrzebuję twojej pomocy".

"Jeśli Tibbles się dowie, będzie bardzo zły. Może mnie nawet zwolnić.

"Musisz do kogoś zadzwonić. Do tej kobiety, którą spotkaliśmy wczoraj, wiesz, do reporterki? Abbey skinęła głową. "Podejdź do telefonu, nie tutaj, nigdzie indziej, tylko tutaj, i zadzwoń do niej. Umów nas na spotkanie. Zrobisz to?

"Mogę to zrobić - powiedziała Abbey po chwili wahania. "Właściwie to jadę do Fairfield Farm po ser. Kierowca miał mnie zabrać, ale teraz muszę iść pieszo. Stamtąd mogę do niej zadzwonić.

"Jesteś gwiazdą - powiedział Ribby. "A teraz wracam do środka. Baw się dobrze na farmie Fairfield.

"Kiedy mam to zorganizować? Mam na myśli spotkanie z tobą i Vivecą?

"Myślę, że będzie wiedziała, jakie to może być dla mnie trudne. Powiedz jej jednak, że pan Anglophone jest daleko i najlepiej byłoby jak najszybciej.
"To jest plan.

✳ ✳ ✳

W Fairfield Farm Abbey wybrała numer Viveki Hartman w gazecie. "Uh, cześć, to ja, Abbey."

"Jaka Abbey?" Viveca powiedziała krzywo. "Tu Viveca Hartman z The Local Times".

"Tak, wiem, jak tam twoja kostka?

"Moja kostka? I..." Viveca załapała. "Abbey, o tak. Co mogę dla ciebie zrobić? Czy to Angela? Wszystko z nią w porządku?

"Tak - powiedziała Abbey - i martwiłam się o ciebie, że jesteś taka chora, a potem tak skręciłaś kostkę.

"Dobrze - powiedziała Viveca - ktoś jeszcze tam jest, prawda?

"O tak - powiedziała Abbey - naprawdę musisz się uspokoić i trzymać się od tego z daleka.

"Abbey - powiedziała Viveca - nie wiem, czego chcesz ani jak mogę pomóc. Czy ona chce mnie widzieć? Czy Angela chce, żebym tam przyszła?

"Tak - powiedziała Abbey - Pan Anglophone jest poza miastem. Najlepiej jak najszybciej. Jestem teraz na farmie Fairfield, kupuję trochę sera.

"Dobrze, Abbey - powiedziała Viveca - A co z jutrem, między 10 a 11 rano?

"Spróbujemy uciec. Poczekaj na nas w Fairfield Farm, nawet jeśli się spóźnimy.

"Tak zrobię - odpowiedziała Viveca.

ROZDZIAŁ 61

O 21:00 LIMUZYNA ANGLOPHONE'A zajechała za róg w drodze do domu Marthy. To była jego ulubiona pora roku, kiedy wieczorem było jeszcze jasno. Co prawda była w więzieniu, ale chciał sprawdzić, czy uda mu się dowiedzieć czegoś od sąsiadów. Wciąż był wściekły, że Martha wkradła się z powrotem do jego życia. Otworzył swoją bibliotekę i serce, a teraz...

Dom Marthy zniknął. Całkowicie zniszczony. Pozostał tylko stos wypalonych gruzów. Wysiadł z samochodu, by przyjrzeć się bliżej. Szofer stał u jego boku.

Chodnikiem szła starsza kobieta. Miała na sobie wytarty szlafrok łazienkowy. Podeszła do anglofona. Kierowca postawił swoje ciało między sobą a kobietą.

"Cholerna szkoda - powiedziała kobieta, próbując zbliżyć się do Anglika. "Taka dobra kobieta i tak odchodzi. To takie smutne. I jej biedna córka. Nikt nie wie, gdzie ona jest, a teraz jeszcze ten skandal. Nie wiem. Po prostu nie wiem." Otarła oczy kącikiem rękawa i spojrzała w stronę limuzyny.

"Sugerujesz, że kobieta, która tu mieszkała, Martha, zmarła?

"Nie, nie umarła. Jej sąsiadka, pani Engle, poczuła dym. Wyciągnęła stamtąd ciała Marthy i Scampa. Uratowała im życie, chociaż Martha nie chciała żyć. Scamp został adoptowany przez panią Engle". Wskazała na dom.

"Co to znaczy, że nie chciała żyć?

"Była nafaszerowana tabletkami i alkoholem.

"Proszę, kontynuuj.

"Dom wybuchł jak podpałka. Nigdy nie byliśmy przyjaciółmi. Ta kobieta miała mężczyzn, którzy przychodzili i odchodzili cały czas. To było tak, jakby jej dom miał drzwi obrotowe". Kobieta podrapała się, jakby miała pchły. "Lepiej wejdę do środka, zanim umrę. Dobry wieczór panu. Odeszła.

"Zaczekaj. Zostań. Wejdź do mojego samochodu, a dam ci łyk whisky na rozgrzewkę - powiedział Anglophone.

Kobieta zatrzymała się. Odwróciła się w jego stronę. Zawahała się, po czym odeszła.

"Byłbym naprawdę wdzięczny za pomoc - zawołał Anglophone. "Sprawię, że ci się to opłaci".

"Nie znam cię od Adama - powiedziała kobieta. "Możesz być jednym ze zdegenerowanych przyjaciół Marthy. Chce mieć w tym swój udział. Machnęła rękami i uśmiechnęła się, ukazując bezzębny uśmiech.

"Cóż, jestem Theodore Anglophone, stara przyjaciółka Marthy. Znamy się od dawna. Wcisnął jej w dłoń dwudziestkę.

"Jest w więzieniu.

Pomachał jej przed twarzą pięćdziesiątką, którą próbowała chwycić.

"Spokojnie, przyjacielu - powiedział Anglophone. "Powiedz mi coś wartego pięćdziesiąt dolarów. Ciężko pracuję na swoje pieniądze.

"Mogę ci opowiedzieć rzeczy, od których zakręci ci się w głowie.

Anglophone przysunął się bliżej, a ostry zapach kapusty sprawił, że zakrył nos dłonią. "Twój powóz czeka.

Starsza kobieta roześmiała się, gdy szofer otworzył przed nią drzwi.

Gdy znaleźli się w środku, Teddy napełnił szklankę whisky, a następnie podał ją kobiecie. Odstawiła ją. Napełnił ją ponownie.

"Cóż, Martha i Ribby mieszkali tutaj, a Martha była prostytutką, choć z tego co słyszałam, niezbyt dobrze opłacaną. Roześmiała się. "Wiedzieliśmy o tym, wszyscy jej sąsiedzi wiedzieli. Przymykaliśmy na to oko. Dopóki trzymała się z dala od naszych mężów, żyliśmy i pozwalaliśmy żyć. Potem dowiedziały się o tym gazety i przyjechały sprawdzić burdel. Ribby nie było wtedy w pobliżu, błogosław jej duszę. Biedactwo. Co ona musiała widzieć z mężczyznami przychodzącymi i odchodzącymi, kiedy dorastała.

"Tak, przejdźmy do rzeczy, aby zarobić te pięćdziesiąt dolarów - zażądał Anglophone.

"Kiedy dom spłonął doszczętnie, znaleźli... Coś... W szopie... Później... Kiedy Martha dochodziła do siebie w szpitalu...".

"Do dzieła."

Kobieta wyciągnęła szklankę. Kiedy była pełna, kontynuowała. "Wtedy go znaleźli, nóż.

"Ojej - powiedział Teddy, pochylając się bliżej kobiety. Ponownie napełnił jej szklankę.

"Była tam, biedna Martha, bez córki, bez duszy, a oni oskarżyli ją o morderstwo pierwszego stopnia. Dwa morderstwa. Jej siostry i jednego z jej Johnów, chyba czwartkowego. Było o tym głośno w gazetach. To było szaleństwo.

"Czwartkowy?" Teddy powiedział zbulwersowanym tonem.

Kobieta zawahała się: "Gruby, bardzo, bardzo gruby. Nie taki zwykły grubas. Bardzo nieatrakcyjna. I żonaty."

"Kontynuuj opowieść. Więc co się stało?" Teddy zapytał niecierpliwie.

"On nie żył. Dźgnięty w plecy. Gazety podały, że siostry pokłóciły się o niego. Kobieta zachichotała jak kura znosząca jajko ze zdziwienia, że kobiety walczą o taką nagrodę.

"Jest w zakładzie karnym i czeka, aż sędzia wyda na nią wyrok. Uważają, że zabiła mężczyznę i swoją siostrę. Potem zrzuciła ich z klifu. Znaleźli nóż i jedną z jej sukienek pokrytą krwią Carla Wheelera, zakopane w szopie na tyłach". Zatrzymała się i czekała w nadziei, że jej opowieść wystarczy, by zarobić pięćdziesiąt.

"Byłaś naprawdę pomocna. Oto kolejna stówa za poświęcony czas, a resztę butelki możesz zabrać ze sobą".

Gdy kobieta nie wydawała się zainteresowana wyjściem, szofer otworzył drzwi. Anglophone lekko ją popchnął.

"Nie musiałeś pchać! Ty, ty!" wykrzyknęła kobieta, odsuwając się od samochodu.

"Jedź", powiedział pan Anglophone do kierowcy, gdy wrócił na swoje miejsce. "Zabierz mnie do zakładu karnego".

"Tak, panie Anglophone.

Teddy odchylił się do tyłu i zamknął oczy.

ROZDZIAŁ 62

Nastepnego ranka Ribby i Abbey spotkali się z Vivecą w Fairfield Farm.

"Wyglądasz rewelacyjnie!" powiedziała Abbey.

"Dzięki, Ang - odpowiedziała Viveca. "Czuję się na tyle dobrze, że mogę nawet wskoczyć dziś na jednego z tych koni i wybrać się na przejażdżkę. Pod warunkiem, że wybierzesz łagodną duszę, jazda konna będzie mi odpowiadać".

"Abbey zna wszystkie nasze konie - powiedziała pani Fairfield. "Nie chcę się spieszyć, ale mam kilka obowiązków do wykonania w mieście. Czujcie się jak u siebie w domu. Częstujcie się wszystkim, czego potrzebujecie. Powinnam wrócić w porze lunchu, jeśli chcielibyście zostać?

"Nie, dziękuję - odpowiedziało trio zgodnie.

"Zajęci, zajęci, zajęci - powiedział Ribby, a Abbey i Viveca kiwnęły głowami, zgadzając się.

Gdy pani Fairfield opuściła dom, Viveca zapytała: "Co tam?".

Abbey powiedziała: "Pójdę na przejażdżkę, a wy porozmawiajcie".

"Dzięki, Abbey. Jesteś perełką - powiedziała Ribby, patrząc jak Abbey zamyka za sobą drzwi. Następnie Ribby skupiła swoją uwagę na Vivece, która wydawała się równie zaniepokojona jak ona.

"Jak mogę pomóc?" zapytała Viveca.

"Po pierwsze, dziękuję za tak szybkie przybycie. Jestem ponad moje siły w domu z panem Anglophone. Chcę wrócić do domu.

"A on ci nie pozwala? Jesteś więziona?"

"Niezupełnie. Był dla mnie miły, aż do kilku dni temu, chociaż czuję się bardzo odizolowana, ponieważ zawsze wyjeżdża w interesach. Kilka dni temu, och, nie wiem jak to wyjaśnić, poza tym, że chciałam odejść. Na dodatek zniknął mój telefon. Wiem, że chce, żebym została i otworzyła bibliotekę, ale podejrzewam, że coś przede mną ukrywa. Nie wiem, dlaczego chce, żebym była bibliotekarką. Mam na myśli konkretnie mnie. Przecież nie odpowiedziałam na ogłoszenie o pracę. Szczerze mówiąc, jestem przerażona.

"Najpierw powiedz mi, co wiesz.

"Myślę, że lepiej zacząć od samego początku.

"Anglophone ma reputację wśród kobiet. Mówiąc prościej, ma na siebie ochotę. Z tymi wszystkimi pieniędzmi, nie wspominając o władzy, którą dzierży, jest w stanie robić rzeczy, których normalny człowiek nie mógłby zrobić. Na przykład ma w kieszeni kilku członków Rady. To znany fakt, że smaruje dłonie, ale jest tak potężny, że nikt nie może zdobyć na niego żadnych dowodów. Na przykład to, co wydarzyło się w bibliotece. Mama Stephena została związana i pozostawiona na pewną śmierć.

"Ta kobieta była mamą Stephena?"

Ale mama Stephena nie umarła...

"To znaczy, że wiesz o tym, co wydarzyło się wcześniej w bibliotece?"

"Tak, czytałam o tym w Internecie, zanim tu przyjechałam.

"Ale w gazetach nie opowiedzieli całej historii. Na przykład, kiedy reporterzy przybyli pierwsi i znaleźli ją, była w niezłym stanie. Reporterzy mówią, że była naga, przywiązana do krzesła, z poparzeniami na ciele i dużą ilością krwi. Śledczy odkryli później, że była to krew zwierzęca. Niektórzy twierdzą, że Anglophone zajmował się czarną magią. Dziwne rzeczy."

Ribby przypomniał sobie sylwetkę mężczyzny z tyłu książki o magii.

To nie ma sensu. Stephen ją odwiedza.

A ona do niego zadzwoniła.

Viveca kontynuowała: - Tak, ale to nie wszystko. Niektórzy mówią, że była kochanką Anglophone'a. Zdecydowanie była jedyną osobą, której powierzył swoją bibliotekę".

To staje się coraz dziwniejsze.

"Mój ojciec ma długą historię z Anglophone, a Stephen mieszkał tam odkąd był chłopcem."

"Więc dlaczego ja?"

"Nie wiem, ale nie dziwię ci się, że chcesz wrócić do domu. Nie masz żadnej rodziny?

"Tak - powiedział Ribby - moja mama jest w mieście. Muszę do niej zadzwonić. Zadzwonię do niej stąd w tej chwili. Ribby podniósł słuchawkę.

"Przykro mi, ale numer, pod który dzwonisz, nie jest już dostępny. Rozłącz się i wybierz ponownie".

Ribby zadzwonił ponownie, z tym samym rezultatem.

"Może mógłbym się z nią skontaktować? Niech przyjedzie po ciebie z posiłkami, czyli glinami. Jak się nazywa?"

"Martha, Martha Balustrade."

"O mój Boże!" wykrzyknęła Viveca. "Nie jesteś córką Marthy Balustrade!".

Och, och, co teraz zrobiła Najdroższa Mamusia?

ROZDZIAŁ 63

T EDDY PRZYBYŁ DO ZAKŁADU karnego. Martha była przetrzymywana w izolatce. Zażądał widzenia z nią. Udawał, że jest jej prawnikiem.

Kobieta przy biurku przerzucała papiery. Anglophone uderzył pięścią w jej biurko, powtarzając swoje żądania. "Zadzwoń do Fredericka Schmidta. Zadzwoń do burmistrza Browna. Oni mnie znają. Pozwolą mi zobaczyć się z moim klientem, NATYCHMIAST" - wrzeszczał Anglophone.

Połączenia telefoniczne zostały wykonane. Mimo to Anglophone czekał godzinami.

"Czy mogę podać ci filiżankę herbaty?".

"Nie, dziękuję", powiedział Anglophone, "spotkanie z moim klientem to wszystko, co chcę zrobić".

ROZDZIAŁ 64

"**Z** NASZ MOJĄ MAMĘ?"

"Trzymał cię w odosobnieniu - powiedziała Viveca. "Wszyscy wiedzą o twojej mamie, a to wszystko przez prasę. To znaczy, kiedy ktoś przyznaje się do zabójstwa dwóch osób, w tym własnej siostry, to nawet tutaj robi się o tym głośno. Nie wspominając o innych jej wybrykach. Pierwsza strona w mieście, Angela!". Patrzyła, jak twarz Ribby'ego robi się biała jak prześcieradło. "Przepraszam, w końcu to twoja mama.

"Morderczyni? Chyba się mylisz. Zrobiła pauzę. "Przy okazji, naprawdę nazywam się Ribby Balustrade.

"Więc dlaczego?"

"To anglofońska rzecz.

"Zmusił cię do zmiany imienia?

"Nie, Angela jest ładniejsza niż Ribby.

"Viveca też nie jest zbyt pospolite ani ładne, więc wiem, co masz na myśli. Ale wróćmy do twojej mamy i morderstw. Nie sądzisz, że to zrobiła?"

Wiemy, że nie, bo my to zrobiliśmy.

Zrobiliśmy jedno, drugie było samobójstwem.

Ribby nic nie powiedział.

"Wiem, że Anglophone trzymał cię tu w odosobnieniu. Można by pomyśleć, że miał przynajmniej na tyle przyzwoitości, by powiedzieć ci o tym, że twoja matka jest w więzieniu.

"Spędzałem cały swój czas na czytaniu i naprawianiu biblioteki. W międzyczasie moja matka... O mój Boże, muszę do niej iść. Możesz mnie zabrać? Musisz mi pomóc. Po prostu musisz!"

Abbey wychyliła głowę zza rogu i usłyszała błaganie Ribby'ego. "Co się dzieje? Dlaczego jest taka zdenerwowana? Angela, co się stało? Wyglądasz, jakbyś zobaczyła ducha!

"Muszę jechać do miasta, dzisiaj. Teraz. Viveca mnie zabierze."

"Mój tata może nas zabrać do samolotu i będziemy tam w mgnieniu oka. Chwileczkę, zadzwonię do niego i wyjaśnię. Jest dobrze zorientowany w prawniczym mumbo jumbo, więc zobaczę, czy może do nas dołączyć".

"W pobliżu jest lotnisko? Dlaczego Teddy nie poleci do Toronto? Na pewno go na to stać?"

"Boi się latać - powiedziała Viveca, gdy jej tata podniósł słuchawkę. Wyjaśniła mu wszystko. Zgodził się spotkać z nimi na lotnisku. "Ok panie, w takim razie ruszamy!"

"Czekaj," powiedział Ribby, "możemy wpaść i odebrać też Stephena? Chciałbym, żeby tam był".

"Jasne, wpadniemy i jeśli będzie chciał przyjechać, to tym lepiej. A ty, Abbey? Dołączysz do nas?"

"Nie, nie mogę sobie teraz pozwolić na utratę pracy. Tibbles po prostu by się załamał, gdybym zniknęła na cały dzień. Abbey spojrzała na zegarek i zaczęła się niepokoić. "Nie było mnie już zbyt długo.

"Wskakuj, podwiozę cię.

"Ale co z Tibblesem? zapytała Abbey. "Jeśli mnie o coś zapyta? Nie jestem dobrą kłamczuchą".

"Więc nic nie mów. Musimy ruszać, mieć przewagę.

"Dobrze, chodźmy - powiedziała Ribby. Martwiła się o Marthę. Zadawała sobie pytanie, jak mogło do tego dojść. Czuła się taka winna.

W domu Stephen wsiadł na tylne siedzenie samochodu i odjechali, zostawiając Abbey stojącą w chmurze kurzu.

ROZDZIAŁ 65

W ZIMNEJ I WILGOTNEJ poczekalni Teddy chodził tam i z powrotem jak oczekujący ojciec. Jego temperament rósł z każdą chwilą oczekiwania. Sześćdziesiąt minut. Dziewięćdziesiąt minut. Sto dwadzieścia minut. Nie było po niej śladu. Ani śladu kogokolwiek.

Kilka godzin później Teddy usłyszał brzęk, gdy do drzwi zbliżyła się strażniczka kluczy. "Przepraszam - powiedział nagle, gdy kobieta przeszła tuż obok - czekam tu od wielu godzin.

"Pan uh, Anglophone. Na pańską prośbę poprosiłam o wyjątek. Została odrzucona. Proszę za mną, zaprowadzę panią z powrotem do recepcji".

Podniósł na nią wzrok i powiedział: "Co to znaczy, że odmówiono?".

"Pani Balustrada czeka na wyrok" - warknęła. "Jestem zajętą kobietą i jest późno, więc proszę za mną.

Zrobił, co mu kazała, ale nie był z tego zadowolony.

Teddy wciąż był wściekły, kiedy wsiadł do limuzyny. Zadzwonił do hotelu Four Seasons i zarezerwował apartament, po czym kazał kierowcy, by go tam zawiózł.

Po drodze zadzwonił do Tibblesa.

"Tibbles! Połącz mnie z Angelą i to szybko!".

"Wyszła na spacer z Abbey. Poczekaj chwilę. Tibbles położył dłoń na telefonie, gdy zobaczył wchodzącą Abbey. Zapytał ją o miejsce pobytu Angeli. Abbey powiedziała, że ona i Angela rozstały się kilka godzin temu.

"Panie Anglophone, najwyraźniej panna Angela jeszcze nie wróciła.

"Znajdź ją. Zadzwoń do mnie, jak tylko poznasz jej miejsce pobytu". Rozłączył się.

"Czy mógłbyś poprosić Stephena, żeby przyszedł do Abbey? To pilne. powiedział Tibbles.

"Nie widziałem Stephena."

"Rozejrzyj się po posiadłości. Powiedz mu, żeby natychmiast się do mnie zgłosił.

Abbey rozejrzała się po wspólnych częściach domu. Włóczyła się, marnując czas, zarówno wewnątrz, jak i na zewnątrz. Pół godziny później wróciła bez Stephena. Do tego czasu Tibbles był bliski pęknięcia.

"Gdzie on jest?"

"Rozejrzałam się dookoła. Nigdzie go nie ma".

"Rób wszystko sam. Zrób wszystko sam - mamrotał Tibbles. Jego ramię zetknęło się z jej, gdy przechodził obok. "Jeśli go tam znajdę, pomniejszę twoją pensję o pięćdziesiąt dolarów i następnym razem będziesz szukać, kiedy cię o to poproszę!

"Abbey zaczęła mówić coś więcej, ale Tibbles zatrzasnął za sobą drzwi.

Tibbles również rozejrzał się wszędzie. Ani śladu Stephena. Ani śladu panny Angeli. Wrócił do domu i zawołał Anglophone'a.

"Tibbles?"

"Tak, proszę pana, to ja. Nie mogę znaleźć Stephena ani panny Angeli.

"Czy są razem?"

"Nie mam pojęcia.

"Ale ta dziewczyna na pewno by wiedziała. Powiedziałeś mi, że ma być cieniem Angeli. Daj ją do telefonu.

"Nie ma jej pod ręką.

"Za co ja ci płacę? Znajdź ją i daj do cholernego telefonu. Tibbles odczepił telefon i zabrał go ze sobą. Kiedy usłyszał ruch na górze, poszedł na górę.

Abbey sprzątała nocny stolik panny Angeli. Podniosła książkę z cienistą postacią na grzbiecie.

Tibbles wszedł i wepchnął Abbey telefon do ręki. Upuściła książkę i ta upadła na podłogę.

"Cześć - powiedziała nieśmiało.

"Abbey - powiedział anglofon - potrzebuję twojej pomocy w odnalezieniu panny Angeli. To pilna sprawa. Gdzie ona jest?

"Zostawiłam ją wcześniej na spacerze. Chciała być sama.

"I Stephen. Widziałeś Stephena?

"Wcześniej przycinał krzewy róż. Ręce jej się trzęsły, głos też.

"Załóż z powrotem Tibblesa - zażądał Anglophone.

"Ona kłamie - powiedział Anglophone do Tibblesa. "Dowiedz się, co wie i oddzwoń do mnie".

"Ale jak?"

"Nie obchodzi mnie jak. W jakikolwiek sposób. Dowiedz się i TERAZ!" Anglophone krzyknął przez linię.

Tibbles zacisnął pięści i wstał. Przeszedł przez podłogę i kiedy stanął twarzą w twarz z Abbey, uderzył ją w plecy.

Niespodziewany cios sprawił, że Abbey poleciała do tyłu i wylądowała na łóżku Ribby'ego. Ribby wspiął się na nią, okrakiem i przytrzymał jej ręce i nogi. Czarna pasta z jego butów przetarła kołdrę.

"Powiedz mi! - krzyknął jej w twarz. Kiedy nie chciała odpowiedzieć, przyłożył poduszkę do jej twarzy i pozwolił jej się szamotać. Podniósł ją ponownie. Jej oczy. Miękkie, jak u łani. "Powiedz mi!" Ponownie przycisnął poduszkę, a ona zaczęła się szamotać.

Kiedy podniósł poduszkę, w końcu się przyznała, a on pozwolił jej usiąść i złapać oddech.

Zadzwonił do Anglophone'a, który wydał okrzyk radości po drugiej stronie słuchawki. "Dobra robota, Tibbles. Twoja lojalność zostanie nagrodzona".

Tibbles odłożył słuchawkę i odwrócił się do młodej dziewczyny.

Abbey pozostała na łóżku, wpatrując się w niego tymi oczami. "Przestań na mnie patrzeć!" krzyknął, przyciskając poduszkę do jej twarzy. Na początku trochę się szamotała, ale potem się poddała. Trzymał poduszkę wciśniętą, gdy czas stanął w miejscu.

Kiedy ją wyjął, oczy dziewczyny były szeroko otwarte. Wyglądała na spokojną. Jak anioł.

Tibbles zaczął się trząść. Chwycił stolik nocny i zauważył książkę na podłodze. Podniósł ją i natychmiast rozpoznał oczy cienistej postaci na grzbiecie. Należały do jego mistrza. Przez chwilę siedział, wpatrując się w okładkę książki "Wszystko, co kiedykolwiek chciałeś wiedzieć o czarnej magii (ale bałeś się zapytać)". Jego myśli powędrowały do Rosemary i jej prośby o pomoc.

Tibbles otworzył przewód kominowy i rozpalił ogień. Wrzucił książkę i patrzył, jak płonie.

Zawinął Abbey w kołdrę Ribby'ego, przerzucił ją sobie przez ramię i wyniósł jej ciało do ogrodu. Wykopał płytki grób pod krzakami róż. Po jej pochówku ustawił róże na swoim miejscu i spryskał ogród niewielką ilością wody. To było piękne miejsce spoczynku.

Po powrocie do środka Tibbles wziął prysznic i posprzątał. Następnie zajął się pokojem panny Angeli. Pościelił łóżko świeżą pościelą, poszewkami na poduszki i nową kołdrą. Idealnie.

Kiedy wykonał wszystkie swoje obowiązki, cisza stała się ogłuszająca. Nawet jego własne kroki odbijały się głośnym echem w jego uszach.

Po pewnym czasie nie mógł już znieść odgłosu własnego oddechu. Wydawał się tak głośny, tak hałaśliwy.

Wrócił do swojego pokoju i założył szlafrok, który kiedyś dał mu Anglophone. Sięgnął do dolnej szuflady i wyciągnął pistolet.

Siedząc na swoim ulubionym krześle w ulubionej kurtce do palenia, wypalił sobie w łeb.

Nikt nie był w domu, by usłyszeć wystrzał.

Nienaturalny dźwięk wystraszył tylko ptaki.

ROZDZIAŁ 66

Rosemary Franklin, matka Stephena, już dawno odeszła. Wyobrażała sobie ucieczkę z sanatorium, marzyła o tym wiele razy. Kiedy nadarzyła się okazja, skorzystała z niej i wspięła się na tył furgonetki Clean-it-4-U. Była czwarta nad ranem, a ona była w drodze.

Furgonetka jechała dość długo z nią ukrytą z tyłu. Gdy tylko opuścili bramę szpitala, przebrała się w skradziony strój. Zabrała też pierścionek z brylantem i kilka monet.

Na pierwszym przystanku kierowca Gus wysiadł. Rosemary obserwowała, jak wchodzi do restauracji. Gdy było już czysto, otworzyła drzwi i uciekła. Ukryła się przy zewnętrznej ścianie między budynkami. Stamtąd mogła obserwować, jak Gus karmi swoją twarz i czekać, aż wyjdzie. Poczuła przyjemny aromat świeżo parzonej kawy i skwierczącego bekonu. Na samą myśl o tym aż ślinka jej ciekła. Było to o wiele bardziej kuszące niż odór szpitalnego jedzenia, do którego przywykła.

Drzwi skrzypnęły, a ona zadrżała, gdy słońce wzeszło na niebie. Gus wsiadł do vana, pomajstrował przy radiu, założył okulary przeciwsłoneczne i odjechał.

Rosemary pozostała w ukryciu jeszcze przez kilka chwil. Lepiej być bezpiecznym niż żałować. Kiedy furgonetka zniknęła z pola widzenia, Rosemary przeczesała palcami włosy. Weszła do baru, gdzie zamówiła filiżankę kawy i wypiła ją. Smak świeżo parzonej kawy z przydrożnej knajpki był niebiański. Kelnerka natychmiast podeszła i napełniła filiżankę. Delektowała się drugą filiżanką.

Kiedy była gotowa do wyjścia, Rosemary rzuciła kilka monet na stół. Wiedziała, że nie ma wystarczająco dużo, ale miała nadzieję, że kelnerka ją przepuści. Rosemary zalała się łzami, szlochając niekontrolowanie w dłonie.

Kelnerka wróciła: "Czy wszystko w porządku, kochanie?".

Rosemary skłamała. "Mój mąż mnie uderzył. Uciekłam. Ta zmiana to wszystko, co mam. Muszę zniknąć. Jeśli mnie znajdzie, zaciągnie mnie z powrotem".

Kelnerka podała jej chusteczkę. "Masz jakieś bezpieczne miejsce? A może powinnam zadzwonić na policję?

"Tak, mam syna, Stephena. Muszę tylko do niego dotrzeć. Jeśli mógłbyś zadzwonić po taksówkę i wyjaśnić sytuację, byłabym wdzięczna. Potrzebuję pomocy w ucieczce".

"Może dam ci mój telefon i sama zadzwonisz?"

"Ponieważ mój mąż zadzwoni do każdej firmy taksówkarskiej w prowincji. Jeśli znają moje nazwisko, znajdzie mnie". Znowu szlochała w chusteczkę.

Kelnerka powiedziała jej, że zadzwoniła po taksówkę i zaraz będzie.

"Czy mogę prosić o jeszcze jedną przysługę?" Kiedy dziewczyna skinęła głową, Rosemary poprosiła o kilka papierosów i paczkę zapałek. Dziewczyna z uśmiechem się zgodziła.

Kiedy przyjechała taksówka, Rosemary podziękowała kelnerce. "Pewnego dnia przyprowadzę tu mojego syna, żeby się z tobą spotkał, kochanie". Młoda kobieta uśmiechnęła się i pomachała, co Rosemary odwzajemniła.

"Dokąd, pani?" zapytał kierowca.

"Do posiadłości Theodore'a Anglophone'a.

Spojrzał na nią w lusterku wstecznym i skinął głową.

"Po drodze zastanawiam się, czy mógłbyś zabrać mnie do lombardu. Mam coś, co chciałbym sprzedać. Oczywiście możesz zatrzymać licznik" - powiedziała Rosemary.

"To twoje pieniądze. Około dwudziestu minut stąd jest lombard. Podrzucę panią i przyniosę sobie filiżankę kawy i kawałek wiśniowego ciasta a la mode."

"Dziękuję ci bardzo, Jimmy - powiedziała, zerkając na jego dowód osobisty na desce rozdzielczej.

Jimmy ponownie spojrzał w lusterko wsteczne. Kiedy odrzuciła włosy do tyłu, światło słoneczne odbiło się od kamienia na jej palcu. Skręcił, by uniknąć nadjeżdżającego samochodu. "Niezły kamień, proszę pani".

"Dziękuję - powiedziała Rosemary, wpatrując się w dal.

"Jesteśmy na miejscu - powiedział.

ROZDZIAŁ 67

W KRÓTCE SAMOLOT DOTARŁ DO Toronto.

"Muszę zobaczyć się z mamą" - powiedział Ribby.

Viveca zadzwoniła do zakładu karnego, wyjaśniając, że ma ze sobą córkę Marthy Balustrade.

Odmówiono jej dostępu.

"Wyrok zostanie wydany jutro w sądzie. Zarezerwujmy nocleg w hotelu i prześpijmy się" - zasugerowała Viveca.

"Dlaczego nie pozwalają mi się z nią zobaczyć?"

"Powiedzieli mi tylko, że więźniowi nie wolno dziś odwiedzać" - powiedziała Viveca. "Jaki jest najbliższy hotel od sądu? - zapytała kierowcę.

"Hilton jest w odległości spaceru".

Viveca zadzwoniła i zarezerwowała trzy pokoje. "Skorzystam z mojego konta wydatków" - powiedziała.

Zameldowali się w hotelu, umawiając się na spotkanie w lobby. Stamtąd razem udadzą się do sądu.

N ASTĘPNEGO RANKA STEPHEN I Viveca próbowali nakłonić Ribby'ego do zjedzenia czegoś. Udało im się wmusić w nią filiżankę herbaty, ale nic więcej.

"Tak się cieszę, że mogłeś przyjść po wsparcie moralne, Stephen - powiedział Ribby.

Angela mrugnęła do niego.

Viveca skrzywiła się na niestosowność zachowania Ribby'ego. Zauważyła, że Stephen poczuł się nieswojo. Zapłaciła rachunek i wyszli z budynku. Hałas na ulicy był ogłuszający.

"Chaos komunikacyjny. Cieszę się, że możemy iść pieszo. Witamy w mieście" - powiedział Stephen.

Dotarli do budynku sądu.

ROZDZIAŁ 68

ANGLOPHONE PRZEŻYŁ NIESPOKOJNĄ NOC bez Tibblesa. Pod jego nieobecność Anglophone zadzwonił do domu. Robił to już wiele razy. Tibbles z radością pomagał, nakręcając pozytywkę i trzymając ją przy telefonie. Tym razem jednak nie odebrał.

Kiedy zobaczy go następnym razem, Tibbles lepiej niech przygotuje cholernie dobre wytłumaczenie. Lubił tego człowieka, ale czasami potrafił być irytująco niedbały.

Nie śpiąc godzinami, zastanawiał się nad swoim synem i córką. Gdzie oni są? Musieli być gdzieś w mieście. Pamiętał, jak oboje robili do siebie łabędzie oczy. Nieświadomi, że są rodzeństwem. Jego też pociągała jego własna córka, oczywiście zanim dowiedział się, kim ona jest.

Przez chwilę anglofon wyobrażał sobie, jak przyznaje się do ojcostwa swojemu potomstwu. Poszedł dalej, wyobrażając sobie wesela, a potem wnuki biegające po jego domu, krzyczące, goniące go. Nienawidził dzieci. Wydawania wszystkich jego pieniędzy. Potrząsnął głową, podniósł brzydką lampę stojącą obok łóżka w pokoju hotelowym i rzucił nią w ścianę. Roztrzaskała się, żarówka zaiskrzyła i zgasła. Nie było mowy, żeby kiedykolwiek to usłyszeli. W każdym razie nie z jego ust. Nie był człowiekiem rodzinnym. Nigdy nie będzie. Więzy rodzinne powodowały jedynie komplikacje.

Zastanowił się nad sytuacją Marthy. Poprosiła go o pomoc.

Rano zjadł śniadanie w swoim pokoju. Kawa była niesmaczna. Wezwał swojego szofera i udali się do sądu.

ROZDZIAŁ 69

ROSEMARY ZASTAWIŁA PIERŚCIONEK. NASTĘPNIE odwiedziła sklep papierniczy, gdzie kupiła długopis, papier i kopertę. W drodze do posiadłości Anglophone'a napisała list. Kiedy skończyła, zakleiła kopertę i napisała z przodu: "Do Stephena Franklina. Prywatne i poufne". Nie dołączyła adresu zwrotnego.

W rezydencji Anglophone'a Rosemary poprosiła Jimmy'ego, by wrzucił kopertę do skrzynki pocztowej. Nie chciała ryzykować spotkania z Tibblesem.

"Dokąd teraz, pani?"

"Do biblioteki. Mam na myśli Bibliotekę Anglophone'a. Wiesz, gdzie to jest?"

Odwrócił głowę. "Mogę cię tam zaprowadzić.

"Dziękuję."

Chwilę później dotarli do biblioteki. Na początku Rosemary pozostała na tylnym siedzeniu taksówki z włączonym licznikiem, nie mogąc się ruszyć.

Jimmy zapytał: "Czy wszystko w porządku?".

Rosemary objęła się ramionami, bojąc się wysiąść. Bała się wrócić. Bała się tego, co zamierzała zrobić. "Wszystko w porządku - powiedziała.

Jimmy włączył radio. Śpiewał razem z Elvisem.

Rosemary otworzyła drzwi. Włożyła mu w ręce kilka banknotów: "Dziękuję, Jimmy. Byłeś wspaniały   i masz też całkiem niezły głos".

"Dziękuję, nigdy nie będzie drugiego Elvisa". Wsiadł z powrotem do taksówki i odjechał.

Gdy zniknął z pola widzenia, Rosemary rozejrzała się po bibliotece. Kiedyś było to jej ulubione miejsce. Jej sanktuarium. A powietrze na zewnątrz wciąż pachniało cudownie. Sosny, och sosny. Poczuła, że wreszcie jest wolna.

To uczucie nie trwało długo. Wkrótce złe wspomnienia znów zaczęły wirować w jej głowie. Anglophone stojący nad nią. Torturujący ją. Czarna magia. Wylewanie na nią zwierzęcej krwi. Wszystko dla tej cholernej książki.

Ręce jej się trzęsły, gdy sięgnęła do kieszeni i wyciągnęła zgiętego papierosa. Kelnerka była naprawdę miła, dając jej go. Zapaliła go i zaciągnęła się długo. Zakaszlała, ale kontynuowała zaciąganie się, aż jej ręce znów się uspokoiły.

Pojawiło się więcej wspomnień. Wspomnienia, przed którymi się ukrywała, zostały wywołane jak letnia burza. Anglophone wykorzystujący ją jako królika doświadczalnego. Ona grożąca pójściem na policję. On grożący, że zabije ich syna. To musiało się skończyć, jego torturowanie jej. Groziła, że powie Stephenowi, kim jest.

Wtedy powstał plan. Kompromis. Rosemary miała zniknąć i wystawić akt zgonu. Ponieważ pobrali się w tajemnicy, nikt nie wiedział, że zmieniła nazwisko. Stephen miałby pracę na całe życie, ale nigdy nie dowiedziałby się, kim był jego ojciec. Nigdy nie dowie się, że jest spadkobiercą fortuny Anglophone. W zamian Rosemary otrzyma opiekę, której potrzebowała. Jej oparzenia się zagoją, a wszystkie wydatki zostaną pokryte. Aby chronić syna, zgodziła się być zamknięta do końca życia. Teoretycznie wydawało się to wówczas wykonalne.

Po tym, jak poprosiła Anglophone'a o uwolnienie jej, a on odmówił, nie miała innego wyjścia, jak tylko uciec. Poza tym Stephen zasługiwał na to, by poznać prawdę. Rosemary musiała być tą, która mu ją powie. Usiadła na schodach między łukami biblioteki i wyobraziła sobie, jak jej syn znajduje list i czyta go. Matczyna intuicja podpowiadała jej, że postępuje słusznie.

Rosemary wstała i rzuciła papierosa na ziemię. Spędziła trochę czasu zbierając materiały. Kłody, patyki, cokolwiek łatwopalnego, co mogła znaleźć. Cokolwiek mogła unieść. Położyła rozpałkę na frontowym wejściu i podpaliła ją, a następnie dodała większe kawałki. Stanęła między drewnianymi łukami z szeroko otwartymi ramionami i czekała, aż pochłoną ją płomienie.

Dym byłby widoczny na wiele kilometrów, ale wszyscy, którzy mogliby być na tyle zaniepokojeni, by to zauważyć, byli albo daleko, albo martwi.

Drewniane łuki zawaliły się, zanim ogień dosięgnął Rosemary. Podczas gdy płomienie tańczyły w jej peryferyjnym polu widzenia, walące się ciężkie belki roztrzaskały jej czaszkę. Koniec cierpienia. Koniec bólu.

ROZDZIAŁ 70

W sądzie Viveca użyła swojej przepustki prasowej, aby dostać się blisko przodu, mimo że sala sądowa była zatłoczona. W drodze na miejsce Ribby zauważyła kilka znajomych twarzy, w tym sąsiadów. Nienawidziła myśli, że jej matka jest sądzona, nie mówiąc już o pójściu do więzienia.

Wyjdźmy na zewnątrz zapalić.

Nie, matka zaraz przyjdzie.

Wielka mi rzecz. Nigdzie się nie wybiera.

Ha. Ha.

Atmosfera na sali sądowej wymknęła się spod kontroli. Plotkarze plotkowali. Ci, którzy nie mieli nic istotnego do powiedzenia, wciąż dodawali swoje dwa grosze. Kiedy przyprowadzono Marthę, wszyscy zatrzymali się i patrzyli.

Więźniarka była zaniedbana. Szary garnitur, który miała na sobie, nie pasował do niej. Straciła na wadze. Ribby pomyślał, że jej pokryta bliznami twarz przypomina chodzącego trupa.

Jezu, nawet mi jej żal.

Ribby zaszlochał.

Martha spojrzała na córkę i prawie się uśmiechnęła, ale potem odwróciła wzrok.

"Wszyscy wstać - powiedział komornik. "Sąd tej prowincji rozpoczyna posiedzenie. Przewodniczy sędzia Delvecchio".

Sędzia podziękował wszystkim obecnym i usiadł. Komornik wskazał, że wszyscy na sali sądowej powinni zrobić to samo.

Ribby spojrzała na kobietę, w której rękach spoczywał los jej matki. Miała życzliwe oczy, nawet z tej odległości, i Ribby miała nadzieję, że kobieta okaże litość.

"Martho Balustrade, uznaję cię winną wszystkich zarzutów.

Na sali sądowej zapanowało pandemonium.

Sędzia Delvecchio wstała i zawołała: "Cisza!". Opadła z powrotem na swoje miejsce. "Jestem gotowa do wydania wyroku." Zrobiła pauzę. Wszyscy obecni wstrzymali oddech.

"Martho Balustrade, jesteś skazana na dwadzieścia lat więzienia.

Martha milczała.

Ribby wstał i powiedział: "Ale ona tego nie zrobiła".

"Porządek, porządek! powiedziała Delvecchio, trzaskając młotkiem. "Porządek albo opróżnię salę sądową!"

Zamknij się Ribby! Zamknij się!

Kiedy zapadła cisza, sędzia zwróciła się do Ribby'ego. "A kim ty jesteś?"

Na litość boską, Ribby zamknij mordę.

"Wysoki Sądzie, nazywam się Rebecca Balustrade, ale wszyscy mówią do mnie Ribby. Jestem córką Marthy.

Rozległy się głosy. Więcej chaosu. Sędzia ponownie zagroziła opróżnieniem sali. Poprosiła Ribby'ego, by kontynuował.

Anglophone wszedł.

"Moja matka jest niewinna i wiem, że to prawda".

Ribby, proszę.

"A skąd to wiesz?" zapytał sędzia Delvecchio.

Przez chwilę lub dwie panowała cisza, podczas gdy Ribby zaciskała i rozluźniała pięści, tak jak nauczyła ją Angela.

Ribby zniknęła, a Angela przejęła sprawę. Poszperała w torebce, wyciągnęła papierosa i zapaliła go. Zaciągnęła się, upuściła papierosa na podłogę i zgasiła go. Spojrzała w kierunku sędziego Delvecchio.

"Ona, Ribby, nic nie wie. Jest tak niedojrzała, że stworzyła mnie   swojego wyimaginowanego przyjaciela   i ma trzydzieści lat. Musiała poradzić sobie z wieloma rzeczami w swoim życiu, w tym z życiem z tą marną wymówką dla matki". Angela odwróciła się i wskazała na Martę.

Łzy spłynęły po policzkach Marty.

Angela. Nie.

Angela kontynuowała: - Więc zrobiłam rzeczy, których ona nie była w stanie zrobić. Wszystkie."

Wszyscy pochylili się do przodu. Miała ich pełną uwagę. Publiczność wsłuchiwała się w każde jej słowo. Czuła się wzmocniona, jakby była w sztuce Szekspira i wygłaszała solilokwium. Nigdy nie była fanką Barda, ale Ribby go czytał. Zanudził ją do łez. "Jeśli chodzi o Wheelera, to gwałcił ciotkę Tizzy. Nie miałem wyboru. Musiałem go od niej odciągnąć. On ją zabijał.

Angela przestała mówić. Odwróciła wzrok najpierw w stronę anglofona, potem na Marthę, a następnie z powrotem na sędziego.

Jej publiczność czekała już wystarczająco długo. "Postanowiłam pozbyć się ciała. Plan był taki, żeby zrzucić go z klifu w jego furgonetce. Dobrze się go pozbyć. Nie był już nic wart. Tizzy miała wyskoczyć z furgonetki, zanim się przewróci, ale tego nie zrobiła. Ona też spadła."

Martha wstała. Próbowała się odezwać, ale prawnik ją uciszył, a następnie pociągnął z powrotem na siedzenie.

"Rozkaz! Porządek!" krzyknął sędzia Delvecchio. "Opróżnię salę sądową, jeśli wszyscy się nie uciszą".

Angela podeszła do stolika Marthy. Nalała sobie szklankę wody. Wzięła łyk i spojrzała z powrotem na sędziego, który powiedział: "Czekamy".

"Zazwyczaj nie rozmawiam zbyt wiele - powiedziała Angela. "W każdym razie nie na głos. To spragniona praca".

Na sali sądowej rozległ się śmiech. Sędzia Delvecchio, zniecierpliwiona, uderzyła kilka razy młotkiem. Wstała i otworzyła usta....

Angela przerwała. "Przyznaję się również do zabójstwa bramkarza po drugiej stronie miasta.

Zabiłam go w obronie własnej, ponieważ próbował mnie zgwałcić".

Co? Angela?

Nic nie wiesz, Ribby.

Angela zrobiła pauzę. "Więc stoję przed tobą. Winna wszystkiego. Nie kłamię. Zrobiłam te rzeczy, ale Rebecca, to znaczy Ribby Balustrade, jest niewinna. Od samego początku mogłam ją zablokować. Mogłem ją całkowicie przejąć. Więc jeśli chcesz kogoś oskarżyć, musisz oskarżyć mnie. Rzecz w tym, że ja nawet nie istnieję. Nie jestem Ribby. Jestem Angelą."

Anglophone wstał.

Angela powiedziała: "Ona nawet straciła dziewictwo nie wiedząc o tym. Nadal nie wie."

Ribby krzyknął.

Anglophone przepchnął się wzdłuż swojego rzędu, na zewnątrz i do środkowego przejścia. Podniósł swoją laskę w powietrze i natychmiast został rozbrojony i powalony na ziemię. Gdy został wyciągnięty z sali, krzyknął: "Jestem Theodore Anglophone!".

Nikt się tym nie przejął.

"Porządek w sądzie! Powiedziałem porządek!" krzyknęła sędzia Delvecchio, uderzając kilkakrotnie młotkiem. Kiedy wszyscy się uciszyli, powiedziała: "W świetle tych nowych informacji, sprawa oddalona. Martha Balustrade, jesteś wolna. Nowy proces rozpocznie się natychmiast po ocenie psychiatrycznej. Funkcjonariusze, proszę zabrać panią Balustrade do aresztu w oczekiwaniu na dalsze dochodzenie".

Martha stała ze łzami spływającymi po jej twarzy: "Ale przyznaję się do winy. Akceptuję wyrok. Proszę, zamknijcie mnie. Wypuść moją córkę".

"Za mało i za późno, mamusiu najdroższa".

Młotek ponownie opadł, a sędzia powiedział: "To jest sąd i sądzimy tu morderców, a nie złe matki. Mógłbym zatrzymać cię za obrazę sądu. Mógłbym ukarać cię grzywną za marnowanie czasu sądu. Za krzywoprzysięstwo. Za ukrywanie mordercy. Za utrudnianie pracy wymiaru sprawiedliwości. Rozumiesz sedno? Radzę panu udać się w swoją stronę i pozwolić sądowi zrobić to, co do niego należy. Posiedzenie sądu zostało odroczone. Opróżnić salę rozpraw, komorniku". Sędzia Delvecchio wstała. Wszyscy podążyli za nią i obserwowali, jak znika w swojej komnacie.

Martha obserwowała córkę, gdy funkcjonariusze zakuwali ją w kajdanki i wyprowadzali. Angela spojrzała na Marthę przez ramię i uśmiechnęła się. To było prawie tak, jakby to spojrzenie zatrzymało serce Marty, albo tak opowiadali później. Martha upadła na podłogę i zmarła, zanim karetka zdążyła przyjechać.

ROZDZIAŁ 71

Martha Balustrade została pochowana w towarzystwie córki. Ribby była pilnowana przez dwóch funkcjonariuszy i ubrana w szary strój więzienny ze związanymi rękami i stopami. Strażnicy włożyli jej w ręce kwiaty. Rzuciła je na trumnę podczas ostatniego pożegnania.

Czy to nie limuzyna Anglophone'a?

Tak. Zastanawiam się, dlaczego nie wysiada.

Po jego występie na sali sądowej to zaskakujące, że w ogóle tu jest.

Prawie nie znał mojej matki.

Nadal nie mam pojęcia, co próbował zrobić.

Miał szczęście, że go nie zastrzelili.

Anglophone był tam, ale zdecydował się pozostać w swojej limuzynie. Kilka razy rozważał wyjście i złożenie hołdu. Rozważał też przyznanie się do wszystkiego. Zamiast stawić czoła sytuacji, kazał kierowcy zawieźć go do domu.

Po drodze przespał się trochę, a gdy samochód podjechał pod dom, zauważył jasnopomarańczową kopertę wystającą ze skrzynki pocztowej. Po przeczytaniu podarł ją na strzępy.

Anglophone oddzwonił do kierowcy. "Zabierz mnie do biblioteki".

Zanim Anglophone dotarł na miejsce, ogień już się wypalił.

Anglophone spojrzał na poczerniałe zgliszcza. Wszystko, co pozostało z Rosemary. Zdał sobie sprawę, że to dlatego Stephen nie mógł zobaczyć się z matką. Dlaczego został zmuszony do wywołania takiego zamieszania w szpitalu. Idioci pozwolili jej uciec. Prawie miał wyrzuty sumienia, że potrącono mu pensję. Prawie. Musiałby zadzwonić do szpitala, sprowadzić ich tutaj, żeby pozbierali jej kawałki. Zatuszowaliby to, ponieważ był ich największym darczyńcą. Trzymaliby to z dala od gazet. Nikt by się nie dowiedział. W końcu Rosemary już nie żyła. Popełniając samobójstwo, w rzeczywistości uniemożliwiła Stephenowi dowiedzenie się, kim był jego ojciec.

Anglophone był wstrząśnięty, gdy szofer odwiózł go do domu. Spodziewał się, że Tibbles tam będzie, przywita go i pocieszy, ale nie było śladu po jego zaufanym służącym.

"Tibbles!" krzyknął.

Jego głos odbił się echem po całym domu, ale nie było żadnej odpowiedzi. Anglophone był zbyt wyczerpany, by go szukać. Poszedł do swojego pokoju, włączył pozytywkę i zasnął na chwilę.

Kiedy się obudził, poczuł przerażenie przeszywające jego duszę i krzyknął za Tibblesem. Szarpnął za dzwonek tyle razy, że znów spadł z sufitu. Nikt jednak nie przychodził.

Czuł się bardzo samotny, i tak było.

Z wyjątkiem Tibblesa, który był martwy w swoim pokoju i Abbey, która była pochowana pod różami.

ROZDZIAŁ 72

P O SZEROKO ZAKROJONEJ OCENIE psychiatrycznej proces Ribby przebiegł szybko. Została skazana na dwadzieścia lat więzienia. Dziesięć lat za każde morderstwo, pomniejszone o czas odsiadki. Śmierć Tizzy została uznana za samobójstwo.

Ribby płakała nieprzerwanie przez kilka dni, które zamieniły się w tygodnie. Nie była w stanie poradzić sobie we wrogim środowisku. Przeżyła na krawędzi.

"Znowu mówi do siebie" - powiedziała Shona, koleżanka Ribby z celi. Shona została skazana za zabójstwo męża i dwójki dzieci.

Strażnik więzienny przyszedł ocenić sytuację. Zobaczył, że Ribby tchórzy i kołysze się na łóżku. Upomniał Shonę i kazał jej przestać krzyczeć, bo w przeciwnym razie umieści ją w izolatce.

"Daj spokój," powiedziała Shona. "Nic nie zrobiłam".

"Jeszcze jedno słowo, a pójdziesz do izolatki - powiedział strażnik.

Shona wystawiła język w geście sprzeciwu, a strażnik odwrócił się i odszedł. Stała obserwując go przez kilka sekund, zanim odwróciła się i stanęła twarzą w twarz z Ribbym. "Obserwuję cię, suko!

Ribby odwrócił ją twarzą do ściany.

"Nie odwracaj się do mnie plecami, suko! powiedziała Shona, popychając ją.

Angela wstała i chwyciła Shonę za gardło. Popchnęła ją na ścianę z siłą, która zaskoczyła współwięźniarkę. Głowa Shony odskoczyła do tyłu. Pękła, gdy zetknęła się z zimnymi cegłami.

Trzymając ręce na szyi Shony, powiedziała: "Pozwól mi wyjaśnić kilka rzeczy. Po pierwsze, nie będziesz ze mną rozmawiać. Po drugie, nie będziesz mnie dotykać. I po trzecie, jeśli zrobisz którąkolwiek z dwóch rzeczy, o których właśnie wspomniałam, zabiję cię".

Oczy Shony pływały w swoich oczodołach. Próbowała coś odpowiedzieć, ale nie była w stanie zaczerpnąć powietrza. Kobieta zgodziła się skinieniem głowy.

Angela wróciła do swojego łóżka, ale zanim położyła się na cienkim materacu, chwyciła trochę wody i rzuciła ją Shonie w twarz. To działanie wyrwało współwięźniarkę z oszołomienia.

Shona rozpuściła wieści o Ribby. Była twardzielką, z którą nie można było zadzierać. Kilku innych próbowało, ale Angela od razu ich uciszyła. Miała dość pyskowania i bycia ofiarą Ribby'ego przez całe życie.

Mijały lata. Współwięźniowie przychodzili i odchodzili.

Angela zachowała pełną kontrolę. Szanowano ją i bano się jej. Z czasem to miejsce stało się jej

własnością. To było teraz jej więzienie i miała kontrolę
nad nim i nad Ribbym. Życie było znośne.

własnością. To było teraz jej więzienie i miała kontrolę
nad nim i nad Ribbym. Życie było znośne.

ROZDZIAŁ 73

P O KILKU LATACH ANGLOPHONE złożył niespodziewaną wizytę w zakładzie karnym. Nie odwiedził jednak Ribby'ego. Zamiast tego spotkał się z nowo mianowanym naczelnikiem więzienia, J. B. Bedfordem. Bedford był wnukiem starego znajomego, który był mu winien przysługę.

"Chciałbym ufundować tutaj bibliotekę" - powiedział Anglophone. Anglophone był teraz bezwłosy. Jego ciało cały czas się trzęsło i nie mógł długo stać.

"To bardzo hojne z twojej strony - odpowiedział Bedford. "Chociaż szczerze mówiąc, więźniom przydałyby się darowizny wielu przedmiotów. To znaczy, przed książkami.

Anglophone pochylił się blisko Bedforda. "Zrób listę i prześlij mi ją. Pieniądze nie grają roli, ale biblioteka jest koniecznością i to szybko. Jestem starym człowiekiem.

"Jasne - powiedział Bedford. "Jeśli masz gotówkę, nazwiemy ją nawet twoim imieniem".

"Nie," powiedział Anglophone. "Nie chcę uznania. Chciałbym jednak, abyś zaangażował jednego z więźniów. Może pomóc w tworzeniu i utrzymaniu samej biblioteki. Nazywa się Ribby Balustrade. Jest wykwalifikowaną bibliotekarką. Oczywiście przekażę pudła pełne książek".

Bedford znał Ribby Balustrade. Była łamaczką piłek, która podczas swojego dotychczasowego pobytu wspięła się na szczyt jako nowa królowa stada więźniów. Bedford nie udawał zaskoczenia, gdy powiedział: "Z pewnością nie wygląda na typ bibliotekarki".

"Ribby Balustrade rzeczywiście jest typem bibliotekarza. Zgadzamy się?

"Jasne - odpowiedział Bedford.

"I jeszcze jedno - powiedział Anglophone. "Ona nigdy nie może się dowiedzieć o moim zaangażowaniu. To znaczy, nigdy".

"Zrozumiałem - powiedział Bedford.

****

Kiedy Angela usłyszała wiadomość o nowej bibliotece, nie była rozbawiona. Biblioteki i książki były kiepskie. Ciężko pracowała na swoją reputację. Chciała utrzymać swój status w więzieniu. Musiała podtrzymywać swój profil. Utrzymywać strach. Bez strachu straciłaby wszystko, na co tak ciężko pracowała. Nie byłaby w stanie chronić Ribby'ego, gdyby zawsze buszowała po bibliotece.

Czytanie to pozytywna nuda i jeśli chcesz, żebym cię chroniła, to ja muszę tu dowodzić.

Kiedy więźniowie będą mieli bibliotekę, będą mieli co robić. Będzie lepiej.

O mój Boże, Ribby, możesz być aż tak głupi? Naprawdę?

Zanim pojawił się pomysł biblioteki, osobowość Ribby'ego z radością zeszła na drugi plan. Teraz powróciła. Ribby poczuł się prawie szczęśliwy.

Będę mógł pomagać innym. Zapoznać ich z książkami. Plus, jako bonus będę mógł czytać co tylko zechcę.

Tyle czasu na świecie, by się zanudzić i obrać sobie cel na plecy.

Będzie dobrze. Wiem, że będzie.

Obudź mnie, kiedy będzie po wszystkim.

✱ ✱ ✱

RIBBY STAŁ NA ŚRODKU nieużywanego pokoju. Wkrótce miała tam powstać biblioteka. Było wystarczająco przestronne, ale nagie drewniane krokwie na suficie były brzydkie. Podobnie jak zimne ceglane ściany i łupkowe podłogi. Mogła naprawić ściany, pokrywając je półkami na książki, a podłogi wykładziną. Sufit był jednak zupełnie innym problemem.

Pudła przychodziły codziennie, wypełnione starymi i nowymi książkami. Kilka skrzyń trzeba było otworzyć łomem. Wewnątrz pudeł książki były powiązane liną w kategorie. Ribby zapełnił półki, ustawiając wszystko w porządku.

Kiedy nowa biblioteka była gotowa, Ribby stanął obok naczelnika Bedforda. Więźniowie zebrali się na uroczystym otwarciu. Odbyła się ceremonia przecięcia wstęgi.

Współwięźniarki wchodziły do środka w małych grupach. Ribby pochwaliła się miejscem. Była dumna ze stołów i krzeseł, dywanów. I książki, tak wiele książek! Nie wspominając o wysuwanych drabinach ułatwiających dostęp. Jedną rzeczą, której nie mogli zmienić, były drewniane belki na suficie. Nadal były brzydkie, ale oświetlenie pomogło to ukryć.

Większość więźniów pozytywnie zareagowała na bibliotekę. Z wyjątkiem Angeli.

Ribby, te kobiety są niezwykle niebezpieczne. To tylko kwestia czasu, zanim znów nas dopadną.

Nie bądź śmieszny. Ta biblioteka zmienia reguły gry.

Obsesja Ribby'ego na punkcie nowej biblioteki dawała Angeli wszelkie powody, by trzymać się od niej z daleka.

Pewnego popołudnia Ribby rozmawiał z naczelnikiem o założeniu klubu książki. Uważał, że to dobry pomysł, ale ponieważ mieli tylko jeden egzemplarz każdej książki, trudno byłoby prowadzić tradycyjny klub książki. Ribby zapytała, czy mogłaby skontaktować się z lokalnymi księgarniami i poprosić o dodatkowe egzemplarze. Bedford rzucił jej kilka monet na automat telefoniczny. Kilka dni zajęło jej uzyskanie odpowiedzi twierdzącej, po czym nadeszła darowizna w postaci dwudziestu pięciu książek. Pierwszą książką więziennego klubu książki była Zbrodnia i kara Fiodora Dostojewskiego.

Po udostępnieniu pierwszych dwudziestu pięciu egzemplarzy, więźniowie zaczęli rozmawiać o książce. Oni też chcieli ją przeczytać. Koncepcja comiesięcznego klubu książki przekształciła się w cotygodniowy klub książki. Więźniowie ustawiali się w kolejce, by do niego dołączyć.

Kiedy w końcu będziemy się dobrze bawić?

To jest zabawa i robimy różnicę. Spójrz na innych więźniów. Robimy tu coś dobrego.

Ale z ciebie przystojniak.

Dziękuję.

W słowie nuda zawarłeś nudę.

Więc odejdź. Już cię nie potrzebuję.

Naczelnik zauważył ogromną różnicę w zachowaniu więźniów. Wezwał Ribby do swojego biura. Podziękował jej za sugestie. Jako nowy naczelnik chciał odcisnąć swoje piętno, a Ribby pomogła mu się wyróżnić.

Zapytał, czy ma jakieś inne pomysły na poprawę sytuacji współwięźniów. Ribby zasugerował czytanie książek. Naczelnik powiedział, że zna kogoś, kto zna popularnego autora z Maine. Ribby wysłała list za pośrednictwem przyjaciela naczelnika, w którym wspomniała, że Klub Książki wkrótce przeczyta Stand By Me. Wkrótce autorzy z całego świata przekazywali książki i prosili o przybycie do więzienia w celu omówienia ich książek.

Naczelnik ponownie wezwał Ribby i zapytał, czy ma jakieś inne pomysły. Wspomniała o Dniu Rodziny, podczas którego więźniowie mogliby czytać swoim dzieciom. Często obserwowała rodziny w sali spotkań otoczone przez strażników więziennych. Dzieci wyglądały na zbyt przestraszone, by mówić. Było to nieefektywne dla całej rodziny. Zasugerowała odgrodzenie części biblioteki, gdzie jedna rodzina mogłaby czytać razem. Naczelnik uznał to za świetny pomysł i zaproponował, że spróbuje. Poczta pantoflowa przyniosła więcej darowizn z księgarń. Dodano sekcję dla dzieci.

Kolejną sugestią Ribby było nauczenie więźniów, którzy nie potrafili czytać, jak to zrobić.

Następnie poprosiła o darowizny na utworzenie kącika pracy. Komputery zostały podłączone do WI-FI, dzięki czemu więźniowie mogli pracować nad swoimi życiorysami przed zwolnieniem.

Wieści rozeszły się po całym systemie więziennictwa. Naczelnik Bedford otrzymał wyróżnienia i nagrody. Nigdy nie zapomniał wspomnieć o wkładzie Ribby'ego.

***

P UDEŁKO Z KSIĄŻKAMI WCIĄŻ wymagało rozpakowania. Ribby rozciął je. Na tylnej okładce widniała sylwetka mężczyzny.

Anglofon.

Myślisz, że on to wszystko zrobił? I dlaczego wcześniej nie zauważyliśmy, że to on?

Nie jestem pewien, teraz wydaje się to oczywiste. Zastanawiam się jednak, dlaczego to zrobił?

Poczucie winy? Wyrzuty sumienia?

Miłość?

Ribby był na szczycie drabiny, kiedy Angela zacisnęła linę wokół drewnianej krokwi. Zrobiła pętlę i włożyła w nią głowę. Kiedy była gotowa, zaczęła skandować:

Goody Two-shoes, Goody Two-shoes!

Ribby stał twardo. Zdjęła linę z szyi.

Nie.

Angela starała się odzyskać kontrolę, chwytając linę i ponownie umieszczając w niej głowę. Kiedy zepchnęła się z drabiny, Ribby zdołała jedną ręką przytrzymać się najwyższego szczebla. Z liną wciąż zapiętą wokół szyi, Ribby trzymała się jak najdłużej.

Angela ponownie spróbowała się odepchnąć, wciąż nucąc melodię. Siła, z jaką to zrobiła, sprawiła, że ręka Ribby'ego się uwolniła.

Ribby i Angela zawisły na chwilę, po czym wydawało się, że lecą w stronę światła. Ale lina nie była wystarczająco długa. Zaczęli się wahać, po czym zderzyli się z drabiną. Odrzuciło ich na boki i odepchnęło na przeciwległą ścianę, gdzie wylądowali z łomotem.

Karetka przyjechała za późno.

Epilog

Kilka lat później do Stephena dotarł list od prawnika Anglophone.

Prawda została w nim ujawniona: Stephen był synem Anglophone'a i jedynym spadkobiercą.

"Coś ciekawego?" zapytała jego żona, Viveca.

"Wcale nie", odpowiedział Stephen, wrzucając go do ognia.

Szczęśliwa para usiadła razem na kanapie, podczas gdy ich córka Rebecca czytała książkę.

Cytat

"Pani burmistrzowa skarżyła się, że garnek jest zimny;

"A wszystko przez te twoje skrzypce", powiedziała.

"Dlaczego więc, Goody Two Shoes, co to może być?

Wstrzymaj się, jeśli możesz, ze swoimi bajeczkami - rzekł".

CHARLES COTTON

Od autora

Drodzy czytelnicy,

Dziękuję za przeczytanie Sekretu Ribby'ego. Mam nadzieję, że lektura sprawiła Wam tyle samo przyjemności, co mi jej napisanie!

Ribby's Secret zaczęło się jako opowiadanie w 2011 roku. Historia zakończyła się, gdy Ribby splunął do drinka Marthy.

Nie minęło wiele czasu, zanim Angela zaczęła do mnie mówić. Zignorowałem ją, mówiąc, że projekt jest skończony, ale ona nalegała.

Potem pojawił się Theodore Anglophone. Osiem lat później jesteśmy tutaj.

Chciałbym podziękować moim korektorom i beta czytelnikom - przez lata było ich wielu. Ostatnie, ale nie mniej ważne podziękowania dla moich ostatecznych redaktorów LF i MC - wy dwie panie ROCK!

Dziękuję również mojemu mężowi i synowi za to, że zawsze są przy mnie.

Jak zawsze - miłego czytania!
Cathy

O autorze

Wielokrotnie nagradzana autorka Cathy McGough mieszka i pisze w Ontario w Kanadzie wraz z mężem, synem, dwoma kotami i psem.

Również przez:

FIKCJA: Dziecko każdego; 13 krótkich opowiadań (w tym: Parasol i wiatr;
Objawienie Margaret; Dandelion Wino (FINALISTA NAGRODY ZA ULUBIONĄ KSIĄŻKĘ CZYTELNIKÓW));
Wywiady z legendarnymi pisarzami spoza świata (2. MIEJSCE WŚRÓD NAJLEPSZYCH KSIĄŻEK LITERACKICH 2016 METAMORPH PUBLISHING); Goddess Plus Size LITERATURA FAKTU: 103 pomysły na zbieranie funduszy dla wolontariuszy-rodziców ze Schools and Teams (3RD PLACE BEST REFERENCE 2016 METAMORPH PUBLISHING.)
+ Książki dla dzieci i młodzieży

www.ingramcontent.com/pod-product-compliance
Lightning Source LLC
Chambersburg PA
CBHW022304310726
48973CB00001B/210